KNAUR

GABRIELLA ENGELMANN

Das Wunder küsst uns bei Nacht

ROMAN

KNAUR

Besuchen Sie uns im Internet:
www.knaur.de

Aus Verantwortung für die Umwelt hat sich die Verlagsgruppe Droemer Knaur zu einer nachhaltigen Buchproduktion verpflichtet. Der bewusste Umgang mit unseren Ressourcen, der Schutz unseres Klimas und der Natur gehören zu unseren obersten Unternehmenszielen. Gemeinsam mit unseren Partnern und Lieferanten setzen wir uns für eine klimaneutrale Buchproduktion ein, die den Erwerb von Klimazertifikaten zur Kompensation des CO_2-Ausstoßes einschließt. Weitere Informationen finden Sie unter: www.klimaneutralerverlag.de

FSC
www.fsc.org
MIX
Papier | Fördert gute Waldnutzung
FSC® C083411

Originalausgabe September 2022
Knaur Taschenbuch

Ein Imprint der Verlagsgruppe
Droemer Knaur GmbH & Co. KG, München

Redaktion: Birgit Förster
Covergestaltung: ZERO Werbeagentur, München
Coverabbildung: Collage unter Verwendung von aesah kongsue, Yevheniia Lytvynovych, Dmitr1ch und adehoidar / Shutterstock.com
Illustration im Innenteil: adehoidar / Shutterstock.com
Satz: Daniela Schulz, Gilching
Druck und Bindung: CPI books GmbH, Leck
ISBN 978-3-426-52623-1

2 4 5 3 1

*Es war einmal eine kleine Stadt am Meer,
wunderschön und zauberhaft. Doch das Leben dort wurde erschwert durch eine jahrhundertealte Fehde nach der schweren Sturmflut, die als »Grote Mandränke« in die Geschichtsbücher einging.*

*Der Friedhof der Heimatlosen in den Salzwiesen des Vorlands galt als letzte Ruhestätte derer, die den Tod in den Wellen der Nordsee gefunden hatten, doch
eine von ihnen wartete noch auf Erlösung.*

*Denn erst wenn sie ihren Seelenfrieden findet und die Schmetterlinge wieder über den
Blüten des Strandflieders tanzen, wird endlich Frieden zwischen Lütteby und Grotersum sein.*

- 1 -

Sonntag

Der Regen lässt allmählich nach, die Sonne blitzt immer wieder zwischen den Wolkenschleiern hervor, doch tief in mir ist es kalt und dunkelgrau.

Es fühlt sich an, als hätte das unerwartete Auftauchen meiner Mutter bei der Trauerfeier für Ankas verstorbenen Mann Helmut sämtliche Seelenfarben aus mir herausgewaschen und meine Gefühle eingefroren. Oder zumindest auf Eis gelegt, bis sie irgendwann mit geballter Wucht aus mir herausbrechen …

»Bleibt es dabei, dass du heute Nacht wieder bei mir im Pastorat schläfst?«, fragt Sinje, die sich bei mir einhakt und deren bloße Nähe wohltuende Wärme verströmt. Nach dem Schock, den mir der Auftritt von Florence versetzt hat, sind wir beide zum Naturstrand gegangen, damit ich ein wenig durchatmen und mich beruhigen kann. Sinjes Anwesenheit und ihr Vorschlag, ans Meer zu gehen, tun mir unendlich gut, und ich kann mir mal wieder kein Leben ohne sie vorstellen.

»Ich nehme dein Übernachtungsangebot sehr gern an, denn ich verbringe keine Minute mit meiner Mutter unter einem Dach«, erwidere ich. »Die ist doch nicht ganz dicht, nach fünfunddreißig Jahren hier aufzutauchen und so zu tun, als sei nie etwas passiert.«

»Das ist allerdings wahr«, stimmt Sinje mir seufzend zu, bückt sich und ditscht einen flachen Stein übers Wasser. Er setzt fünfmal auf, bevor er in der Nordsee versinkt. Als Kinder haben wir Wettbewerbe im *Steineflitschen* veranstaltet und machen das auch heute noch manchmal.

Wer wütender ist, gewinnt in der Regel, denn mit Wut im Bauch ist beim Werfen einfach mehr *Kawumm* drin.

»Ich versuche, mir auszumalen, wie sich Henrikje jetzt fühlt, und frage mich, was sie und meine Mutter gerade machen. Ich habe nicht den leisesten Schimmer einer Ahnung, wie sie es schafft, Florence zu verzeihen, dass sie sich zuletzt vor drei Jahren gemeldet hat«, sage ich und hebe ebenfalls einen Stein auf. »Immerhin glaubte sie genau wie ich, meiner Mutter sei etwas zugestoßen, und das muss Florence doch klar gewesen sein, oder etwa nicht? Momentan finde ich kaum Worte für das, was gerade in meinem Kopf vor sich geht. Müsste ich nicht glücklich sein statt wütend? Ist das alles eben wirklich passiert, oder habe ich das nur geträumt? Werde ich allmählich verrückt?«

»Nein, das wirst du nicht, du hast nur zurzeit viel zu viel zu verdauen und kommst nicht mehr zur Ruhe.« Sinje streicht bedächtig über die Schale einer rötlich schimmernden Muschel, als sei ihr das Fundstück besonders ans Herz gewachsen. »Aber vergiss bitte nicht, dass Henrikje trotz allen Unheils, das Florence gestiftet hat, heilfroh war, nach so langer Zeit der quälenden Ungewissheit ihre vermisste Tochter endlich wieder in die Arme zu schließen. Ich kann mir allerdings vorstellen, dass sie neben der Freude und Erleichterung mit ähnlich zwiespältigen Gefühlen zu kämpfen hat wie du. Doch Henrikje ist natürlich Mutter und reagiert genau so wie jede andere liebende Mutter auch. Das hat rein gar nichts mit dir zu tun, aber das weißt du sicher selbst.«

»Im Gegensatz zu Henrikje bin ich aber nicht ambivalent, sondern völlig klar«, widerspreche ich heftiger als beabsichtigt. Es fällt mir schwer, das unbändige Gefühl schäumender Wut zu kontrollieren, das sich schon viel zu lange in mir aufgestaut hat.

»Es ist unfassbar selbstsüchtig, ausgerechnet dann in Lütteby aufzukreuzen, wenn Anka Aufmerksamkeit und Zuwendung von Henrikje braucht und keine Ego-Show meiner Mutter«, bricht es voller Zorn aus mir heraus.

Ich werfe den graublau glänzenden Stein flach über das gekräuselte Wasser, er versinkt nach dem achten Sprung.

»Deshalb hat Henrikje auch geistesgegenwärtig reagiert und Florence direkt zu euch nach Hause geschickt, damit sie aus der Schusslinie ist und daheim auf sie wartet. Sie wollte wie geplant für Anka da sein, Florence vor einer Belagerung durch die Lüttebyer bewahren und natürlich vor allem dich vor diesem – ja, nennen wir ruhig das Kind beim Namen – Überfall schützen«, entgegnet Sinje und steckt die Muschel in die Tasche ihres Strickmantels. »Komm, lass uns noch ein Stück gehen, ich denke, das tut uns beiden jetzt gut.«

Unsere Fußspuren verlaufen parallel zu denen eines Vogels mit Schwimmhäuten und bilden zusammen mit den Kreisen, welche die grünen Halme der Binsenquecken in den Sand malen, ein schönes Muster. Am Himmel fliegt ein Schwarm Seeschwalben, ihre *Piu-piu*-Laute klingen fröhlich und wie ein Gruß an die Austernfischer, die sich gerade auf einer Sandbank im Wattenmeer versammeln. Es ist immer wieder beeindruckend zu sehen, wie sich diese Kolonien formieren. Mal fliegen weitere Vögel von rechts heran, dann wieder welche von links. Wir gehen und gehen, mit jedem Schritt gewinne ich an Stärke zurück und kann gut verstehen, wieso das Meer für viele Menschen ein Kraftquell ist. Zu sehen, wie Horizont und Nordsee eins werden, lässt alles ein Stück weit weniger schwer und bedeutsam erscheinen. Dieser Blickwinkel relativiert vieles; das Stapfen durch den Sand, das Ausbalancieren der kleinen Höhenunterschiede am Strand erdet und gibt zugleich ein ganz besonderes Gefühl von Leichtigkeit.

»Ich weiß gar nicht, wie ich es sagen soll, weil der Zeitpunkt mehr als unpassend ist, also falle ich am besten direkt mit der Tür ins Haus«, sagt Sinje, nachdem sie einen Blick auf das Handy geworfen hat. »Es tut mir leid, aber ich fürchte, ich muss unseren Spaziergang abbrechen und wieder zurück, denn ich habe noch einen Termin. Komm, wann immer du willst, ins Pastorat und plündere gern auch den Kühlschrank. Ich werde allerdings erst sehr spät auftauchen … es sei denn, du brauchst mich, dann verschiebe ich mein Date natürlich.«

»Du hast eine Verabredung mit Sven?«, frage ich verblüfft. Ursprünglich wollte Sinje sich heute Abend mit ihrem Verlobten Gunnar treffen und mit ihm über die Beziehungsprobleme sprechen, die ihre Hochzeit im kommenden Jahr bedrohen, doch er hat die geplante Aussprache unter einem fadenscheinigen Vorwand abgelehnt.

»Steht mir der Name Sven auf der Stirn geschrieben, oder hast du seit Neuestem hellseherische Fähigkeiten?«, fragt Sinje und lächelt ein wenig verlegen.

»Weder noch, ich habe bloß geraten«, erwidere ich und schaue aufs Meer. Algen und Treibholz werden auf die Wellenkämme gespült und verschwinden dann wieder in den Fluten.

Die Farbe der Nordsee changiert zwischen Grün und Grau und ähnelt in ihrem Wechselspiel Sinjes emotionalem Zwiespalt in Liebesfragen, seit der sympathische Restaurator Sven Kroogmann in ihr Leben getreten ist. »Keine Sorge, ich komme schon allein klar, du weißt, dass ich mich nach einem Schock immer erst mal allein sortieren muss, bis ich das Bedürfnis habe, ausführlich über das zu sprechen, was mich belastet. Außerdem werde ich gleich mal Jonas anrufen. Mach du einfach, wonach dir der Sinn steht, aber lass dich bitte nicht erwischen. Es wäre unfair, wenn Gunnar durch Tratsch von deinem Flirt erfahren würde statt direkt von dir. Ich bleibe noch ein wenig am Strand und versuche, mich mit dem Gedanken vertraut zu machen, dass meine Mutter urplötzlich vom Himmel gefallen ist.« Ich hätte auch sagen können *wie eine Riesenwelle über Henrikje und mich hinweggerollt ist.* »Danke, dass ich wieder bei dir wohnen kann, auch wenn das nicht zur Gewohnheit werden sollte. Immerhin nimmst du mich bereits zum zweiten Mal innerhalb weniger Wochen bei dir auf, weil ich nicht bei Henrikje sein möchte.«

»Dazu kann ich nur Folgendes sagen: Erstens bin ich deine beste Freundin, zweitens ist es meine Aufgabe als Pastorin, verirrten Schäflein Zuflucht zu gewähren, und drittens brauchst du, wie du selbst richtig erkannt hast, schnellstmöglich eine eigene Wohnung. So schön und gemütlich es bei deiner Großmutter ist, du bist nicht so frei in deinen Entscheidungen, wie du es sein solltest. Kopf hoch, das wird schon alles wieder, versprochen. Ich freue mich sehr, dass du wieder bei mir unterschlüpfst, denn unsere WG ist einfach großartig, und ich fühle mich nicht so allein, wenn du bei mir bist. Bis später, meine Süße.«

Gedankenverloren schaue ich Sinje hinterher, bis sie hinter der Biegung verschwindet. Dann lasse ich meinen Blick wieder zum Wasser schweifen und weiß plötzlich, wie ich den Abend dieses bewegenden und verrückten Tages verbringen möchte. Ich muss etwas tun, das mich von meinen unguten Gedanken und Gefühlen ablenkt, mich bewegen und auspowern.

»Du willst bei diesem Wetter aufs Meer?« Jonas wirkt entsetzt, als ich ihn anrufe und erzähle, dass ich vorhabe, mit der *Florence* in die Abenddämmerung hinauszufahren. »Ich wusste gar nicht, dass du segeln kannst.«

»Die *Florence* ist kein Segelboot«, erkläre ich. »Henrikje hat sie mir geschenkt, als sie feststellte, dass sie nicht mehr genug Kraft zum Rudern hat. Der Regen ist fast vorbei, und ich bin seefest, also spricht nichts gegen eine kleine Tour. Keine Sorge, ich weiß schon, was ich tue.«

Dass meine Mutter aufgetaucht ist, ich ab heute wieder im Pastorat wohnen werde und dringend mit Jonas über unsere Zukunft sprechen muss, möchte ich ihm lieber persönlich sagen. »Die *Florence* ist im Übrigen breiter und stabiler als ein gewöhnliches Ruderboot«, versuche ich, ihn zu beruhigen, obwohl ich gerade selbst Trost und Zuwendung gebrauchen könnte. Doch ich muss jetzt einen Schritt nach dem anderen machen und sachlich bleiben, deshalb überspiele ich durch Small Talk, wie aufgewühlt ich bin. »Thorsten hat das Boot vor langer Zeit nach einem Vorbild aus Amerika gebaut, wo das Rudern in rauen Gewässern schon ewig Tradition hat. Es ist wunderschön und würde dir auch gefallen.«

»Du bist also nicht nur eine echte Wassernixe, sondern übst zudem die Trendsportart Coastal Rowing aus? Lina, du überraschst mich immer wieder.«

Der Klang von Jonas' Stimme lässt es tief in meinem Bauch kribbeln. Ich würde mich jetzt am liebsten an ihn kuscheln und ihm erzählen, dass der heutige Tag einer der wichtigsten in meinem Leben war. Der Moment, in dem Florence vor mir stand, war zugleich der schönste und schrecklichste, den ich je erlebt habe. Jonas würde von der ersten Silbe an verstehen, wie ich mich fühle und dass es gerade nichts Dringenderes für mich gibt als den Versuch, zu verarbeiten, zu begreifen und zu verzeihen.

Es ist schwer zu akzeptieren, dass der Mensch, den ich all die Jahre über so schmerzlich vermisst und um dessen Leben ich in bangen Nächten gefürchtet habe, auf einmal ohne Vorwarnung aufgetaucht ist, als trennten uns kein halbes Leben und so viele Geheimnisse.

Wie kann Florence nur so etwas tun?

Hat sie auch nur eine Sekunde darüber nachgedacht, welchen Gefühlsorkan ihr unangekündigtes Erscheinen bei Henrikje und mir auslöst? Oder hat sie das alles bewusst in Kauf genommen?

Wieder einmal wird mir klar, dass ich nichts darüber weiß, wie meine Mutter denkt und fühlt …

Doch Jonas ahnt nichts von alledem und ist gedanklich immer noch mit meiner Bootstour beschäftigt. »Versprich mir, dass du dich trotz der Wetterberuhigung vorsiehst. Ich weiß, du bist eine Küstendeern, aber pass bitte auf dich auf. Ich möchte dich, sobald es geht, wiedersehen und die schöne Nacht im Leuchtturm wiederholen«, sagt er so zärtlich, dass mein Entschluss, jetzt erst mal eine Weile allein zu bleiben, kurzfristig ins Wanken gerät. Kann ich nicht gleichzeitig eine Beziehung mit ihm aufbauen und versuchen, eine Haltung zu meiner Mutter zu finden, mit der ich leben kann? Vielleicht könnte mir Jonas sogar dabei helfen und mich emotional stabilisieren? Er ist so feinfühlig und warmherzig und zudem ein guter Zuhörer.

Aber darf ich ihm zumuten, sich mit meiner Situation auseinanderzusetzen, wo wir beide uns doch gerade selbst erst näher kennenlernen? Ich weiß, wie ich bin. Dieses Thema wird viel, viel Raum in meinen Gedanken einnehmen, und ich möchte unsere junge Liebe nicht mit meinen familiären Problemen belasten.

Und da ist zudem noch sein Traumjob in London, den er unbedingt annehmen sollte, weil ich weiß, wie glücklich ihn das macht. Wenn unsere Liebesgeschichte eine Zukunft haben soll, muss sie die ersten Klippen und Stürme überstehen, die das Leben gerade für uns bereithält. Denn Klippen wird es immer wieder geben, und es ist wichtig, herauszufinden, ob wir den Stürmen gemeinsam trotzen und aufeinander vertrauen können.

- 2 -

Nachdem Jonas und ich uns voneinander verabschiedet und uns gegenseitig einen schönen Abend gewünscht haben, gehe ich in Richtung des kleinen Hafens von Lütteby, wo der Leuchtturm steht. Hier hatten Jonas und ich ein traumhaft romantisches Rendezvous, bei dem wir uns so nahegekommen sind, wie Liebende es tun. Ich spüre immer noch seine sanften, zärtlichen Hände auf meiner Haut, seine Küsse an meinem Hals, meinen nackten Schultern, meinem Dekolleté. Seine sinnlichen Lippen, die mit meinen verschmelzen …

Der Gedanke an Jonas macht mich zugleich glücklich und tieftraurig, also kehre ich dem Leuchtturm den Rücken zu und biege zum Hafenbecken ab.

Wäre ich in der Lage, eine Fernbeziehung zu führen?, frage ich mich. Was würde die Liebe auf Distanz mit uns machen?

Würde sie sich eher festigen, weil die Sehnsucht nach dem anderen die Gefühle anheizt? Oder würden sie irgendwann weniger werden und schließlich ganz verschwinden, weil Liebe gemeinsame Zeit und Erlebnisse braucht?

Dies sind allerdings Fragen, auf die ich jetzt keine Antwort finde, daher ist es sicher besser, wenn ich durch das Rudern und körperliche Anstrengung die Rotation des Kopfkarussells verlangsame.

Es ist schon eine Weile her, dass ich mit der *Florence* auf dem Wasser war, doch Thorsten schaut regelmäßig nach dem Boot und vergewissert sich, dass es seetüchtig ist. Der letzte Check liegt noch nicht lange zurück, also spricht aus meiner Sicht nichts dagegen, ein wenig an der Küste entlangzuschippern.

Kann dieses ewige Sinnieren und Mir-Sorgen-Machen endlich mal aufhören?, denke ich ärgerlich, als ich mit nackten Füßen vom Steg in den Rumpf des hellblau gestrichenen Boots mit dem weißen Namensschriftzug steige. Dann löse ich das Tau vom Poller und greife nach dem Ruder, um die *Florence* aus dem Hafen herauszumanövrieren. Es tut gut, die Holzplanken unter meinen bloßen Füßen zu spüren – sie geben mir Halt und das Gefühl von Normalität. Im ersten Moment ist es ein wenig ungewohnt, mich in die Riemen zu legen, und ich brauche eine Weile, bis ich die richtige Sitzposition gefunden habe, doch dann geht alles wie von allein. Zurzeit sind noch nicht so viele Schiffe im Hafen festgemacht wie in der Hochsaison, sodass es deutlich einfacher ist, den Weg zur offenen See zu erreichen. Der Wind zerzaust mir die Haare und streift mein Gesicht, doch das fühlt sich nicht unangenehm an, sondern hat etwas Beruhigendes. Es scheint, als wolle die Küstenbrise mir zuraunen, dass die Dinge nicht so dramatisch sind, wie sie im ersten Moment erscheinen, und dass es gut ist, dem ewigen Auf und Ab des Lebens zu vertrauen und gelassen auf seinen Wellen zu schaukeln.

»Moin, Lina, lange nicht mehr gesehen.«

Ich schaue mich verwundert um und erblicke einen Mann auf dem Segelboot schräg gegenüber, der gerade dabei ist, die Bootsplanken zu streichen. Er ist groß, Ende fünfzig, hat breite Schultern und war mein Lieblingslehrer.

»Malte, was machst du denn hier? Ist deine Auszeit etwa schon vorbei?«, frage ich und rudere dicht an sein Boot heran.

Malte Andersen hat Sinje und mich am Grotersumer Gymnasium in Politik, Gemeinschafts- und Sozialkunde unterrichtet sowie eine Philosophie-AG geleitet, an der viele Schülerinnen und Schüler mit Begeisterung teilgenommen haben. Alle waren ein bisschen verschossen in ihn, auch Sinje und ich. Er war jung, progressiv, ein wenig verrückt, und wir durften ihn duzen.

Malte legt den Pinsel hin und lächelt sein warmes, leicht spöttisches Malte-Lächeln, das genauso typisch für ihn ist wie die rötlichen Haare mit den Wellen, die winzigen Sommersprossen auf den Armen und der Nase und der blasse Teint, obwohl kaum ein Mensch sich so viel an der frischen Luft aufhält wie Malte.

»Seit zwei Tagen«, erwidert er. »Mein Sabbatical endet zwar offiziell erst in einem Monat, aber ich hatte Sehnsucht nach der Heimat. Wie geht's dir und deiner Großmutter, alles gut bei euch?«

Beinahe sage ich: »Komm doch bald bei uns vorbei«, doch das ist derzeit wegen Florence keine Option, und ich weiß nicht, wie lange sie bei Henrikje bleiben wird.

Ihr Auftauchen hat so viel durcheinandergebracht, dass selbst die einfachsten Dinge, wie eine Verabredung mit einem netten Freund, unnötig erschwert werden. Also erwidere ich: »So weit ganz gut, ist einiges passiert. Henrikje wird sich freuen zu hören, dass du wieder im Lande bist. Schau doch mal bei ihr vorbei, wenn du Zeit hast«, statt eine Essenseinladung auszusprechen. Über Maltes Gesicht huscht ein unübersehbares Fragezeichen, er kennt mich gut genug, um zu wissen, dass ich ihm gegenüber für gewöhnlich nicht so kurz angebunden bin, doch ich kann mich jetzt nicht länger mit ihm unterhalten, ich muss los.

Ich muss aufs Meer. Ich muss allein sein.

»Das mache ich, Lina, das mache ich. Und du pass auf dich auf, ja? Also, bis ganz bald, bin gespannt zu hören, was du und Sinje im letzten Jahr so getrieben habt. Und ich kann es kaum erwarten, wieder zu segeln, sobald ich die Schönheit hier wieder hübsch gemacht habe.«

Die Schönheit heißt *Windsbraut* und ist Maltes ganzer Stolz.

Ich erinnere mich an tolle Touren mit dem Segelboot, zu denen er uns nach dem Abi immer mal wieder mitgenommen hat.

Malte, der Mann, der den Wind, das Meer und die Freiheit braucht wie kaum ein Zweiter. Das musste schon so manche Frau akzeptieren, die sich heftig in den Lehrer verliebt hatte und dann daran gescheitert war, dass Malte sich nicht binden wollte. Er war ein erklärter Freigeist und tat ausschließlich das, wonach ihm der Sinn stand, nämlich nächtelang mit Schülern philosophieren, Umweltprojekte unterstützen, reisen, sich fortbilden, seinen Horizont erweitern und das Leben genießen – in jeglicher Beziehung.

»Tschüss, Malte, ich muss dann mal«, sage ich und nehme Kurs auf die Hafenausfahrt. Malte verübelt es mir sicher nicht, dass ich so unkommunikativ bin, schließlich war er derjenige, der uns immer dazu ermutigt hat, authentisch zu sein und uns nicht für andere zu verbiegen. Nachdem der Hafen hinter mir liegt, werden die Böen stärker, doch das stört mich nicht, denn ich habe Rückenwind, den ich fürs Rudern nutzen kann. Da ich schon länger nicht mehr mit der *Florence* hinausgefahren bin, paddle ich aus Sicherheitsgründen parallel zum Ufer.

Ich genieße die frische, salzhaltige Luft, die Schreie der Silbermöwen und den hohen Himmel über mir, der sich allerdings verdunkelt und nach und nach die Sonnenstrahlen verschluckt. Ich freue mich, dass Malte wieder da ist, und weiß, dass Henrikje es genießen wird, zu erfahren, was er in diesem knappen Jahr, seit er Grotersum verlassen hat, erlebt hat.

Was sie und Florence wohl gerade machen?, frage ich mich erneut. Essen sie gemeinsam zu Abend?

Unterhalten sie sich miteinander, oder schweigen sie sich an?

Es war merkwürdig, die Stimme meiner Mutter zu hören, denn sie klang zugleich fremd und vertraut, als sie sagte: »Mein Kind, nun habe ich dich endlich wieder.«

Danach nahm sie mich so fest in den Arm, dass ich mich nur mühevoll aus ihrer Liebkosung winden konnte. Ich erkannte die Fassungslosigkeit, die Trauer und die Ungläubigkeit darüber, dass ich nicht so reagierte, wie sie es sich erhofft hatte, doch ihre sichtliche Verstörung ließ mich seltsam unberührt. Diese Umarmung fühlte sich nun mal nicht warm und tröstlich an, sondern eher bedrohlich, beinahe wie ein Klammergriff.

Florence' Augen, den meinen so ähnlich, verschatteten sich, und ihre Lippen formten leise die Worte: »Bitte entschuldige, das war alles sehr unüberlegt«, als sie mich schließlich losließ. Michaela hatte neben ihr gestanden, bereit, ihrer ehemals besten Freundin eine Stütze zu sein, obgleich Florence sie durch ihr spurloses Verschwinden mindestens genauso sehr verletzt hatte wie Henrikje und mich.

Doch würde ich Sinje nicht auch zur Seite stehen, egal, was sie getan hat?, frage ich mich. Obwohl ich vorhin gefroren habe, wird mir wärmer und wärmer. Die körperliche Anstrengung und die Anspannung treiben mir einen Schweißfilm auf Stirn und Nase, genau wie ich es vorhin bei Florence gesehen habe. Jonas sagte, dass wir uns ähneln, als er eines ihrer Fotos bei mir in der Wohnung betrachtet hatte, und ich kann tatsächlich nicht leugnen, dass ich für einen Augenblick glaubte, in mein älteres Spiegelbild zu schauen.

Was meine Mutter wohl vorhat? Wie lange wird sie bei Henrikje bleiben? Natürlich kann ich mich nicht ewig vor ihr verstecken und der Auseinandersetzung mit ihr aus dem Weg gehen, doch ich brauche jetzt Zeit für mich und einen Ort, an dem ich mich sicher vor ihrem emotionalen Überfall fühle. Deshalb fände ich es besser, wenn Florence erst mal wieder abreisen würde. Mir gegenüber hatte sie einen Vorsprung: Sie wusste, dass sie mich bei der Trauerfeier treffen würde, ich nicht. Michaelas überraschter Gesichtsausdruck wird mir noch lange im

Gedächtnis bleiben, ebenso wie der Jubelschrei meiner Großmutter, als sie ihre verloren geglaubte Tochter sah. Nur ich war nicht in der Lage gewesen, mich zu freuen, obwohl ich seit meiner Kindheit von diesem Augenblick geträumt habe.

Doch in meinen Fantasiebildern war es anders zugegangen: Ich hatte einen wunderschönen, handgeschriebenen Brief von meiner Mutter erhalten, in dem sie mich fragte, ob ich sie kennenlernen möchte. Ich hatte Bedenkzeit gehabt, die Möglichkeit, mich mit Henrikje zu beraten, die Chance, mich innerlich zu wappnen. Die Chance, eine Wahl zu haben. »Man sollte immer eine Wahl haben«, murmle ich, und der Wind trägt meine Worte hinaus aufs offene Meer zu den Wassergeistern und Meernixen. Erst jetzt bemerke ich die große, graue Wolke, die sich dem Boot mit rasender Geschwindigkeit von der Wasserseite nähert. Binnen Sekunden hüllt sie die Nordsee ein, ich fühle mich schon bald wie in Watte gepackt, abgeschnitten von der Außenwelt, denn ich kann nur noch wenige Meter weit sehen. *Seenebel*, denke ich mit einer Mischung aus Faszination und Furcht, dann habe ich mit einem Schlag keine Sicht mehr und verliere das Gefühl dafür, wo sich die Küste befindet und wo das offene Meer – wo der Anfang ist und wo das Ende.

Ruhig, Lina, ruhig, spreche ich mir laut Mut zu, als die Furcht Oberhand gewinnt, doch meine Stimme wird ebenso vom Nebel verschluckt wie der Strand und die Nordsee.

Denk daran, was Thorsten und Helmut dich gelehrt haben: Ruhe bewahren, tief durchatmen und den Kompass benutzen.

»Du bist nahe an der Küste«, sage ich mir mantraartig vor, als mir einfällt, dass ich gar keinen Kompass dabeihabe. Mittlerweile hüllt der Nebel mich so stark ein, dass ich kaum noch meine Hände erkennen kann. »Orientier dich nach links, um irgendwo anzulegen, den Hafen kannst du auch später ansteuern. Bewahr die Nerven, dir kann nichts passieren, Lina.«

Und plötzlich ist es totenstill um mich herum.

Das Kreischen der Möwen ist verstummt, das Raunen des Windes ebenfalls, die Welt scheint den Atem anzuhalten.

Wieso habe ich nicht auf Jonas gehört?, frage ich mich, während stumme Verzweiflung mich erfasst. Mein Herz rast, mir wird übel und schwarz vor Augen. Als sich messerscharfe Stiche in meine Brust bohren und mein linker Arm schmerzt, befürchte ich das Allerschlimmste.

Ist das jetzt etwa das Ende?

In Sekundenschnelle ziehen all die Geschichten an mir vorbei, die sich um den gefährlichen und äußerst heimtückischen Seenebel ranken: Wattwanderer, die in den tiefen Prielen den Tod fanden, in Seenot geratene Schiffe, deren Wracks erst Jahre später entdeckt wurden. Die Nordsee fordert trotz all ihrer Schönheit immer wieder Opfer, und nun scheint auch meine Zeit gekommen zu sein. Mir schwinden die Sinne, und plötzlich ist da … gar nichts mehr …

- 3 -

Ich spüre etwas an meinen Lippen, das nach Glas schmeckt, als Nächstes etwas Feuchtes. Es könnte Wasser sein, das zuerst meinen trockenen Gaumen befeuchtet und dann meine Kehle hinabrinnt. Ertrinke ich gerade?

»Hilfe ist schon unterwegs, Lina«, höre ich eine Stimme sagen und versuche, die Augen zu öffnen. Die Flüssigkeit ist nicht salzig, vielleicht habe ich ja Glück gehabt und bin noch am Leben. Doch ich weiß es nicht genau, denn alles fühlt sich fremd und unwirklich an, als wäre ich meilenweit entfernt von der freundlichen Stimme.

»Können Sie mich hören?«, fragt diese Stimme, die einem Jungen oder Mann gehört, weiter. »Wenn ja, geben Sie mir bitte ein Zeichen. Ein einfaches ›Daumen hoch‹ würde mir für den Moment schon genügen.« Mein Körper gehorcht mir nicht, sosehr ich auch versuche, ihn unter Kontrolle zu bringen. Ich fühle mich so machtlos wie noch nie zuvor – gefangen in einem Albtraum, aus dem ich sofort erwachen möchte.

Oder sollte ich mich einfach ergeben und schlafen …?

Als Nächstes höre ich zwei weitere Stimmen, beide weiblich. »Danke, dass Sie so schnell reagiert und Lina aus dem Wasser gezogen haben«, sagt die eine.

Die andere: »Kannst du mich hören, Lina? Ich bin's, Stephanie Gerbers, deine Hausärztin. Der junge Mann hat dich aus dem Seenebel gerettet, aber bitte rede mit uns, damit wir wissen, dass du uns hörst.«

Die Stimme von Frau Doktor Gerbers wirkt Wunder und bringt mich in die Wirklichkeit zurück – vorausgesetzt, das ist die Wirklichkeit. Unsere Hausärztin kennt mich von klein auf, und ich vertraue ihr. Ich würde wirklich gern mit ihr sprechen und fragen, was mit mir los ist, doch es fällt mir so schwer …

Unter großer Kraftanstrengung gelingt es mir irgendwann, die Augen zu öffnen, aber ich sehe alles um mich herum verschwommen, es fühlt sich an, als hätte ich einen endlosen Marathonlauf hinter mir.

»Moin, Lina«, sagt Frau Doktor Gerbers und beugt sich lächelnd über mich. Dann untersucht sie mich behutsam, nach und nach lösen sich die Nebelbilder auf, und ich kann meine drei Helfer erkennen: die Ärztin, eine junge Sanitäterin und einen Mann, der mir vage bekannt vorkommt.

Doch woher?

Obwohl ich mit jeder Minute mehr zur Besinnung komme, hat die Situation etwas völlig Abstraktes, Abstruses.

Nachdem Frau Doktor Gerbers mir einige Fragen gestellt, mich abgehört und abgetastet sowie die Sauerstoffsättigung gemessen hat, fragt sie: »Kann es sein, dass du in letzter Zeit sehr viel Stress und Sorgen hattest, Lina? Momentan spricht nämlich alles dafür, dass du aufgrund eines Kreislaufzusammenbruchs Panik bekommen und das Bewusstsein verloren hast und aus dem Boot gekippt bist, als eine höhere Welle es erfasst und zum Kippeln gebracht hat. Du kannst von Glück sagen, dass Lars Baumann dich gesehen hat, bevor der Seenebel auf die Küste zugekrochen ist, als er zum Stand-up-Paddeln aufs Wasser wollte.«

Kreislaufzusammenbruch? Ohnmacht? Lars Baumann?

Die Worte und der Name Lars wirbeln fremd und unwirklich in meinem Kopf umher – es dauert eine Weile, bis ich ihre Bedeutung erfasst habe: Das, was sich für mich wie ein Herzinfarkt angefühlt hat, war in Wirklichkeit offenbar ein Schwächeanfall. Kein Wunder, nach allem, was ich in den letzten Wochen erfahren habe und womit ich mich auseinandersetzen musste. Das unerwartete Auftauchen meiner Mutter war wohl der Auslöser, der das Fass zum Überlaufen brachte.

»Danke … Lars«, sage ich zu dem jungen Mann, der mich besorgt anschaut und genauso tropfnass ist wie ich. Zum Glück sind wir beide in Decken gehüllt, mir ist mit einem Schlag so kalt, dass meine Zähne klappern, was das Reden erschwert. Doch genau dieser Kälte habe ich es zu verdanken, dass ich nach und nach zu mir komme und begreife, was passiert ist.

»Sie wissen doch hoffentlich, wer ich bin«, erwidert Lars, in dessen Blick Besorgnis liegt. »Wir haben uns beim …«

»… Vorstellungsgespräch kennengelernt«, erwidere ich, weil meine Erinnerung allmählich zurückkehrt. »Sie sind der neue Kollege in der Touristeninformation und nun auch mein Lebensretter. Danke, dass Sie so schnell reagiert haben.«

»Aber das war doch selbstverständlich«, erwidert Lars. »Das hätte jeder getan, wenn er gesehen hätte, was passiert ist.«

»Trotzdem haben Sie sich selbst in Gefahr gebracht«, erwidere ich, auch wenn mir das Sprechen schwerfällt.

»Genug geschnackt, wir bringen dich jetzt heim, Lina«, sagt meine Hausärztin energisch. »Du brauchst Ruhe und die Fürsorge von Henrikje. In fünf Minuten kommt der Krankenwagen mit den starken Jungs, die helfen dir dann hinauf in den zweiten Stock.«

Oh, nein, ich will doch gar nicht nach Hause. Denn da ist Florence! Ich möchte zu Sinje. Doch wie es scheint, bleibt mir gerade keine andere Wahl.

Nur wenig später klingeln die Sanitäter bei Henrikje. Der Rettungswagen durfte auf den Marktplatz fahren und direkt vor dem Haus parken. Die Ärztin hat meine Großmutter vorgewarnt und ihr erzählt, was passiert ist, denn ich selbst war dazu außerstande. Abgesehen davon, dass ich noch unter Schock stehe, ist mein Handy natürlich nass geworden. Gut, dass es wasserdicht ist und ein Outdoor-Smartphone, das ich stets in einer speziellen Hülle trage, da ich schon einmal ein Telefon ins Wasser habe fallen lassen. Hätte ich es nicht an der Kette um den Hals getragen, läge es jetzt auf dem Grund der Nordsee, genau wie meine Schuhe, die ebenfalls über Bord gegangen sind. Ich möchte gar nicht darüber nachdenken, was aus der *Florence* geworden ist und wohin die Nordseewellen sie getragen haben …

»Kind, was machst du nur für Sachen?«, fragt Henrikje, als sie die Tür zum Flur unseres Giebelhäuschens öffnet. Die *starken Jungs* haben mich links und rechts untergehakt, damit ich nicht stürze. Ich luge ihr über die Schulter, besorgt, Florence könnte dort stehen, doch sie ist nicht zu sehen. »Bringt Lina bitte nach oben, da warten schon eine Wärmflasche und eine große Kanne Tee.« Nachdem wir oben angekommen sind, drückt meine Großmutter beiden Helfern dankbar die Hand, während ich mich erschöpft auf das Bett sinken lasse. »Wie fühlst du dich, meine Kleine?«, fragt Henrikje und schenkt Tee aus der hübschen Porzellankanne in meinen Lieblingsbecher. Dann breitet sie zwei Wolldecken über mir aus. »Das war alles ein bisschen viel auf einmal, nicht wahr?«

»Das kann man wohl sagen«, murmle ich und stopfe mir ein Kissen in den Rücken. Es ist warm und tröstlich, den Becher zu umklammern. »Zum Glück war Lars Baumann so geistesgegenwärtig, mich nicht aus dem Blick zu lassen, als die Seenebelbank auf die Küste zukam. Ich war so in Gedanken, dass ich gar nicht gemerkt habe, wie sich die Nebelsuppe zusammengebraut hat.«

»Kein Wunder, bei allem, was du in letzter Zeit erlebt hast. Du solltest endlich zur Ruhe kommen und wieder ins Gleichgewicht finden. Was auch immer ich dazu beitragen kann, dir zu helfen, werde ich tun. Versprochen.«

»Ist …?« Etwas in mir weigert sich, das Wort *Mutter* auszusprechen, also ersetze ich den Begriff durch ihren Namen. »Ist Florence noch da?«

»Ja, sie ist unten in der Stuv, aber keine Sorge, du wirst sie nur sehen, wenn du das möchtest. Es war nicht richtig, ohne Vorwarnung in dein Leben zu platzen, das habe ich ihr auch sehr deutlich gesagt.« Die grünen Augen meiner Großmutter sprühen Funken wie die einer Löwin, die ihr Junges verteidigt. Dabei ist das *Junge* in Wahrheit ihre eigene Tochter, nämlich Florence.

»Bleibt sie, oder was habt ihr beide besprochen?«, frage ich, auch wenn ich am liebsten gar nicht über die Frau reden möchte, die mich als Baby im Stich gelassen hat.

»Das kommt darauf an, ob du sie sehen möchtest. Tatsächlich lebt sie nicht weit von hier, in einem kleinen Häuschen nahe Garding. Sie hat sich gerade eine Woche Urlaub genommen, kann also in Lütteby bleiben, aber auch wieder zurückfahren, sie überlässt diese Entscheidung uns.«

»Wie lange schon?« Kaum ausgesprochen, bereue ich meine Frage. Sollte sich nämlich herausstellen, dass Florence seit Längerem in der Nähe wohnt und Henrikje, Michaela und mir dadurch, dass sie uns keine Postkarten mehr geschickt hat, das Gefühl vermittelt hat, ihr sei etwas zugestoßen, könnte ich ihr das nie verzeihen.

»Offenbar eine ganze Weile«, erwidert Henrikje und senkt den Blick. Für sie muss die Situation noch schwieriger sein als für mich, schließlich steht sie zwischen Florence und mir und ist zugleich unser Bindeglied. »Aber lass uns diese Details erst besprechen, wenn du dich besser fühlst. Du musst nicht im Bett bleiben, solltest aber auf dein Seelenheil achten und dir Zeit nehmen, alles zu verarbeiten, was in den vergangenen Wochen geschehen und auf dich eingestürzt ist. Deshalb bitte ich Florence, morgen wieder heimzufahren, dann bleibt uns der heutige Abend, um miteinander zu sprechen. Ich habe jetzt ihre Telefonnummer und ihre Adresse, kann sie also künftig jederzeit anrufen oder besuchen. Für mich hat dein Wohlbefinden absoluten Vorrang, und dazu gehört, dass du dich in diesem Haus sicher und geborgen fühlst. Oder wie siehst du das? Ich richte mich in allem ganz nach deinen Wünschen.«

»Das ist wirklich lieb von dir«, murmle ich und muss mit einem Mal so sehr gähnen, dass mir Tränen in die Augen schießen.

Mein Körper und meine Gliedmaßen sind bleischwer, ich bin todmüde und habe keine Kraft mehr zu reden.

Momentan ist mir alles egal.

Ich möchte nur noch schlafen und vergessen …

Herbst
VOR SECHZIG JAHREN

»Willst du dich vergiften oder eine wilde Party mit bewusstseinserweiternden Drogen schmeißen?«, fragte das Mädchen. Sie hatte den Jungen schon eine ganze Weile beobachtet, ohne dass er es merkte, denn sie war flink wie ein Wiesel und kannte sich im Wald aus wie keine Zweite. Deshalb wusste sie auch, an welchen Stellen der Boden so moosig und laubbedeckt war, dass das verräterische Knacken, ausgelöst durch die Bewegung ihrer Füße, verschluckt wurde.

»Was ist das denn für eine Frage, und wer will das wissen? Ich rede nur mit denjenigen, die sich zeigen.« Der Junge drehte sich in die Richtung, aus der er ihre Stimme vernommen hatte, und nun sah sie sein Gesicht zum ersten Mal von vorn.

Es war offen und freundlich, in seinen dunkelblauen Augen blitzte der Schalk auf, was ihr sofort gefiel.

Sie löste sich aus der Deckung, welche die riesige, über tausend Jahre alte Steineiche mit dem dicken Stamm ihr geboten hatte. »Ich«, sagte sie und lächelte den Jungen offen an. Er war ungefähr so alt wie sie selbst, sechzehn, allerhöchstens siebzehn Jahre.

»Und wieso?«

»Weil du gerade mindestens zwei äußerst unverträgliche Pilzarten in deine Taschen gesteckt hast.«

»Unsinn«, erwiderte der Junge und reckte trotzig das Kinn, wobei ihm eine dunkelblonde Strähne ins Gesicht fiel. »Was soll denn an Pfifferlingen und Röhrlingen gefährlich sein?«

»Ihre giftigen Doppelgänger«, erwiderte das Mädchen knapp und näherte sich dem Jungen. »Zeig doch mal her, ich habe bestimmt recht.«

»Worum wetten wir?«
Sie überlegte. Welcher Wetteinsatz war hoch genug für den Preis einer verhinderten Lebensmittelvergiftung, die vielleicht sogar tödlich endete?
»Ich wette nicht um das Leben«, erwiderte sie schließlich. »Wenn du mir nicht glaubst, dann lass es, obwohl du Satansröhrlinge und spitzbuckelige Rauköpfe gesammelt hast. Der eine führt zu schmerzhaftem Bauchweh, der andere tötet dich langsam, aber sicher. Das sollte dir klar sein.«
»Bist du öfter hier?«, fragte der Junge und betrachtete das Mädchen eingehend. An seiner Miene war nicht abzulesen, ob ihm gefiel, was er sah, aber das machte nichts. Wenn das Mädchen durch den Gespensterwald auf der Anhöhe streifte, unter dessen Boden die Pesttoten aus dem 14. Jahrhundert begraben waren, dann scherte es sich nicht darum, ob es wegen der zerzausten, wirren Haare und verschmutzten Kleider aussah wie eine wilde Hexe.
»Ich lebe praktisch hier«, erwiderte sie, obgleich das nicht ganz stimmte. Doch sie nutzte jede freie Minute, um hier zu sein, den Stimmen der Waldvögel zu lauschen, von denen einige den Gesang schon vor Beginn der von ihr so geliebten Dämmerung anstimmten. Sie mochte das emsige Summen der Waldbienen, erfreute sich an den Erdhügeln, welche die Maulwürfe auf der Suche nach Raupen und Regenwürmern auftürmten, und an der bunten Färbung der Laubbäume im Herbst. Der Anblick von rotem Schlehdorn, den Beeren der Eiben und den kleinen Zieräpfeln, aus denen man, zusammen mit Hagebutten, hübsche Kränze flechten konnte, ließ ihr Herz höherschlagen, und sie kannte kaum einen anderen Ort, an dem sie sich so lebendig fühlte wie hier.
»Gruselst du dich gern oder spielst Verstecken?« Der Junge nestelte an den Taschen seines braunen Samtsakkos, das für einen Ausflug in den Wald viel zu edel war, holte drei Pilze hervor und zeigte sie ihr.
»Vielleicht beides«, erwiderte sie kokett und betrachtete seine Handflächen. Die Nägel waren kurz geschnitten, doch verriet eine dunkle Spur, dass er bis eben in der Erde gewühlt hatte. »Im Übrigen haben

wir beide recht. Zwei von diesen Pilzen sind giftig, der dritte ist ein echter Pfifferling. Sammelst du die Pilze für deine Mutter oder zu deinem eigenen Vergnügen?«

»Für meinen Vater, denn der ist bei uns daheim fürs Kochen zuständig. Heute Abend soll es Pilzpfanne mit Kartoffeln geben, die essen wir alle gern.«

»Klingt, als ginge es bei euch nicht ganz so konventionell zu«, erwiderte sie und bemerkte, dass der Junge sie von Minute zu Minute mehr interessierte. »In Lütteby herrscht leider immer noch weitgehend die klassische Rollenverteilung.«

»Meine Mutter hat keine Lust, sich nur um den Haushalt zu kümmern, sie näht, baut Gemüse im Garten an, arbeitet stundenweise in der Bibliothek in Grotersum und liest selbst sehr gern. Wenn sie in ihren Bücherwelten versunken ist, kann nichts und niemand sie dort herausholen, es sei denn, er ist bereit, sich gewaltigen Ärger einzuhandeln.«

Nun war die Neugier des Mädchens erst recht entflammt: eine Mutter, die den Haushalt zugunsten von Büchern hintanstellte?

Wie sehr wünschte sie sich, dass ihre eigene Mutter sich ein Scheibchen von so einer Haltung abschnitt. Doch sie war konservativ und wich keinen Millimeter von ihrem Weltbild ab, obwohl die Welt sich gerade dramatisch schnell veränderte, Frauen endlich selbstbewusster wurden und immer häufiger lautstark ihre Rechte einforderten. Das Wesen ihrer Mutter war nach außen hin still, sanft und angepasst, doch es gab immer wieder Momente, in denen das Mädchen das Gefühl hatte, dass sich hinter dieser Fassade eine andere Frau verbarg, die jedoch nie zum Vorschein kam.

»Wieso hast du eigentlich keinen Korb dabei, wenn du Pilze sammeln gehst?«, fragte sie in der Hoffnung, sich noch ein Weilchen mit dem Jungen unterhalten zu können, den sie noch nie zuvor gesehen oder bewusst wahrgenommen hatte. Stammte er auch aus Lütteby? Und wenn ja: Wieso nur waren sie einander noch nie begegnet, auch nicht in der Schule?

»Weil ich ihn daheim vergessen habe.«

»Wie unaufmerksam von dir. Oder findest du es einfach nicht lässig, einen Korb zu tragen?«, mutmaßte sie.

»Wer weiß?«, erwiderte der Junge schulterzuckend und grinste so frech, dass dem Mädchen schwindelig wurde. Ihre Beine schienen plötzlich nicht mehr zu ihrem Körper zu gehören.

Die Liebe, so sagte man, konnte einem die Knie weich werden lassen. Und nun erfuhr das Mädchen am eigenen Leib, was das bedeutete, wovon es schon so viel gehört, es aber nie geglaubt hatte.

- 4 -

Nach einer unruhigen Nacht mit wilden Träumen, aus denen ich immer wieder schweißgebadet erwacht bin, halte ich es im Bett nicht mehr aus und stehe auf.

Die Ärztin und Henrikje haben mir geraten, zur Ruhe zu kommen, doch genau diese Ruhe schwächt mich, so gern ich für gewöhnlich allein mit mir und meinen Gedanken bin.

Immer wieder stürmen Bilder meines gestrigen Kenterns auf mich ein, wirken geradezu ekelhaft symbolisch und vermischen sich mit denen von meiner Begegnung mit Florence. Ich wünschte, ich könnte irgendwohin flüchten, wo diese Bilder und meine Gefühle mich nicht einholen.

»Ich muss dringend arbeiten, sonst werde ich noch verrückt«, murmle ich, während ich unter der Dusche stehe, versuche, wieder einen klaren Kopf zu bekommen und die Ereignisse von Sonntag so rational wie möglich zu betrachten.

Was genau ist passiert?

Meine Mutter ist aufgetaucht – im Prinzip eine gute und erleichternde Neuigkeit – und hat mit ihrem Erscheinen alles auf den Kopf gestellt. Das war natürlich unerwartet und ein absoluter Schock, doch nun ist es meine Aufgabe, nicht in diesem emotionalen Chaos unterzugehen, sondern es zu bewältigen. *Sei die Kapitänin auf dem Schiff deines Lebens,* habe ich mal in einem Roman gelesen, und ich finde diesen Leitsatz grandios. Doch manchmal ist es gar nicht so einfach, selbst das Ruder in der Hand zu haben, besonders wenn hohe Wellen über einem zusammenschlagen und man kurz davor ist, jegliche Hoffnung und den Überblick zu verlieren …

Was die reale Havarie mit dem Boot betrifft, so hatte ich Gott sei Dank einen Schutzengel in Gestalt unseres neuen Mitarbeiters Lars Baumann und bin körperlich unversehrt geblieben. An diesem Unfall bin ich eindeutig selbst schuld, denn ich hätte wissen müssen, dass es nicht ratsam ist, aufs Wasser zu gehen, wenn ich gedanklich nicht hundertprozentig beim Rudern bin. Thorsten hat mir von klein auf eingeschärft, an der Küste wachsam zu sein und nichts zu riskieren, weil die Nordsee gefährlich und rau ist, wie jedes kleine Kind weiß.

Die Dinge sind also, wie sie sind, und jetzt gilt es zu überlegen, wie ich mit der augenblicklichen Situation umgehe. Ich muss unbedingt alles in meiner Macht Stehende tun, um zu verhindern, dass sich so etwas wiederholt.

Alltag, Normalität, Selbstfürsorge, Ablenkung …

Ich zähle alle Begriffe auf, die mir gerade in den Sinn kommen, um die Nerven zu beruhigen, atme tief durch, stelle das Wasser aus und greife nach dem flauschigen Handtuch, das auf dem kleinen Hocker vor der Dusche bereitliegt.

Anziehen, Haare kämmen, frühstücken, Zähne putzen und rausgehen …

Vor allem aber: Mit Jonas sprechen, nach dem ich mich so sehr sehne, dass es in jeder Faser meines Körpers und in jedem Winkel meines Herzens wehtut. Hat er versucht, mich anzurufen? Hat er sich Sorgen gemacht, weil er mich nicht erreichen konnte? Als ich mein Smartphone von der Kommode im Flur zur Hand nehme, sehe ich, dass es dringend geladen werden muss, falls es überhaupt noch funktioniert. Also schließe ich es ans Ladekabel und warte darauf, dass die ersten ungelesenen Nachrichten aufploppen. Und tatsächlich hat das wasserdichte Telefon gehalten, was der Hersteller verspricht. Wie gut, denn ich muss mich unbedingt bei Jonas melden.

Sinje fragt, wieso ich nicht im Pastorat übernachtet habe, Malte macht sich Sorgen, ob mich der Seenebel erwischt hat, und Jonas schickt mir einen Gutenmorgengruß mit den Worten: »Habe Sehnsucht nach dir.« Ich beantworte in Windeseile alle Fragen und überlege dann, was ich Jonas schreiben soll. Ich möchte nicht, dass er von jemand anders von meinem Unfall erfährt, sondern will es ihm von Angesicht zu Angesicht erzählen. So toll ich es finde, Text- oder Sprachnachrichten schicken zu können – sie ersetzen keine persönliche Begegnung. Deshalb antworte ich mit einem schlichten »Vermisse dich auch« und verlasse dann die Wohnung. Ich hoffe, wir haben bald die Gelegenheit, uns zu treffen, damit ich ihm in die Augen sehen kann, wenn ich ihm erzähle, was sich ereignet hat.

»Moin, Lina, alles klar bei dir?«, fragt Ahmet freundlich lächelnd, als ich, immer noch ein wenig benommen, in die Morgensonne blinzle. Kaum habe ich meinen Fuß vom Eingang unseres schönen Giebelhäuschens auf den Marktplatz gesetzt, umfängt mich auch schon das geschäftige Treiben eines gewöhnlichen Wochenanfangs in Lütteby. Meine Freundin Amelie ist auf dem Weg zu ihrem Café, der Postbote dreht gerade seine Runde, Handwerker renovieren lautstark das Restaurant nebenan. Die Musik aus ihrem Radio beschallt den ganzen Platz.

Es läuft alles wie gewohnt, und auch ich werde wieder zur Normalität zurückfinden, ich muss einfach! Also sage ich: »Ja, alles klar, danke dir. Ich komme gleich vorbei und hole die Zeitung.«

Nachdem Ahmet im Kiosk verschwunden ist, spüre ich ganz bewusst die wohltuende Wärme der Sonne auf der Haut, die sich in den vergangenen Tagen ziemlich rargemacht hat. Es tut gut zu sehen, wie ihre Strahlen den zarten Grauschleier durchdringen, der nun schon eine ganze Weile über unserem kleinen Städtchen gelegen hat. Henrikje ist gerade dabei, einen der

Postkartenständer auf das Kopfsteinpflaster vor dem Lädchen zu rollen, und mustert mich erstaunt, als ich ihr wortlos dabei zur Hand gehe, so, wie ich es immer tue, auch wenn ich morgens Dienst in der Touristeninformation habe.

»Danke für deine Hilfe, Linchen«, sagt sie schließlich. »Geht's dir denn gut, mien Seuten? Möchtest du heute wirklich wieder arbeiten?«

Wir haben uns seit gestern Abend nicht mehr gesehen, da ich sofort eingeschlafen bin und heute bei mir gefrühstückt habe, aus Sorge, Florence in die Arme zu laufen. »Alles bestens, mach dir keine Gedanken«, versuche ich, Henrikje zu beschwichtigen. »Für mich ist die Arbeit ein wichtiger und schöner Bestandteil meines Alltags, also werde ich heute das tun, was ich auch sonst getan hätte.«

»Das ist sicher eine gute Idee«, stimmt Henrikje mir zu, nachdem sie mir nochmals tief in die Augen geschaut und dabei ein bisschen geseufzt hat. Wenn es nach ihr ginge, bliebe ich noch ein Weilchen im Bett oder ginge im Wald spazieren – doch das ist für mich gerade keine Option. »Deine Mutter ist nach dem Frühstück zurück nach Garding gefahren. Wir haben die ganze Nacht lang geredet, und es bedrückt sie, was ihr Auftauchen bei dir angerichtet hat. Sie weiß, dass sie viele Fehler gemacht hat, und es tut ihr sehr, sehr leid. Ich soll dir liebe Grüße bestellen, sie hofft, dass du ihre Entschuldigung annimmst und irgendwann Lust hast, dich bei ihr zu melden.«

Dazu sage ich erst einmal gar nichts, denn so einfach sind die Dinge nicht für mich und werden es vermutlich auch nicht werden. Henrikje kennt mich gut und spricht das Thema Florence nun nicht mehr an.

Nachdem wir schweigend alle anderen Ständer vor das Lädchen gestellt haben, gehe ich zwei Häuser weiter, wo Ahmet seinen Kiosk betreibt, um die Zeitung zu kaufen. Eine von uns holt jeden Morgen die neue Ausgabe von *Unser kleiner Marktplatz*, damit wir darüber informiert sind, was in Lütteby und der umliegenden Region passiert. Für die Verbreitung aller Neuigkeiten, die nicht in unserem Blättchen stehen, ist Michaela zuständig, die Klatschtante mit dem Herz aus Gold und Jugendfreundin von Florence, wie ich erst seit Kurzem weiß. Ich bin sehr gespannt darauf zu erfahren, wie sie das unerwartete Wiedersehen erlebt und wie lange es dauert, bis sich diese Neuigkeit herumgesprochen hat.

Als ich den Kiosk betrete, erschnuppert meine Nase den köstlichen Duft orientalischer Gewürze, von Räucherstäbchen und dem kräftigen schwarzen Tee, den Ahmet mithilfe eines antiken Samowars zubereitet. Er serviert das Heißgetränk in hübschen türkischen Teegläsern mit geschwungener Wandung und viel Zucker, wenn es einen nach Süßem gelüstet.

»Ihr seid der heutige Aufmacher, wusstest du das?«, sagt Ahmet und reicht mir die Zeitung. Zuerst verstehe ich nicht, was er damit meint, doch dann sticht mir das Foto ins Auge, das Florence auf der gestrigen Trauerfeier am Strand zeigt. Natürlich war bei der Festivität eine Reporterin anwesend, denn Helmut war ein äußerst beliebtes und angesehenes Mitglied unserer Gemeinde. Die Journalistin hat offenbar blitzschnell ein Foto von Florence geknipst, denn das ist natürlich eine absolute Sensation und garantiert hohe Verkaufszahlen. Obwohl sich alles in mir dagegen sträubt, lese ich die Schlagzeile auf der Titelseite:

Verschollene Tochter Lüttebys endlich wieder in den Schoß der Familie zurückgekehrt, steht in dicken Lettern über dem Bild, das mir unter anderen Umständen Tränen der Rührung in die Augen treiben würde, mich aber momentan nur abstößt.

»Ein bisschen weniger schwülstig hätte es auch getan«, murmle ich und überlege, ob ich die Zeitung wirklich kaufen soll. Doch wenn ich es nicht mache, besorgt Henrikje sie sich trotzdem, und letztlich kann ich eh nichts mehr an dem ändern, was dort geschrieben steht. Für die Lokalpresse ist die Rückkehr von Florence ein gefundenes Fressen, schließlich gibt es bei uns nur sehr selten echte Sensationen zu berichten.

»Freust du dich, dass deine Mutter wieder da ist?«, fragt Ahmet, und ich bin mal wieder fasziniert davon, wie unglaublich warm und schön seine dunkelbraunen Augen sind.

»Diese Frage ist nicht einfach zu beantworten«, sage ich, unschlüssig darüber, wie viel Einblick ich Ahmet in meine Gefühlswelt gewähren soll.

»Das kann ich mir vorstellen«, erwidert er. »Magst du ein Glas Tee und Baklava? Die habe ich gestern Abend frisch zubereitet.« Ich nicke erfreut, und mir läuft augenblicklich das Wasser im Munde zusammen. Ahmet kauft den Honig, genau wie Henrikje, bei einem befreundeten Imker und lässt sich die Pistazien und Walnüsse extra aus seiner Heimat schicken, weil sie besonders schmackhaft und von unschlagbarer Qualität sind. »Nimm Platz, dann isst es sich bequemer und gesünder«, sagt er und deutet auf die beiden dicken Sitzkissen auf dem bunten Teppich, die den orientalischen Teetisch mit dem gehämmerten Silbertablett einrahmen und sehr gemütlich sind. Wir genießen eine ganze Weile schweigend, ich bin froh, dass gerade kein Kunde da ist und ich die von Ahmet zubereiteten Köstlichkeiten ungestört genießen kann.

An diesem Platz teilt sich der Kiosk in zwei Universen: Die eine Hälfte ist modern und funktional. Man kann hier Lotto spielen, Pakete aufgeben und abholen, Zeitungen und Zigaretten kaufen, Schokoriegel oder auch einen Flachmann. Die andere Hälfte ist orientalisch eingerichtet, und ich glaube, Ahmet braucht das, um sich in Lütteby nicht verloren zu fühlen. Zu Anfang hatte er nur ein winziges Sortiment an Gewürzen sowie einige Packungen Tee und Mokka im Angebot. Später gesellten sich Halwa, Linsen, Reis und Kichererbsen dazu, weil die Bewohner Lüttebys liebend gern türkisch essen – besonders Mezze haben es uns angetan, da man die so schön teilen kann. So verwandelte sich der vormals eher nüchtern wirkende Kiosk nach und nach und wurde zum beliebten Einkaufs- und Aufenthaltsort, wenn man sich nicht gerade auf dem Marktplatz oder im französischen Café *Chez Amelie* trifft.

»Kennst du das türkische Sprichwort ›Wer die Rose liebt, nimmt ihre Dornen in Kauf‹?«, fragt Ahmet. »Ersetze den Begriff Rose durch Familie oder alle Menschen, die dir etwas bedeuten und die du liebst. Dann weißt du, was zu tun ist.«

Ich lasse seine Worte auf mich wirken, kommentiere sie aber nicht. Nachdem ich aufgegessen, mich für alles bedankt und zwei Ausgaben der Zeitung gekauft habe, verlasse ich den Kiosk mit dem Gefühl, etwas ganz Wunderbares erlebt und erfahren zu haben. Mein Blick fällt auf die Fassaden der Giebelhäuser am Markt. Hier wachsen Rosen in allen Farben an gedrechselten Rankgittern empor. Manche von ihnen haben zarte, schlanke und fast glatte Stiele, andere sind dick, stachelig und abwehrend.

Natürlich werde ich besagte Dornen in Kauf nehmen, aber erst, wenn die Zeit dafür reif ist. Und ich hoffe sehr, dass Florence so lange bleibt, wie ich brauche, um mich ihr anzunähern, und nicht vorher wieder verschwindet. Doch die Angst davor, dass dies erneut geschehen könnte, darf meine Entscheidung nicht beeinflussen und die Dinge nicht unnötig beschleunigen. Es wird so kommen, wie es kommen soll, darauf muss ich einfach vertrauen.

Henrikje kommentiert den Aufmacher der Zeitung nicht, als ich sie ihr auf den Tresen des Lädchens lege und mich dann an das Auspacken neuer Ware mache. Heute haben wir eine Auswahl neuer Spiele für drinnen und draußen geliefert bekommen, die gerade sehr angesagt sind, wie das Wurfspiel

Wikingerschach und auch Ocean Discs, die Frisbeescheiben ähneln. Als ich mehrere kleine Holzboote auspacke, die man im Pool oder in einem Tümpel schwimmen lassen kann, fällt mir siedend heiß ein, dass ich gar nicht weiß, was aus unserem Boot geworden ist.

»Hast du eine Ahnung, wie wir die *Florence* finden können, die leider gestern von der Brandung abgetrieben wurde?«, frage ich mit schlechtem Gewissen. Dieses Boot ist nicht nur wunderschön und schon ewig lange im Besitz der Familie, es war zudem ein Geschenk von Thorsten an Henrikje, als Florence fünf Jahre alt wurde. Meine Großmutter hängt sehr daran und war früher häufig auf dem Wasser, insbesondere wenn sie Kummer hatte oder das Fernweh sie packte.

Henrikje zuckt mit den Achseln und studiert, die Lesebrille auf der Nase, den Lieferschein. »Sie kommt schon wieder zu uns zurück, keine Sorge«, sagt sie, als sei die Florence ein Bumerang oder ein entlaufener Hund und kein kostbares Boot.

»Aber müssten wir nicht die Küstenwache verständigen?«

»Das hat Lars Baumann bereits übernommen, also mach dir keine unnötigen Gedanken, Liebes.«

Lars Baumann darf ich auch nicht vergessen. Ich möchte mich unbedingt für seine Hilfe revanchieren, am liebsten mit einem schönen Geschenk, das ausdrückt, wie dankbar ich dafür bin, dass er zur rechten Zeit am richtigen Ort war und mich beherzt aus den tosenden Fluten der Nordsee geborgen hat.

Leider kommt es nicht gerade selten vor, dass Helden und Heldinnen bei dem Versuch, das Leben anderer zu retten, ihr eigenes verlieren, ein Umstand, der mich jedes Mal todtraurig macht, wenn ich von solchen Tragödien erfahre.

Morgen ist unser erster gemeinsamer Tag in der Touristeninformation, denn heute arbeite ich ausschließlich im Lädchen, vielleicht ergibt sich dann ja eine Gelegenheit, herauszufinden, wofür Lars Baumann sich begeistert, außer für Stand-up-Paddeln und die Reisebranche. Er will ein Buch schreiben, soweit ich weiß, vielleicht hat er ja Freude an einem Schreibratgeber?!

Die folgenden Stunden verfliegen im Nu, das Verkaufen von Postkarten, Briefmarken, Beachball-Sets, Schnorcheln und unzähligen Sommerromanen mit fröhlichen Titelbildern lenkt mich von meinen anstrengenden Gedanken ab. Leider bin ich aufgrund des Wirrwarrs der vergangenen Wochen kaum zum Schmökern gekommen, obwohl ich sonst mindestens fünf bis sechs Bücher im Monat verschlinge und das Lesen für meinen seelischen Ausgleich brauche wie die Nordseeluft zum Atmen.

Als wir kurz nach 18 Uhr die Ladentür schließen, stelle ich mich vor den runden Holztisch, auf dem wir die Urlaubsromane präsentieren, und überfliege sowohl die Titel als auch die Klappentexte, wenn mir ein Cover besonders zusagt.

Die meisten Romane klingen ähnlich und spielen auf Inseln von Norderney über Juist bis hin zu Amrum und Föhr.

In beinahe allen geht es um die Liebe.

Bei dem Gedanken an Jonas krampft sich alles in mir zusammen.

Mich packt eine unbändige Sehnsucht danach, mich aus allem herauszuziehen und irgendwohin zu fahren, wo keiner etwas von mir will und ich einfach ich bin … und wo ich meine Liebe und mein Leben so leben kann, wie ich es möchte.

»Schau mal, wer da draußen auf dich wartet«, sagt Henrikje, die gerade den Kassenabschluss macht und dabei immer wieder über den Brillenrand hinweg durch das Schaufenster blickt.

Ich drehe mich um, und binnen Sekunden fliegen Schmetterlinge Loopings in meinem Bauch. All meine Gefühle und Sehnsüchte flattern wild umher, als ich sehe, dass Jonas vor mir steht, uns beide trennt lediglich die Glasscheibe des Schaufensters. »Jonas scheint dich sehr zu vermissen, wenn er deinetwegen dauernd zwischen Hamburg, dem Hattstedter Koog und Lütteby hin und her jettet. Na los, mach, dass du rauskommst. Amüsier dich, Liebes, das wird dir guttun.«

So schnell ich kann, stürme ich nach draußen und schlinge meine Arme um Jonas. In diesem Moment gibt es nur uns beide, alles andere ist egal. »Das ist ja eine schöne Überraschung«, stoße ich atemlos zwischen zahllosen Küssen aus. »Was machst du denn schon wieder hier? Ich dachte, wir sehen uns erst Ende der Woche.«

Jonas hält mich fest, und ich spüre, wie stark auch sein Herz klopft. »So lange konnte und wollte ich einfach nicht mehr warten«, erwidert er und betrachtet mich so intensiv, als versuchte er, sich jedes einzelne Pigment meines Gesichts einzuprägen. »Außerdem habe ich vorhin in der Online-Ausgabe von *Unser kleiner Marktplatz* gelesen, was passiert ist, und musste einfach nach dir schauen. Du hast gestern wohl schon geschlafen, als ich versucht habe, dich zu erreichen. Geht's dir gut?«

»Jetzt, wo du da bist, ja«, erwidere ich und schmiege mich eng an ihn, auch wenn einige Fußgänger uns neugierig beäugen. Zärtlichkeiten in der Öffentlichkeit sind in Lütteby eher die Ausnahme, es sei denn, zwei verliebte Teenager können nicht mehr an sich halten. Doch auch die vermeiden es meist, ihre Gefühle auf dem Marktplatz zur Schau zu stellen, wo man so gut wie nie unbeobachtet ist.

»Hast du denn überhaupt Zeit, oder bist du mit deiner Mutter verabredet?«, fragt Jonas. »Oder willst du lieber allein sein? Ihr unerwartetes Auftauchen war bestimmt ganz schön aufregend für euch alle.«

»Das kannst du laut sagen«, murmle ich und sehe aus dem Augenwinkel meinen Chef Thorsten auf seinen Krücken an uns vorbeigehen. Er würdigt uns keines Blickes, obwohl er uns bestimmt gesehen hat, und ich bin froh, dass Jonas mit dem

Rücken zu ihm steht. Immerhin hat Thorsten ihn aus dem Job gekickt, ohne einen Beweis dafür, dass Jonas wirklich für Bürgermeister Falk van Hove aus Grotersum spioniert hat. »Doch, natürlich habe ich Zeit und bin unendlich froh, dich zu sehen. Danke, dass du gekommen bist, denn ich brauche dich jetzt und würde gern mit dir über unsere Zukunft reden.«

- 5 -

Wollen wir ans Meer?«, fragt Jonas, und ich würde nichts lieber tun, als »Ja« zu sagen. Seine Hand nehmen, mit ihm barfuß über den samtweichen Sand laufen, in die Wellen hineintanzen, den weiten Himmel über uns, das Rauschen des Meeres in den Ohren und die Ewigkeit im Herzen.

Das Meer ist der Ort, an dem ich alles um mich herum vergesse, der Ort, der wie kaum ein zweiter für meine Liebe zu Jonas steht. Doch die Dinge sind zurzeit nicht so leicht und romantisch, wie sie zu Beginn einer jungen Liebe sein sollten, es türmen sich gerade Probleme auf …

»Lass uns an der Lillebek entlangspazieren und schauen, wohin der Weg uns führt«, erwidere ich und weiß, dass es um weit mehr geht als um das Ziel unseres Spaziergangs.

Prompt ernte ich einen verwunderten Blick von Jonas. Doch er protestiert nicht, sondern folgt mir ans Ufer des Flüsschens. Wir gehen eine ganze Weile stumm nebeneinanderher, ich genieße die Wärme, die er in vielerlei Hinsicht ausstrahlt.

»Soll ich lieber wieder zurück nach Hamburg fahren, und du sortierst dich erst mal in Ruhe?«, fragt er, als wir außer Hörweite anderer Spaziergänger sind. »Ich kann mir vorstellen, dass das alles ein bisschen viel auf einmal für dich ist. Und nun komme auch ich noch spontan vorbei. Bitte entschuldige, das war unüberlegt von mir.«

»Ja, das Auftauchen von Florence war ein echter Schock, den ich ganz sicher nicht so schnell verdauen werde. Ich habe gestern sogar einen kleinen Schwächeanfall erlitten, als ich mit dem Boot auf dem Meer war, aber ich freue mich wie verrückt, dass du da bist«, platzt es aus mir heraus, obwohl ich eigentlich gar nichts von meinem Unfall erzählen wollte.

»Einen Schwächeanfall?« Jonas bleibt abrupt stehen. »Hattest du so etwas schon mal?«

Ich schüttle den Kopf. »Nein, und ich will auch nicht, dass sich das wiederholt. Das war … grauenvoll … und hätte Lars Baumann mich nicht aus dem Wasser gefischt … ich weiß nicht, was passiert wäre …« Obwohl ich es nicht möchte, beginne ich zu weinen und habe das Gefühl, dass ich gar nicht mehr aufhören kann. Das Entsetzen darüber, was gestern alles hätte geschehen können, schüttelt mich durch und durch.

Ich mag mir gar nicht ausmalen, dass ich Jonas womöglich nie wiedergesehen hätte …

»Du bist aus dem Boot gefallen und musstest gerettet werden?« Jonas' zutiefst schockierter Blick spricht Bände. »Wieso hast du mich nicht angerufen? Ich hätte mich sofort ins Auto gesetzt und wäre zu dir gekommen.«

»Das ist lieb, hätte mir aber in dem Moment nichts genützt. Es ist ja zum Glück auch alles gut gegangen, doch es kam gestern so einiges zusammen: das Auftauchen meiner Mutter, die Trauer um Helmut, der Seenebel und die Tatsache, dass ich viel zu sehr in Gedanken war, um die Gefahr zu bemerken. Als ich kaum noch die Hand vor Augen sehen konnte, bekam ich Angst und bin dann wohl in Ohnmacht gefallen. Aber keine Sorge, mir fehlt nichts weiter, außer dass ich Ruhe brauche.«

»Du sagst das so, als sei das eine Lappalie. Ist dir eigentlich klar, was du da sagst, Lina? Und weiß deine Mutter, wie heftig du auf ihr Auftauchen reagiert hast?«

Ich erzähle Jonas alles, was es über den gestrigen Tag zu berichten gibt, und auch, dass ich zurzeit nicht vorhabe, mich tiefergehend mit Florence auseinanderzusetzen, ehe ich weiß, dass es der richtige Zeitpunkt ist und ich stark genug bin. »Nimm den Job in London an, und starte dort neu durch«, sage ich, beinahe mehr zu mir selbst als zu Jonas. »Ich werde währenddessen daran arbeiten, wieder ins Gleichgewicht zu kommen. Vielleicht nehme ich auch therapeutische Hilfe in Anspruch, mal sehen, meine ungeklärte Familiengeschichte wäre schließlich Anlass genug dafür. Das Wichtigste ist jetzt erst mal: keine weiteren Enthüllungen, keine Überraschungen und so viel Normalität wie möglich.«

»Ich finde die Idee, dir seelischen Beistand zu holen, klug und richtig«, sagt Jonas mit leiser Stimme. »Es ist ohnehin ein Wunder, dass du bislang ohne Unterstützung klargekommen bist. Das liegt sicher zum einen daran, dass du eine sehr starke Frau bist, und zum anderen daran, dass Henrikje alles für dich getan hat, was in ihrer Macht stand.«

»Tja, so sind wir Nordfriesinnen«, erwidere ich, während Tränen unaufhaltsam meine Wangen hinunterkullern. »Wir sind es seit Jahrhunderten gewöhnt, uns weitgehend allein durchzuschlagen, und haben gelernt, für uns einzustehen. Wer hätte sonst für das Überleben der Familien gesorgt, während die Männer auf hoher See waren, um Wale zu fangen oder Kriege zu führen? Das liegt uns wohl noch immer im Blut, auch wenn heutzutage keiner mehr aufs Meer muss, um seine Liebsten durchzubringen. Dafür haben wir andere Schlachten zu schlagen.«

»Du musst diese Schlacht aber nicht allein schlagen, das weißt du hoffentlich«, sagt Jonas und zieht mich wieder fest an sich. Umhüllt von seinem wunderbaren, warmen Duft, erscheint die bloße Vorstellung, ihn bald nur noch selten sehen zu können, schier unerträglich.

»Danke, das weiß ich, aber letztlich kann nur ich allein mich mit Florence und dem, was daran hängt, auseinandersetzen. Ich werfe ihr nämlich nicht nur vor, dass sie mich als Baby verlassen hat, sondern auch, dass sie den Namen meines Vaters geheim gehalten hat. Wahrscheinlich weiß er ebenfalls nichts von meiner Existenz.«

»Das könnte natürlich sein. Es ist so traurig, dass Florence, bei allem Verständnis, das ich für ihre seelische Krankheit habe, euch beide der Möglichkeit beraubt hat, eine Familie zu sein.« Jonas legt den Arm um mich, als wollte er das Unrecht wiedergutmachen, das mir widerfahren ist, was ich unglaublich lieb und süß finde. Seine Gegenwart ist Balsam für meine Seele, weil ich spüre, dass er mich versteht und meine teils widerstreitenden Emotionen gut bei ihm aufgehoben sind.

»Wer weiß? Vielleicht habe ich sogar Geschwister«, spreche ich endlich laut aus, was ich in den vergangenen Jahren gedacht, aber immer wieder verdrängt habe. »Eine große Familie, nach der ich mich schon als Kind gesehnt habe«, ergänze ich seufzend. »Ich hätte so gern einen Bruder oder eine Schwester gehabt, egal, wie nervig die vielleicht gewesen wären.«

Der leise Wind trocknet allmählich meine Tränen, und es wird Zeit, endlich über unsere ungewisse Zukunft zu sprechen. »Wann fängst du eigentlich in London an?«, frage ich, weil ich wissen möchte, wie viel gemeinsame Zeit uns noch bleibt, denn ich will sie auskosten, um Kraft zu schöpfen für alles, was künftig auf uns beide wartet.

»Wenn es nach der Geschäftsführung geht, am 1. Juli«, erwidert Jonas so leise, dass ich ihn kaum verstehe. »Aber ich werde dich jetzt auf gar keinen Fall allein lassen.«

Am 1. Juli?! Das ist übermorgen …

»Ach was, ich bin doch kein …« Ich suche nach den richtigen Worten und bemühe mich, stark und selbstsicher zu wirken.

»… Pflegefall oder so. Momentan ist mein Leben ziemlich herausfordernd und turbulent, aber es ist gut, dass zumindest ein Teil dieser Geheimnisse gelüftet wird, unter denen ich so lange gelitten habe. Es wird allerdings eine ganze Weile dauern, bis ich weiß, wo mein Platz ist.«

»Du möchtest wirklich, dass ich nach London gehe?«, fragt Jonas. »Würdest du das auch sagen, wenn deine Mutter nicht so plötzlich aufgetaucht wäre?«

»Ja, das würde ich. Wir haben doch schon mehrfach darüber gesprochen. Es gibt laut den bisherigen Recherchen in Norddeutschland keinen adäquaten Job für dich, also müssten wir ohnehin pendeln. Ich möchte, dass du eine Arbeit hast, die dich erfüllt, und dass du genau das tust, wovon du geträumt hast. So kitschig es auch klingt: Wenn das Schicksal uns beide füreinander bestimmt hat, dann werden wir auch zusammen sein, egal, was passiert, und egal, wie viele Kilometer uns trennen.«

»Habe ich auch etwas dazu zu sagen, oder triffst du diese Entscheidung ganz allein?«, fragt Jonas, mit einem Hauch Ungeduld in der Stimme.

»Aber natürlich, bitte entschuldige, das kam jetzt wahrscheinlich falsch rüber«, stammle ich, überfordert von der Situation. »Natürlich wäre es schön, mich nicht von dir trennen zu müssen, aber ich bin schon groß und weiß, dass ich das aushalte. Die Arbeit geht nun mal vor.«

Jonas runzelt die Stirn, und ich gäbe viel darum, zu wissen, was er gerade denkt und fühlt. »Es ist schön, dass du meiner Karriere nicht im Weg stehen willst, denn das würde ich umgekehrt auch nie tun. Und es gibt zudem einen weiteren Grund, der mich nach London zieht. Meine Großtante Maud lebt dort, ich habe in meiner Kindheit viel Zeit bei ihr verbracht, ein Austauschjahr in der Schulzeit inklusive. Sie wohnt allein, ist nicht mehr die Jüngste und leider nicht gesund. Also wäre das eine gute Möglichkeit, sie häufiger zu besuchen, zu unterstützen und ein wenig von der Liebe zurückzugeben, die sie mir geschenkt hat, seit ich denken kann. Aber ich hoffe, dass wir uns so häufig wie möglich sehen, sollte ich wirklich nach London gehen, und uns gegenseitig besuchen. Sonst halte ich es nicht aus, von dir getrennt zu sein, und bleibe doch hier bei dir.«

»Ich wusste gar nicht, dass du eine Verwandte in London hast«, murmle ich gerührt. Bislang haben wir in erster Linie über mich und meine Familie gesprochen, und er ist allen Fragen hinsichtlich seiner Herkunft ausgewichen. »Dann solltest du auf alle Fälle in ihrer Nähe sein. Zeit mit den Menschen zu verbringen, die einem am Herzen liegen, ist das Kostbarste, was es gibt, und unersetzbar.«

»Das stimmt allerdings«, erwidert Jonas leise. »Was hältst du von folgender Idee: Wir geben uns beiden erst mal die Chance, die Dinge in Angriff zu nehmen, die jetzt anstehen, besuchen einander aber regelmäßig. In drei bis vier Monaten entscheiden wir dann gemeinsam, wie es weitergeht. Bis dahin hast du dich hoffentlich längst erholt, und vielleicht gelingt es dir sogar, ein gutes Verhältnis zu Florence aufzubauen und Antworten auf die vielen Fragen zu bekommen, die dich seit deiner Kindheit quälen. Ich finde derweil heraus, ob der neue Job wirklich so toll ist, wie ich es mir erhoffe, und ob es die Möglichkeit gibt, einiges vom Homeoffice aus zu erledigen, das dann ja auch in Lütteby sein könnte. Bitte wirf nicht einfach alles über Bord, weil du gerade – völlig verständlicherweise – durcheinander und überanstrengt bist. So schnell wirst du mich nicht los, Lina, es sei denn, es ist wirklich dein ausdrücklicher Wunsch.«

Ich schließe für einen Moment die Augen.

In vier Monaten wird es Herbst sein in Lütteby.

Dann erobern die schwarzen Krähen unser Städtchen, die Kastanien fallen von den Bäumen und Stürme fegen das bunt gefärbte Laub von den Ästen.

Ende Oktober wollen wir das Fest anlässlich der Verschonung unseres Städtchens vor der großen Sturmflut feiern. Und ich möchte so gern, dass Jonas an diesem Tag dabei ist, schließlich haben wir das alles gemeinsam geplant, und dieses Meeting hat zum ersten Mal gezeigt, wie verbunden wir miteinander sind, auch wenn uns dies damals nicht bewusst war.

Vier Monate sind eine lange, lange Zeit, wenn man sich nach dem anderen verzehrt und sich nur selten sehen kann.

Textnachrichten lesen ist nicht dasselbe wie den anderen spüren, riechen, schmecken, fühlen. Doch ich werde mich Jonas nicht in den Weg stellen, weil mein Wunsch nach Nähe so stark ist und Vermissen nun mal wehtut …

»Ich möchte mit dir zusammen sein, egal, ob in Lütteby, London oder am Nordpol«, sage ich leise. »Und ich möchte noch ganz, ganz viel über dich erfahren und nicht nur im Nebensatz von einer Großtante in London hören, die dir offenbar sehr viel bedeutet.«

Jonas bleibt stehen und gibt mir einen langen, zärtlichen Kuss. »Das ist genau das, was ich ebenfalls fühle. Egal, wie schwer die nächsten Wochen auch werden, so wissen wir doch beide, dass es etwas gibt, worauf wir uns freuen können, nämlich auf unser Wiedersehen. Doch gerade jetzt sind wir zusammen, was wir in vollen Zügen genießen sollten. Was hältst du von einer kleinen Spritztour zum Hattstedter Koog? Wir könnten dort spazieren gehen und anschließend entweder im Bulli übernachten, den Oliver mir für die Fahrt hierher geliehen hat, oder im Baumhaus, das Onkel Tobias mir gebaut hat, als ich ein Kind war. Ich habe alles für ein Picknick dabei, warme Decken und …«

»Eine Nacht im Baumhaus?«, frage ich und fühle mich mit einem Mal wie elektrisiert. Mit Jonas ist alles ein Abenteuer, und ich habe immer schon davon geträumt, mal in einem Baumhaus zu schlafen und von dort aus in den Sternenhimmel zu schauen. Doch bislang ist es bei diesem Traum geblieben. »Wie großartig ist das denn bitte?«

»Na, dann mal los, sonst verpassen wir den Sonnenuntergang am Koog«, sagt Jonas, und wir küssen uns so lange, dass Zeit und Raum plötzlich keine Rolle mehr spielen …

- 6 -

»Ist das nicht ein himmlisch schöner Abend?«, fragt Sinje, bohrt die nackten Zehen in die saftige Grasnarbe des Pastoratsgartens und dreht das Glas *Lillet Wild Berry* mit klirrenden Eiswürfeln in ihren Händen. Es ist wunderbar warm, die Vögel singen fröhlich in den Bäumen. »So gern ich am Strand bin, muss ich doch sagen, dass es sich hier auch gut aushalten lässt. Hoffentlich kann dich dieser Sommercocktail ein wenig über den Trennungsschmerz wegen Jonas hinwegtrösten.« Ich bin leider trotz des schönen Wetters nicht halb so gut gelaunt wie Sinje, denn Jonas fehlt mir jetzt schon unendlich. Morgen früh fliegt er nach London, den heutigen Abend verbringt er bei seinem Freund Oliver in Hamburg, dann trennen uns über tausend Kilometer Fahrtstrecke, etliche Seemeilen und Herzschmerz. »Alkohol ist leider keine Lösung gegen das Vermissen, weil ich dann ganz besonders gefühlsduselig werde«, erwidere ich melancholisch. »Wusstest du, dass es sich, statistisch gesehen, nach zwei Jahren Fernbeziehung entscheidet, ob man zusammenbleibt oder sich trennt?«

»Du stellst doch nicht wirklich infrage, ob eure Liebe die Distanz zwischen Lütteby und London übersteht, oder?«, fragt Sinje kopfschüttelnd. »Lina, Lina, hab doch ein bisschen mehr Vertrauen. Du hast mir doch gerade erzählt, dass Jonas alles stehen und liegen gelassen hat und viele Kilometer gefahren ist, um bei dir sein zu können. Und zudem hatte er auch noch alles für ein romantisches Picknick dabei, und ihr konntet in einem

Baumhaus schlafen. Der Mann ist so verliebt in dich, dass er vermutlich alles für dich tun würde. Und hey, London ist nicht am Ende der Welt, es gibt Skype, FaceTime und oft sogar günstige Flüge. Außerdem schürt die Distanz die Sehnsucht, was wiederum die Liebe und Romantik befeuert. Glaub mir, der Alltag kommt ohnehin früh genug, wie wir beide durch unsere Beziehungen mit Gunnar und Olaf wissen.« So, wie Sinje das sagt, klingt das alles schon viel besser. Sie hat sicherlich recht. Ich will meinem Bauchgefühl vertrauen und mir, sollte ich jemals Zweifel haben, wieder die letzte Nacht mit Jonas in Erinnerung rufen.

Mit ihm ist alles einzigartig, selbst das Teilen eines schlichten Käsebrots, das Beobachten von Schafen und Kühen oder der Spaziergang über den Koog, wo es nach Gülle gerochen hat statt nach frischer Nordseebrise.

»Apropos Gunnar«, sage ich, weil es auch im Leben meiner Freundin drastische Veränderungen gibt. »Wie geht's dir jetzt eigentlich, und wann willst du die Neuigkeit verkünden?« Sinje ist eine wichtige Person des öffentlichen Lebens in unserer kleinen Stadt und tut deshalb gut daran, die Gemeinde von sich aus zu informieren, dass sich das Traumpaar Lüttebys gestern getrennt hat, um nicht Opfer willkürlichen Klatsches zu werden.

Eine Biene nimmt summend Kurs auf Sinjes nackten Oberschenkel und lässt sich darauf nieder, ohne dass Sinje sich daran stört.

»Mach dir bitte keine solchen Sorgen«, versuche ich, sie wegen ihrer Befürchtungen zu beruhigen. »Zuerst sind die Leute sicher schockiert, doch irgendwann gewöhnen sie sich daran, dass ihr kein Paar mehr seid. Wer dich kennt, weiß, dass du dir diese Entscheidung nicht leicht gemacht hast.«

»Wenn Gunnar und ich in beidseitigem Einvernehmen getrennte Wege gingen, wäre das was anderes. Aber in diesem Fall bin ich die Bitch, die ihn verlässt, weil sie sich in einen anderen

Kerl verguckt hat. Glaub mir, das gibt böses Blut, zumindest bei den Erzkonservativen. Außerdem habe ich ein furchtbar schlechtes Gewissen Gunnar gegenüber und fühle mich schuldig«, widerspricht Sinje.

»Das brauchst du nicht, denn eure Trennung war leider längst überfällig. Natürlich muss Zeit verstreichen, bis ihr beide das alles verdaut habt, schließlich wart ihr ewig lange zusammen und wolltet heiraten. Doch du kannst auf alle Fälle mit meiner Unterstützung und dem Beistand von Henrikje, Anka und vielen anderen rechnen. Keiner wird dich verurteilen, weil du diese Entscheidung gefällt hast. Was Sven betrifft, wäre es allerdings sicher klug, den Ball erst einmal ein bisschen flach zu halten und dich nicht mit ihm in Lütteby zu zeigen.«

In diesem Moment beginnen Sinjes Augen zu strahlen. »Sven ist so wunderbar und hat Verständnis dafür, dass wir uns zurückhalten müssen. Aber es fällt mir, ehrlich gesagt, nicht leicht, denn ich würde ihn momentan am liebsten rund um die Uhr sehen und nicht nur heimlich für ein, zwei Stunden. Aber jetzt zu einem viel wichtigeren Thema: Was ist eigentlich mit Florence? Du hast erzählt, dass sie wieder zurück in ihr Zuhause nach Garding gefahren ist und nun darauf wartet, dass du dich bei ihr meldest. Willst du das zurzeit überhaupt, oder ist es dafür noch zu früh?«

Bei der bloßen Erwähnung des Namens meiner Mutter erstarre ich innerlich. »Es ist eindeutig zu früh«, murmle ich. »Sie hat sich zwar dafür entschuldigt, dass sie uns spontan auf der Trauerfeier überfallen hat, aber ich bin noch nicht bereit, ihr zu verzeihen. Keine Ahnung, wann ich es sein werde oder ob überhaupt jemals. Meine Mutter hat es immerhin fünfunddreißig Jahre lang nicht gekümmert, was für Folgen ihr Verhalten nach sich gezogen hat, also wird sie es schon verkraften, wenn sie sich selbst ein Weilchen in Geduld üben muss.«

»Wie wäre es zur Abwechslung und allgemeinen Entspannung mit einem Wellnessurlaub?«, schlägt Sinje vor. »In St. Peter-Ording werden im Resort *Meerzeit* seelische Anspannungen erfolgreich mit Schlammpackungen, Vichy-Duschen und Hydrotherapie gelindert. Aber natürlich kann man dort auch kneippen, Meersalzpeelings bekommen und Yoga am Strand machen. Klingt das nicht super?«

In Gedanken sehe ich mich schon neben Sinje auf einer Massagebank liegen, habe den Duft von Aromaöl in der Nase und lausche dem Klang von meditativer Musik, während jemand die angestaute Anspannung aus meinem Körper massiert. Ja, das wäre traumhaft schön.

»Wollen wir direkt nach der Sonntagspredigt fahren?«, schlage ich vor. »Henrikje wird mir sicherlich auch zu einem Wellnessurlaub raten und gibt mir bestimmt spontan frei. Immerhin hat sie auch dafür gesorgt, dass das für heute Abend geplante Treffen zur Verhinderung des Umbaus der Spukvilla zum Golfhotel verschoben wird, bis ich wieder topfit bin. Bei Thorsten bin ich mir da nicht ganz so sicher, ich gehe mal eben bei ihm vorbei, das ist besser, als ihn am Telefon zu überfallen. Magst du inzwischen die Buchung reservieren? Sobald ich zurück bin, können wir dann unseren Urlaub buchen.«

»Grandiose Idee«, erwidert Sinje und hat auch schon das Handy am Ohr. Ich öffne die Gartenpforte und atme tief durch.

Als ich den Weg zur Reetdachkate von Thorsten und seiner Frau Irmel einschlage, fällt mir allerdings ein, dass die beiden auf einer Geburtstagsfeier eingeladen sind, also schicke ich doch eine Nachricht an Thorsten.

Statt zurück zum Pastorat, führt mich mein Weg wie durch Zauberhand gelenkt zum Apostelkirchlein. In schwierigen Zeiten ist dieser Ort Zuflucht für mich, eine stille Oase, in der ich meine Gedanken sortieren und um himmlischen Beistand bitten kann. Wenn ich mir etwas sehr stark wünsche oder das Bedürfnis verspüre, mich für etwas zu bedanken, zünde ich eine Kerze an und verweile in der Kirche, deren ruhige, schöne Atmosphäre wunderbar wohltuend ist. In dem Moment, als ich die Hand auf die Klinke der schweren Eichentür lege, öffnet sich diese, und ich sehe mich plötzlich der Frau gegenüber, die ich zurzeit am allerwenigsten sehen will: Florence.

Wir weichen beide erschrocken voreinander zurück, ein Schatten verdunkelt ihre Silhouette, und ich patsche im Rückwärtsgang in eine tiefe Pfütze, die ich zuvor sorgsam umgangen habe. Mein erster Impuls ist, mich umzudrehen und so schnell ich kann zu Sinje zu flüchten, doch dann flüstert eine innere Stimme mir zu, dass ich dieses unerwartete Zusammentreffen auch als *Zeichen* betrachten könnte.

Florence scheint es ebenso zu ergehen, denn sie tritt wieder hinaus ins abendliche Sonnenlicht, schenkt mir ein verschämtes Lächeln und sagt leise: »Hallo, Liebes.«

Ich weiß nicht, ob es das Wort *Liebes* ist, das mich mit einem Mal so anrührt, oder ihre offensichtliche Furcht davor, mich zu sehen, oder etwas völlig anderes. Doch ich erwidere ihr zaghaftes »Hallo« und mache dabei einen Schritt nach vorn, leider wieder mitten in die Pfütze hinein.

»Man braucht hier immer noch Gummistiefel, wenn es mal ein paar Tage hintereinander geschüttet hat«, sagt Florence. »Jetzt hast du bestimmt nasse Füße.«

»Ach was, das ist schon okay«, erwidere ich.

Dann schweigen wir beide.

Ich betrachte ihr Gesicht, das Gesicht einer Frau über fünfzig, die mir zugleich fremd und vertraut ist und die der Grund dafür ist, dass ich auf der Welt bin. Und zwar nicht an irgendeinem x-beliebigen Ort, sondern im zauberhaften Lütteby, dem Ort, an dem Wunder geschehen, wenn man sie als solche erkennt und offen für sie ist. In diesem Augenblick bin ich dankbar, denn elternlos in einer Umgebung aufzuwachsen, die sich nicht so liebevoll sorgt und kümmert wie hier, wäre wahrscheinlich die Hölle auf Erden gewesen.

»Möchtest du meine Schuhe haben, damit du trockenen Fußes nach Hause kommst?«, fragt Florence, den Blick auf meine pitschnassen und leicht verschmutzten Sneakers gerichtet.

»Welche Schuhgröße hast du denn?«, frage ich, obgleich eine Million weitaus existenziellerer Fragen auf Beantwortung warten.

Doch für den Moment genügt diese eine.

»Sechsunddreißig«, erwidert Florence. »Und du?«

»Sechsunddreißig.«

Ein feines Lächeln huscht über ihr Gesicht, und nun wage ich es, ihre Züge genauer zu betrachten und ihren Anblick nicht nur als Bedrohung zu empfinden. Florence ist wunderschön, doch man sieht an den Fältchen, die sich um die blaugrauen Augen und auf der Oberlippe kräuseln, dass das Leben Spuren hinterlassen hat. Vor mir steht keine Frau, die auf Rosen gebettet war, sondern eine, die es nicht leicht hatte und vermutlich auch jetzt nicht hat.

Ihre Hände zeugen davon, dass sie sich viel im Freien aufhält, vielleicht auch körperlich arbeitet. Altersflecken verteilen sich auf dem Handrücken wie die zarten Tupfen pointillistischer Maler, die Fingernägel sind so kurz, dass mir der Gedanke in den Sinn kommt, sie könne Nägel kauen. Ihre Haltung ist gleichzeitig angespannt und gelassen. Sie steht einfach vor mir, die Arme hängen an beiden Seiten ihres schmalen Körpers herab. Florence trägt die rötlichen Haare zum Pferdeschwanz gebunden, der fransige Pony soll wahrscheinlich die beiden Stirnfalten kaschieren, die zwischen den Haarsträhnen erkennbar sind. Solche Falten entstehen, wenn man konzentriert nachdenkt. Ob sie wohl genauso viel über die Dinge des Lebens sinniert wie ich?

»Danke für dein nettes Angebot, aber ich habe es nicht so weit zu Sinje. Da bekomme ich Flipflops.«

»Ist Sinje nicht das Mädchen, das nach deiner Geburt im Krankenhausbettchen neben dir lag?«, fragt Florence. »Ist sie deine beste Freundin?«

Ich nicke, während mich eine unerklärliche Woge der Sehnsucht danach erfasst, mich in die Arme dieser Frau zu stürzen, die mich geboren, jedoch im Stich gelassen hat. Sie kennt zwar meine Schuhgröße nicht, aber sie hat mir ihre Schuhe angeboten und würde selbst barfuß gehen, weil meine Füße nass geworden sind.

Sie erinnert sich daran, dass Sinje und ich zusammen auf der Neugeborenenstation lagen, sie stellt die richtigen Fragen. Ich erinnere mich an ihren Duft, der mir wie ein verführerisches Parfüm in die Nase steigt. Es ist der Duft aus der Zeit, in der ich ein Baby war, an der Brust meiner Mutter lag und mich dort wohlig geborgen fühlte. Die Zeit, in der sie mir Plüschbär *Schlafi* geschenkt hat.

»Bedauerst du es?«, frage ich, weil diese Frage eigentlich die einzige ist, auf die ich wirklich eine Antwort brauche.

Alles andere ist vorerst nebensächlich.

»Zutiefst«, erwidert Florence und streckt mir beide Hände entgegen. Doch so gern ich sie auch ergreifen und spüren möchte, wie sie sich anfühlen, ich kann nicht.

Ich murmle: »Bitte verzeih mir«, mache auf dem Absatz kehrt und laufe, so schnell ich kann, in Richtung Pastorat.

- 7 -

»Ist dir ein Gespenst erschienen?«, fragt Sinje, als ich zurück bin und mich ächzend auf den Stuhl neben ihr fallen lasse. »Oder trainierst du heimlich für den Grotersum-Marathon im Herbst?«

»Ich bin gerade Florence in die Arme gelaufen«, erkläre ich, immer noch völlig durcheinander.

»Florence? Bei Thorsten?« Ich erzähle, dass ich urplötzlich das Bedürfnis verspürt habe, in der Kirche eine Kerze anzuzünden, und dann unverhofft meiner Mutter gegenüberstand.

»Krass«, sagt Sinje. »Übrigens war ich leider einen Tick zu spät mit meinem Anruf im Resort. Sie haben uns auf die Warteliste gesetzt, allerdings ist das jetzt unwichtig. Erzähl: Ist alles in Ordnung mit dir? Hast du Florence gegenüber jetzt ein anderes Gefühl als bei ihrem Auftauchen bei der Trauerfeier?«

»Irgendwie schon«, murmle ich und versuche, meine widerstreitenden Emotionen in Einklang zu bringen. Doch das ist mindestens genauso schwierig, wie in Worte zu kleiden, inwiefern sich mein Empfinden ihr gegenüber gerade verändert hat. Auch wenn es nur ein winziges bisschen ist … »Sie konnte sich noch erinnern, dass unsere Betten in der Neugeborenenstation nebeneinanderstanden, und fragte, ob du meine beste Freundin bist. Das war irgendwie … rührend und hat mir noch mal vor Augen geführt, dass Florence die Frau ist, die mich zur Welt gebracht hat und immerhin die ersten drei Wochen meines Lebens geliebt haben muss … zumindest hoffe ich das.«

Mal wieder beschleicht mich der Gedanke, dass meine Mutter mich womöglich gar nicht wollte, dass die Schwangerschaft lediglich ein *Unfall* war, der ihre ohnehin schon vorhandene Depression verstärkt hat.

Sinje sagt eine Weile gar nichts. Sie schnäuzt sich, und mit einem Mal sehe ich, wie eine Träne nach der anderen über ihre Wangen rollt.

»Alles gut?«, frage ich überrascht.

»Alles gut«, erwidert Sinje und putzt sich erneut die Nase, diesmal ziemlich geräuschvoll. »Weißt du noch, wie winzig wir damals waren?« Ich schmunzle, weil ich die Frage amüsant finde und mich natürlich nicht *wirklich* daran erinnern kann, dass Sinje und ich für wenige Stunden »Nachbarinnen« im Kreiskrankenhaus waren, das haben wir erst später von Henrikje gehört. Kurz nach der Geburt können Babys ja noch nicht einmal scharf sehen. »Wir waren klein, süß und hatten das Leben noch vor uns«, schnieft sie. »Zudem waren wir unschuldig und hatten keine Ahnung davon, dass wir später Menschen, die wir lieben, wissentlich und unwissentlich verletzen würden. Für deine Mama ist die Situation mit dir bestimmt auch alles andere als einfach – herrje, in was für einem Schlamassel befinden wir uns beide gerade?!« Ich stehe auf und umarme Sinje, was nicht ganz einfach ist, weil sie immer noch sitzt. Dann streiche ich ihr über den Kopf und spüre die seidenweichen Haarsträhnen zwischen meinen Fingern. »Das kannst du laut sagen«, erwidere ich und seufze schwer. Das Gesicht meiner Mutter ist mir so präsent, als stünde sie direkt neben mir. Mein Eispanzer schmilzt, das Bollwerk der Ablehnung bröckelt und macht mich noch unsicherer, als ich es ohnehin schon bin. Nun fühle ich mich meinen Emotionen schutzlos ausgeliefert. Genauso scheint es auch Sinje gerade zu gehen, wenn auch aus anderen Gründen. »Gunnar wird dir irgendwann verzeihen und wieder glücklich werden, das weiß ich ganz genau«, sage ich leise; eine Amsel untermalt fröhlich trällernd meine Worte. Allmählich bricht die Abenddämmerung herein, ein wunderbarer Sonnenuntergang wartet auf uns. »Es wäre nicht richtig gewesen, ihn zu heiraten, wenn du ihn nicht von ganzem Herzen liebst. Das hätte er gespürt und wesentlich mehr darunter gelitten als unter dieser Trennung, die ihm eine Chance gibt, die Frau zu finden, mit der er sich seinen Wunschtraum von einer großen Familie erfüllen kann. Immerhin gibt es einige in Lütteby und Umgebung, die ihn ziemlich anschmachten, wenn er auf einem Fest auftaucht oder bei einem Fußballspiel das entscheidende Tor schießt. Und vergiss nicht«, ich muss kichern, als ich das sage, »wie viele Frauen Feuerwehrleute unglaublich sexy finden, auch wenn sie das nicht hauptberuflich machen.«

»Das stimmt allerdings«, erwidert Sinje mit einem kleinen Lachen. »Übrigens habe ich dir ja noch gar nicht erzählt, dass Gunnar die beiden romantischen Briefe an mich geschrieben hat.«

»Welche Briefe?«, frage ich verwirrt.

»Die, die mit dem Initial L unterzeichnet waren.«

»Nicht dein Ernst, oder?« Ich stehe auf und gehe ein paar Schritte auf und ab. Was haben wir uns nach dem Eintreffen des ersten anonymen Briefs verrückt gemacht und stundenlang gerätselt, weil die Absenderadresse nicht zu entziffern gewesen war, da Sinje ein kleines Malheur mit dem Umschlag passiert war. Doch ich wäre nicht im Traum darauf gekommen, dass Gunnar der Verfasser sein könnte.

»Gunnar sagte, er wollte in diesen Briefen all das Schöne über mich schreiben, was er mir schon eine ganze Weile nicht mehr sagen konnte, weil ich mich seiner Ansicht nach sehr viel früher innerlich von ihm entfernt habe, als es mir selbst bewusst gewesen ist.« Ich versuche, mich an den Wortlaut der poetischen

Zeilen zu erinnern, doch es gelingt mir nicht im Detail. Sie endeten mit den Worten: »Es genügt mir, in deiner Nähe zu sein«, oder so ähnlich.

»Aber was genau hat Gunnar damit bezweckt?«, frage ich, immer noch überrascht von der unerwarteten Auflösung dieses Rätsels, das uns beide immerhin über ein Jahr beschäftigt hat. »Und was für ein Absender stand auf dem ersten Kuvert, das du durch die Kollision mit dem verfaulten Apfel im Briefkasten so verunstaltet hast?«

»Keine echte, weil Gunnar ja zunächst ganz bewusst anonym bleiben wollte«, erwidert Sinje und steckt das Tempo in die Tasche ihrer Jeansshorts. »Diese ganze Aktion war nicht wirklich durchdacht, auch nicht das Verwirrspiel mit dem Buchstaben L. Er wollte mich mit dem dritten Brief, den er vor Kurzem geschickt hat, um ein Rendezvous bitten und schauen, ob ich mich darauf einlasse. Sozusagen als Prüfung.«

»Was für ein merkwürdiger, unlogischer Versuch, dich zu umgarnen, aber auch gleichzeitig aufs Glatteis zu führen und damit auf die Probe zu stellen. Ich weiß gerade nicht, was ich dazu sagen soll, außer dass Gunnar deinetwegen ziemlich verzweifelt gewesen sein muss. Und natürlich, dass er toll schreiben kann, wenn er will.«

»So kann man es auch ausdrücken«, sagt Sinje. »Ich finde es ziemlich krass, dass er ganz bewusst mit dieser Prophezeiung aus Kindertagen gespielt hat, obwohl er genau weiß, wie viel sie mir bedeutet und dass ich daran glaube, auch wenn mir klar ist, wie unsinnig das ist. Das habe ich ihm auch sehr deutlich zu verstehen gegeben.«

»Vermutlich tut man manchmal Dinge der Liebe wegen, die man besser nicht hätte tun sollen und die man später heftig bereut. Dennoch ist Gunnar ein netter Kerl, der dich aufrichtig geliebt hat. Ich hoffe, du kannst ihm diesen verunglückten

Versuch, eure Beziehung zu retten, irgendwann nachsehen, und es gelingt euch, Freunde zu sein. In Lütteby kann man sich schließlich nicht aus dem Weg gehen.«

Allmählich färbt der Horizont sich purpurrot, der Wind rauscht durch die Blätter der Silberpappel. Je nach Lichteinfall präsentieren sie sich völlig gegensätzlich: Entweder glänzen sie wie kleine Spiegel, oder sie wirken graugrün und eher dunkel – wie ein Sinnbild für alles, was uns widerfährt und beschäftigt.

Wie steht es doch so schön in der Glücksrezepte-Textsammlung meiner Mutter?

Das Lebensbuch hat zwei Seiten, eine davon liegt im Schatten, die andere in der Sonne. Was für den einen Licht ist, ist für den anderen Schatten. Dessen solltest du dir stets bewusst sein, wenn du versuchst, den anderen oder das Leben zu verstehen.

»Ich hoffe sehr, dass auch Florence und du eines Tages eine Basis findet, auf der ihr einander begegnen könnt, ohne dass es allzu sehr schmerzt. Und ich hoffe auch, dass du die Zeit ohne Jonas einigermaßen gut überstehst und du es dir trotz allem gut gehen lässt. Du weißt, dass ich immer für dich da bin, egal, was passiert.«

»Das weiß ich«, sage ich, während die Sonne als rot glühender Ball hinter den Bäumen verschwindet und es allmählich dunkel wird. »Und ich natürlich auch für dich. Wie schön, dass es dich gibt.«

»Das finde ich auch«, murmelt Sinje, ergreift meine Hand und drückt sie liebevoll.

Herbst

VOR SECHZIG JAHREN

Am Michaelistag herrschte reges Treiben auf dem Marktplatz von Lütteby. Man schrieb den 29. September, den Tag des Erntedankfests. Bauern und Händler aus den umliegenden Dörfern waren in das Städtchen gekommen, um die Früchte ihrer harten Arbeit zu verkaufen und abends einen Dankgottesdienst im Apostelkirchlein zu feiern.

Das Mädchen liebte diese Feier, weil sie den Menschen aufzeigte, wie wichtig es war, die Natur zu achten, zu ehren und demütig im Einklang mit ihr zu leben. Die Nächte wurden nun länger als die Tage. Zu früheren Zeiten – von denen die Mutter ihr so häufig erzählte – trafen sich die Frauen zum geselligen Beisammensein, das abwechselnd auf den verschiedenen Höfen abgehalten wurde, und freuten sich auf dieses schöne Ereignis, genau wie das Mädchen. An diesem Feiertag brauchte sie kein Weckerklingeln, um wach zu werden, denn eine innere Uhr ließ sie voller Schwung und guter Laune aus dem Bett springen, das Fenster öffnen und hinunter auf den Marktplatz schauen.

Heute war Samstag, der Tag, an dem in Lütteby Bauern und Fischer ihre Waren anboten, doch zu Ehren des »Micheltags« waren ihre Stände hübscher geschmückt und reichlicher bestückt als gewöhnlich. Das Städtchen hatte sich herausgeputzt, die Einwohner sich in Schale geworfen.

»Kaum zu glauben, dass der Abend dieses Tages früher dazu genutzt wurde, unverheirateten Frauen die Möglichkeit zu geben, sich mit jungen Männern zu treffen, die ihre Auserwählten ausnahmsweise abends besuchen oder vom Fest nach Hause begleiten durften«, murmelte das

junge Mädchen und griff nach einem Buch, das sie derzeit förmlich verschlang:

»Das andere Geschlecht«, von Simone de Beauvoir, das 1951 in deutscher Übersetzung erschienen war. In diesem Buch las sie, voller Abscheu, über die Unterdrückung von Frauen im Patriarchat. Der Satz »Man kommt nicht als Frau zur Welt, man wird es« beschäftigte sie wie kaum ein zweiter. Warum nur galten für Frauen andere Regeln als für Männer? Frauen waren kein »schwaches Geschlecht«, sondern das völlige Gegenteil!

Tapfere, eigensinnige Frauen wie die Sylterin Merret Lassen, die einst dem dänischen König kämpferisch die Stirn geboten hatte, oder Maleen, nach der die Düne Maleens Knoll in St. Peter-Ording benannt worden war, oder auch die Fischersfrau Tine, die durch das Inbrandsetzen des eigenen Hauses viele Menschen vor dem Ertrinken in der Sturmflut bewahrt hatte, waren Heldinnen. Genau wie all die tapferen, mutigen und fleißigen Frauen, die seit Jahrhunderten ihre Familien überwiegend allein durchbrachten, während die Männer auf See waren, um Heringe oder später Wale in den Gewässern von Grönland zu fangen.

»Liebes, bist du wach? Vater möchte frühstücken.«

Die Frage ihrer Mutter holte sie aus dem Gedankengespinst, das sich immer wieder um die Frage rankte, ob sich eine Frau nicht weit mehr herausnehmen sollte, als sich den Wünschen ihres Ehemannes zu fügen. Sie dachte an den Jungen, den sie vor ein paar Tagen im Wald getroffen und der ihr von seiner Mutter erzählt hatte.

Wie gern würde sie diese einmal kennenlernen! Doch dem stand eigentlich nichts im Weg, wahrscheinlich waren sie einander ohnehin schon einmal begegnet. Denn seine Mutter arbeitete in der Bücherei von Grotersum, wo sie selbst sich ihre Bücher auslieh. Romane oder Sachbücher, die sie dauerhaft behalten wollte, kaufte sie von ihrem ersparten Taschengeld in der Buchhandlung in Husum oder Niebüll. Ja, sie würde mal wieder in die Leihbücherei gehen und nach der

Mutter des »Pilzjungen«, wie sie ihn nun insgeheim nannte, Ausschau halten.

Als ihre Mutter erneut nach ihr rief, antwortete sie: »Ich komme gleich«, und stellte sich vor den Spiegel, um sich die Haare zurechtzumachen. Sie hatten die Farbe von Kastanien und schimmerten im Sonnenlicht zuweilen kupferfarben. Zurzeit trug sie sie zu einem hohen Pferdeschwanz gebunden und hatte sich neulich mit einer Papierschere einen fransigen Pony geschnitten, sehr zum Entsetzen ihrer Eltern.

»Du siehst aus wie das Mädchen Sylvette, das Picasso Modell gestanden hat, oder wie diese liederliche Schauspielerin Brigitte Bardot«, hatte der Vater geschimpft, als sie stolz ihre neue Frisur präsentierte. »Mach dir anständige Zöpfe, damit die jungen Männer nicht auf falsche Gedanken kommen und sich durch dein freizügiges Gehabe eingeladen fühlen. Dein Aufzug ist für so manch einen aus Grotersum ein gefundenes Fressen, so wahr mir Gott helfe.«

Seine harsche Kritik bezog sich nicht nur auf die freche neumodische Frisur, sondern auch auf ihre Rocklänge, denn der Mini war gerade in Mode gekommen. Diese kurzen Röcke eigneten sich zwar nicht für Streifzüge durch den Gespensterwald, aber hervorragend zum Tanzen und gaben ihr ein Gefühl von wilder Freiheit. In diesem Jahr hatte der kurze Rock es sogar auf die Titelseite der britischen Vogue geschafft, die der Modeschöpferin Mary Quant dafür huldigte, dass sie dem zunächst für die Bühnenwelt entworfenen Kleidungsstück aus dem Jahr 1932 zu neuem Glanz und Ruhm verhalf.

»Das werde ich ganz bestimmt nicht tun, denn Zöpfe sind bieder und brav«, hatte sie wütend protestiert und sich für ihren Widerstand eine Woche Hausarrest eingehandelt. Doch sie dachte nicht daran, sich einsperren zu lassen, kletterte nach Einbruch der Dunkelheit aus dem Fenster und sprang aus dem ersten Stock auf das Kopfsteinpflaster des Marktplatzes, jeden einzelnen Abend dieser Woche voller Verbote. Erstaunlicherweise blieb ihr Verhalten unentdeckt, was das Mädchen zugleich freute und auch ein wenig ärgerte.

»Guten Morgen«, sagte ihre Mutter, als sie endlich zum Frühstück im Esszimmer erschien. Ihr Vater, wie jeden Tag verdeckt von der Zeitung Unser kleiner Marktplatz, knurrte nur, statt seine Tochter anständig zu begrüßen.
»Hast du gut geschlafen?«, fragte die Mutter wie üblich. Das Mädchen nickte und setzte sich an den hübsch gedeckten Frühstückstisch. Beeke hatte ein Händchen für Dekoration und dafür, ein kuscheliges, schönes Heim zu schaffen. Sie konnte fantastisch kochen und backen und war eine begabte Näherin. Durch diese Näharbeiten verdiente sie das Zubrot, das die Familie brauchte, um finanziell einigermaßen über die Runden zu kommen. Denn der Vater hatte im Krieg seelischen und körperlichen Schaden genommen, der ihn daran hinderte, den Beruf auszuüben, von dem er schon als kleiner Junge geträumt hatte: Er wollte zur See fahren, wie Generationen der Väter vor ihm, doch eine Beinprothese verhinderte eine Karriere als stolzer Kapitän. Und so arbeitete er stattdessen als einfacher Kontorist in der Husumer Buchdruckerei Friedrich Petersen und schaute nach Dienstschluss Tag für Tag dabei zu, wie die Schiffe den Außenhafen der grauen Stadt am Meer verließen – ohne ihn an Bord.
Die Trauer und Frustration über seinen unerreichbaren Traum wuchsen von Tag zu Tag und vergifteten die häusliche Atmosphäre immer weiter. Es gab Tage, an denen das Mädchen sich wünschte, die Mutter hätte die Kraft, ihren tyrannischen Mann vor die Tür zu setzen und ein neues Leben zu beginnen.
Und es gab Tage, an denen sie davon träumte, auszureißen und nie wieder nach Lütteby zurückzukehren …

- 8 -

Als ich Mittwochmorgen die Tür zur Touristeninformation öffne, bietet sich mir ein ungewohntes Bild: Lars Baumann steht an seinem Schreibtisch, auf dem Abraxas sitzt, und füttert den weißen Raben mit Sonnenblumenkernen. In kurzen Futterpausen schaut der Seelenvogel kurz zu Lars hinauf und schenkt ihm einen Blick, als wolle er sich für das köstliche Mahl bedanken. Die beiden bilden eine harmonische Einheit.

Thorsten und Rantje sind noch nicht da, im Büro herrscht eine Atmosphäre wohltuender Ruhe. Mein neuer Kollege und der Vogel sind derart in ihre meditative Zweisamkeit vertieft, dass sie mich erst bemerken, als ich »Moin, ihr beiden seht ja süß zusammen aus« sage, meine Strickjacke über die Lehne des Schreibtischstuhls hänge und dem Vogel zärtlich über das seidige Köpfchen streiche. Abraxas antwortet mit dem für ihn typischen *Kraraa,* und durch diesen Laut streift mich die Erinnerung an Jonas' erste Begegnung mit Thorstens Raben: Er hatte zunächst ein kleines bisschen ablehnend auf Abraxas reagiert und eine ganze Weile gebraucht, um sich an dessen Anwesenheit im Büro zu gewöhnen. Doch dann war auch er verliebt in das hübsche Tier, dessen mystischer Aura sich niemand so leicht entziehen kann.

»Moin, Lina, schön, dich zu sehen«, sagt Lars und lächelt mich freundlich an. Unser neuer Mitarbeiter ist knapp zwei Meter groß, ziemlich schlaksig und hat hellbraune, leicht gewellte Haare, einen Teil davon auf dem Kopf zu einem kleinen Dutt gebunden, wie es eine Zeit lang bei Hipstern Mode war. Seine Augen changieren bernsteinfarben, ein Bärtchen umrahmt seinen Mund und das Kinn. Ich kann mir ihn gut in einem Mittelalterkostüm vorstellen oder in der Rolle des Jesus, sollte Sinje jemals auf die Idee kommen, in Lütteby Passionsspiele zu veranstalten.

»Sind wir heute etwa allein?«, frage ich mit Blick auf die Uhr. Es ist fünf nach neun, Thorsten ist für gewöhnlich lange vor acht da. Und selbst Rantje ist die Pünktlichkeit in Person, seit ihr die Arbeit in der Touristeninformation Spaß macht und sie davon ausgeht, dass das Volontariat nur eine kleine Etappe auf ihrem Weg als Singer-Songwriterin ist.

»Thorsten begleitet Irmel zu einem Arzttermin, und Rantje ist nach Hamburg zu einem gewissen Hagen oder so gefahren, um mit ihm über ihre Musik zu sprechen«, klärt Lars mich über die Abwesenheit unserer Kollegen auf.

»Hajo, nicht Hagen«, sage ich mehr zu mir selbst als zu Lars. »Ihm gehört ein Musiklabel, und Jonas hat Rantje netterweise dorthin vermittelt. Wie schön, dass die beiden sich nun endlich kennenlernen, ich wusste gar nichts von diesem Termin.« Der Gedanke an Jonas und daran, dass er Rantje für so talentiert hält, dass er den Weg unserer Volontärin als Musikerin unterstützt, bohrt sich sehnsuchtsvoll in mein Herz. Wie gern würde ich jetzt gemeinsam mit Jonas darauf warten, was Rantje zu berichten hat. Ich wünsche es ihr so sehr, dass sie Karriere macht, denn sie sollte nicht mehr länger Coverversionen auf Dorffesten zum Besten geben müssen, sondern ihre eigenen Songs auf die Bühne bringen.

»Wer ist Jonas?«, fragt Lars in genau der ruhigen und bedächtigen Art, mit der er uns vom ersten Tag an im Büro das Gefühl gegeben hat, die richtige personelle Wahl getroffen zu haben. Wenn es hier von hektischen, anspruchsvollen und unentschlossenen Urlaubern nur so wimmelt, ist jemand mit seinem Gemüt und seiner Erfahrung als ehemaliger Leiter eines Husumer Nobelhotels Gold wert.

»Jonas ist …« Tja, wie soll ich erklären, wer der Mann ist, der mir das Herz gestohlen und es mit nach London genommen hat? Thorsten hat beim Vorstellungsgespräch bewusst unterschlagen, dass Jonas mehrere Wochen lang hier gearbeitet und wesentliche Neuerungen auf den Weg gebracht hat. Ich persönlich halte das für falsch, weil es sich irgendwann bestimmt nicht mehr vermeiden lässt, dass die Sprache auf Jonas kommt. Doch mein Chef würde ihn am liebsten aus dem Mitarbeiterregister sowie aus seinem Leben radieren, genau wie er unseren Bürgermeister Falk van Hove zum Teufel wünscht.

Wenn man es sich einmal mit Thorsten verscherzt hat, ist es so gut wie unmöglich, seine Gunst wiederzugewinnen.

»Jonas Carstensen war für kurze Zeit dein Vorgänger und arbeitet nun für einen internationalen Veranstalter von Glamping-Reisen, der sich auf trendige Unterkünfte wie Tiny Houses und Baumhäuser spezialisiert hat«, antworte ich auf die Frage von Lars. »Er war hier sozusagen nur auf der Durchreise.«

»Dann drücken wir Rantje mal die Daumen, dass sie einen Vertrag bekommt oder irgendeine andere Form von Unterstützung, um ihr eigenes Ding zu machen«, erwidert Lars und begrüßt dann den ersten Gast des heutigen Tages, ohne weiter auf das Thema *Jonas* einzugehen.

Der Urlauber beschwert sich lautstark über die durchgelegene Matratze in seiner Ferienwohnung, die quietschende Eingangstür und den nicht mehr ganz taufrischen Duschvorhang. Lars geht mit einer wahren Engelsgeduld auf die Reklamationen des Aufgebrachten ein, doch ich klinke mich irgendwann innerlich aus. Das Gespräch der beiden zieht so schnell an mir vorbei wie Wolken an einem stürmischen Tag an der Nordsee.

Meine Gedanken fliegen derweil weit übers Meer hin zu Jonas, und ich frage mich, wie es ihm wohl geht. Ist er aufgeregt, voller Tatendrang, hungrig auf Neues, beseelt von der Aussicht, endlich in seinem Traumjob zu arbeiten?

»Gibt es in Lütteby viele Ferienwohnungen, die nicht regelmäßig renoviert und modernisiert werden?«, fragt Lars, nachdem der Tourist gegangen ist. »Das ist nicht die erste Beanstandung dieser Art, die ich diese Woche gehört habe.«

»Leider gibt es einige Vermieter, die der Ansicht sind, dass Einrichtung und Ausstattung aus den Siebzigerjahren ausreichen, um Einnahmen aus der Vermietung von Ferienunterkünften zu erzielen«, erwidere ich und denke mit Schaudern an das biedere, leicht muffige Interieur der Pension *Nordseeglück*, in der Jonas bis vor Kurzem gewohnt hat.

»O ja, dieses leidige Problem kenne ich auch aus meinen vorherigen Jobs«, sagt Lars und runzelt sorgenvoll die hohe Stirn, in die eine Locke fällt. »Doch die müssen sich allmählich der Tatsache bewusst werden, dass sie sich selbst und dem Image Lüttebys keinen Gefallen tun, wenn sie sich nicht den aktuellen touristischen Standards anpassen. Nicht umsonst haben viele Seebäder wie Scharbeutz, Warnemünde und Büsum Unsummen an Geld in die Bepflanzung der Küstenlinie mit Strandhafer, die Neugestaltung der Promenaden, Eröffnung von Boutique-Hotels und Sandaufschüttungen investiert. Diese Innovationen machen sich allesamt bezahlt, weil Urlaub in Deutschland gerade beliebt ist wie noch nie. Ist das den hiesigen Vermietern etwa nicht klar?«

»Tja, wem sagst du das, ich bin da ganz deiner Meinung«, erwidere ich seufzend. »Aber es ist ungeheuer schwer, jemandem, der nicht bereit ist, Geld für eine Renovierung in die Hand zu nehmen, klarzumachen, dass er sich anstrengen muss, wenn jedes noch so kleine Eckchen in Lütteby sofort ausgebucht ist, sobald die Sonne scheint.«

»Aber wir wissen doch alle um die Wichtigkeit eines gemütlichen und schönen Apartments, wenn das Wetter mal nicht mitspielt und man Feriengäste in der Nebensaison haben möchte. Wir sollten unbedingt versuchen, die Vermieter an einen Tisch zu bekommen und mit ihnen über dieses Thema zu sprechen.«

Ich will gerade sagen, wie schwer das sein wird, da öffnet sich die Tür, und vor mir steht Violetta, die Besitzerin des Blumenladens am Marktplatz. »Moin, Vio, was führt dich denn hierher?«, frage ich erstaunt. Dass Violetta bei Henrikje im Lädchen vorbeischaut, ist nichts Ungewöhnliches, aber hier?!

»Moin, Lina, ich wollte dich fragen, ob du nächste Woche mal abends auf Mathilda aufpassen könntest. Ich wollte eigentlich Henrikje bitten, aber die fährt am Montag für drei Tage mit Anka nach Hamburg, um sie ein bisschen von ihrem Kummer abzulenken. Die zwei wollen in die Elbphilharmonie, eine Hafenrundfahrt machen und all das, was ich auch liebend gern tun würde, wenn ich die Zeit und das nötige Kleingeld dafür hätte. Und natürlich eine Vertretung im Blumenladen.«

Man sieht Violetta an, dass die Trauer um ihren jüngst verstorbenen Onkel Helmut nicht spurlos an ihr vorbeigegangen ist. Die hübsche, hochgewachsene Witwe ist blass, müsste dringend zum Friseur und hat tiefe Schatten unter den Augen. »Ich würde an einem der Abende gern Zeit für mich haben«, fährt sie fort, »und ein bisschen durchatmen. Vielleicht mal wieder an den Strand gehen oder mich in die Badewanne legen.«

»Aber natürlich, das mache ich sehr gern«, sage ich und denke insgeheim, dass Violetta sich eigentlich Henrikje und Anka anschließen sollte. Ein Tapetenwechsel und drei Tage Freizeit würden ihr sicher guttun. »Sag einfach Bescheid, wann genau, und ich mache mir eine nette Zeit mit Matti.«

»Danke dir, bist ein Schatz«, erwidert Violetta und bemerkt erst jetzt, dass ich nicht allein im Büro bin. Sie mustert Lars von oben bis unten und fragt dann unverblümt: »Und Sie sind?«

»Lars«, erwidert dieser und schenkt Violetta ein warmes Lächeln. »Lars Baumann, der Neue in der Touristeninformation. Ich komme aus Husum.«

Nun scheint Violetta ein Licht aufzugehen. »Ah, Linas Schutzengel. Ohne Sie läge sie vermutlich am Grund der Nordsee und würde die Krabben von unten betrachten. Danke, dass Sie so beherzt gehandelt und unsere Süße aus dem Wasser gefischt haben. Ich möchte mir gar nicht ausmalen, was alles hätte passieren können … und dann ausgerechnet jetzt, wo ihre Mutter endlich wieder aufgetaucht ist …« In diesem Moment erinnert mich Vio fatal an die klatschfreudige Michaela, und es ist mir peinlich, dass sie Florence erwähnt hat. Lars muss nichts über meine komplizierten Familienverhältnisse wissen, es genügt, dass er Zeuge meiner Ohnmacht war und mich aus der Nordsee retten musste.

Doch Lars wendet sich, statt auf die Bemerkung von Violetta einzugehen, seinem Computer zu, aufmerksam verfolgt von Abraxas, der sicher auf weitere Sonnenblumenkerne hofft.

»Also dann, Lina, mach's gut«, verabschiedet Vio sich schließlich und geht in Richtung Tür. »Und du natürlich auch, Lars. War nett, dich kennenzulernen.«

»Tolles Parfüm«, sagt Lars, nachdem die Tür hinter Violetta ins Schloss gefallen ist, und auch ich erschnuppere die betörende Duftmischung aus Rosen, Iris und Lavendel.

»Vio kreiert ihre eigenen Düfte aus Blütenessenzen, wenn sie neben der anstrengenden Arbeit im Blumenladen Zeit dafür findet«, erkläre ich und überlege gleichzeitig, was ich Schönes mit Mathilda unternehmen könnte, wenn ich auf sie aufpasse.

Währenddessen klingelt mein Handy, der Anruf kommt von der Sekretärin Falk van Hoves. »Moin, Frau Hansen. Hätten Sie heute Zeit, beim Bürgermeister vorbeizuschauen?«, fragt sie ohne weitere Umschweife, als bräuchte ihr Boss nur mit dem Finger zu schnippen, und all seine *Untertanen* müssten auf Kommando springen. Ich bin mehr als überrascht, aber neugierig. Also erwidere ich, dass ich erst hier wegkann, wenn Thorsten zurück ist, denn das Büro muss, wenn irgend möglich, mit zwei Personen besetzt sein.

»Dann rufen Sie kurz vorher an, der Herr Bürgermeister hat heute ausnahmsweise keine anderen Termine. Bis später dann.«

Ich lege das Handy beiseite und frage mich, was Falk van Hove wohl von mir will.

Geht es vielleicht um die Spukvilla auf der Waldanhöhe, die er gerade erst bei einer Zwangsversteigerung gekauft hat und deren Umbau zum Golfhotel wir Lüttebyer unbedingt verhindern wollen?

Oder um das neue Restaurant neben Henrikjes Lädchen, das Mitte Juli eröffnet?

So oder so, das ist merkwürdig.

Umso gespannter bin ich auf das Treffen mit dem Mann, der von vielen in Lütteby gehasst wird – nicht nur von meinem Chef Thorsten.

- 9 -

Es vergehen über drei Stunden, bis Thorsten vom Arztbesuch mit Irmel zurück ist. Seine Laune ist nicht gerade die beste, als ich sage, dass ich ins Bürgermeisteramt beordert wurde und bald losmuss. »Was auch immer er von dir will, lass dich nicht von dem Gierlappen in irgendwas reinquatschen«, brummelt Thorsten und krault Abraxas das Köpfchen.

Ich verspreche hoch und heilig, nichts dergleichen zu tun, und spaziere kurze Zeit später über den Marktplatz und dann über die Brücke in Richtung des Rathauses von Grotersum.

Nach zwanzig Minuten Fußmarsch stehe ich vor einem historischen Bau aus rötlichem Backstein, der zu Beginn des 17. Jahrhunderts errichtet und im Laufe der Zeit immer wieder restauriert wurde. Das Giebelhaus gehört zu den geschützten Kulturdenkmälern der Region und beherbergt neben Büros, dem Sitzungssaal, dem Standesamt und einem Trauzimmer den obligatorischen Rathauskeller. Dort werden norddeutsche Spezialitäten kredenzt und üblicherweise die größeren Festivitäten ausgerichtet, die in Grotersum stattfinden.

Ich betrachte einen kurzen Moment die Aushänge im Glaskasten an der Fassade, gehe dann die geschwungene Freitreppe hinauf zum Haupteingang und hole einmal tief Luft, bevor ich den Flur betrete, dem der Geruch von frischem Bohnerwachs entströmt. Die Sekretärin Falk van Hoves sieht genauso aus, wie ihre Stimme am Telefon klang: wie eine Spitzmaus mit Harry-Potter-Brille auf der Nase. Eine bilderbuchreife Mischung aus Wachhund und altjüngferlicher Gouvernante. Nachdem ich mich vorgestellt habe und eine Weile auf einem unbequemen Besucherstuhl warten musste, öffnet die Spitzmaus schließlich die schwere Tür zum *Königreich* des Bürgermeisters.

Dieser thront an einem gigantisch großen Schreibtisch auf einem ausladenden, cognacfarbenen Chesterfield-Ledersessel mit Knopfheftung und verzieht keine Miene, als ich ihn begrüße. Er trägt einen dunklen Anzug mit einer schmalen, weinroten Krawatte, seine dunklen Haare sind akkurat frisiert, und ich verspüre kurz den Impuls, zu knicksen. Zum Glück kann ich mich gerade noch rechtzeitig bremsen und setze mich ihm gegenüber.

Du bist viel zu jung für diese spießige Umgebung, dein biederes Outfit und die dämliche, arrogante Attitüde, denke ich und hätte beinahe die Frage der Spitzmaus nach unseren Getränkewünschen überhört.

Wir sagen beide zeitgleich: »Tee«, und schon entschwindet die Sekretärin geräuschlos, als gehörte es zu ihrem Aufgabenprofil, sich so unsichtbar wie möglich zu machen.

»Also, was kann ich für Sie tun?«, frage ich und bereue diese Formulierung sofort, denn sie macht mich automatisch klein.

»Sie können Ihr Boot abholen lassen, das leckgeschlagen ist und nun einen meiner Anlegeplätze am Hafen blockiert«, sagt van Hove, und mir bleibt einen Moment die Luft weg.

»Welches Boot?«, stammle ich verwirrt, obgleich ich die Antwort kenne.

»Das Boot, das nach Ihrer Mutter benannt ist und mir neulich im wahrsten Sinne des Wortes vor die Füße gespült wurde. Wissen Sie, wieso Florence Hansen nach all den Jahren wieder in Lütteby aufgetaucht ist?« Ich schnappe innerlich nach Luft. Warum interessiert er sich für meine Mutter, und weshalb musste ich persönlich wegen des Bootes hierherkommen?

Er hätte diese Angelegenheit doch problemlos von seiner Sekretärin lösen lassen können.

»Inwiefern wurde Ihnen die *Florence* vor die Füße gespült?«, frage ich, keinesfalls gewillt, seine Frage zu beantworten.

»Ich war gestern segeln, habe das Wrack entdeckt und bergen lassen«, erwidert van Hove knapp.

»Das … Wrack?«, frage ich besorgt. Nicht auszudenken, wenn das Boot, das Henrikje so liebt, unwiederbringlich zerstört wurde.

»Ja, das Wrack«, erwidert Falk in einem Ton, als freue er sich über meine Verunsicherung. »Offenbar hat die Brandung es mehrmals gegen eine Buhne geschleudert. Wie auch immer, irgendjemand muss sich dieser Sache annehmen, und zwar schnell.«

Soll ich ihm jetzt danken oder mich entschuldigen?

»Na klar, ich kümmere mich darum«, erwidere ich und überlege fieberhaft, wer mir dabei behilflich sein könnte. »In welchem Hafen liegt es denn?«

»Na, wo wohl? In meinem privaten, am Grotersumer Deich.«

Ach, stimmt ja, ich habe völlig vergessen beziehungsweise verdrängt, dass Falk van Hove sich entgegen dem Rat von Experten für Küstenschutz eine private Marina vor dem Deich hat anlegen lassen.

»Ich kümmere mich darum, dass das so schnell wie möglich erledigt wird, damit Sie wieder genug Platz für Ihre eigene Flotte haben«, sage ich und stehe auf, ohne auch nur einen Schluck des köstlich duftenden Earl-Grey-Tees gekostet zu haben, den die Spitzmaus auf einem hübschen antiken Tablett serviert hat.

Doch sie hat nicht nur den Tee gebracht, sondern auch alles, was zu einem stilvollen Afternoon Tea gehört: butterweiche Scones mit Clotted Cream, kleine Sandwiches ohne Rinde sowie Kekse und Shortbread auf einer dreistöckigen Etagere, die so hoch ist, dass sie beinahe meine Sicht auf van Hove verstellt hätte. Dummerweise habe ich großen Hunger, und mein Magen knurrt unüberhörbar laut. Es ist Mittagszeit.

»Wollen Sie nicht etwas von diesen Köstlichkeiten probieren, bevor Sie hinausstürmen?«, fragt der Bürgermeister, und ich kann gerade nicht einordnen, ob sein Vorschlag nett gemeint ist oder provokativ. »Meine persönlichen Favoriten sind die Sandwiches mit Ei und Kresse, aber ich liebe natürlich auch die Macarons, wenngleich sie nicht britisch sind.«

Erst jetzt entdecke ich das pastellfarbene Gebäck aus Baiser mit Füllungen aus Pistazie, Vanille, Erdbeere, Kaffee und Schokolade. Ich gebe zu: Ich gerate ins Schwanken wie ein Boot auf hoher See, denn mir ist schon ganz schwindelig vor Hunger.

Hm. Könnte ich nicht einfach etwas unverfänglichen Small Talk mit Herrn van Hove halten, dabei ein klein wenig naschen und dann ganz schnell von hier verschwinden?

»Sind die Macarons von Amelie?«, frage ich und bereue meine Frage, kaum dass ich sie gestellt habe. Van Hoves Augen verengen sich. Nun wirkt er nicht wie Mitte fünfzig, sondern wie ein strenger Professor, der kurz vor der Emeritierung steht. Dieses künstliche, pseudobritische Ambiente unterstreicht die Wirkung noch.

»Wissen Sie, wie es mit Mademoiselle Bernards Suche nach einem Partner für das Café läuft?«, fragt der Bürgermeister und steckt sich ostentativ ein Macaron in den Mund. Pistazie. Neben Schokolade auch mein Favorit.

»Hervorragend«, lüge ich schamlos, in der Hoffnung, der verschuldeten Amelie damit einen Gefallen zu tun. »Momentan ist sie noch in der Sondierungsphase, so eine Partnerschaft will schließlich gut überlegt sein.« Und schwups landet auch schon ein Macaron mit Pistazie in meinem Mund, gefolgt von einem Sandwich mit Lachs. Mhmmmm, wie köstlich!

»Schmeckt's?«, fragt Falk van Hove, sichtlich amüsiert. »Dann teilen wir offenbar nicht nur die Liebe zu apulischem Essen, sondern auch die zu den Leckereien des klassischen Afternoon Teas. Ich wünschte, es gäbe einen Ort in Lütteby, an dem man so etwas stilgerecht genießen könnte. Die Urlauber würden so ein Angebot lieben, so viel ist sicher.«

Das stimmt allerdings, doch das würde ich niemals zugeben, denn wer weiß, welche Ideen dem geldgierigen Bürgermeister dann kämen. Wie ich ihn kenne, hat er schon ein Haus in Lütteby im Visier, das er gern kaufen und von einem Friesenhaus in ein englisches Cottage umbauen lassen möchte.

»Haben Sie schon etwas von Jonas gehört?«, setzt van Hove seine Fragestunde fort, und ich verschlucke mich beinahe an meinem zweiten Sandwich. »Ist er gut in London gelandet?«

»Ich will ja nicht unhöflich sein«, erwidere ich, nachdem ich das köstliche Brot zu Ende gekaut und beschlossen habe, dass kein Essen der Welt es wert ist, von van Hove ausgehorcht zu werden. »Aber ich frage mich, weshalb ich wirklich hierherkommen sollte.«

Ich betone das Wort *wirklich* so deutlich, als stünde ich auf einer Theaterbühne. »Sie hätten auch Ihre Sekretärin damit beauftragen können, die Sache mit dem Boot zu regeln.«

Falk van Hoves Lippen umspielt ein spöttisches Lächeln.

Obwohl derartige Gedanken gerade mehr als fehl am Platz sind, kann ich nicht umhin, ihn im Geiste umzustylen: Man müsste seine Haare ein bisschen durchwuscheln, er dürfte sich das Kinn nicht so glatt rasieren und müsste saloppere Kleidung tragen – und nicht diese Lackschuhe, die aussehen, als wäre er auf dem Weg zum Konfirmandenunterricht. Eigentlich ist unser Bürgermeister ziemlich attraktiv. Er hat schöne blaue Augen mit ungewöhnlich dunklen Wimpern, ein kantiges, charaktervolles Gesicht, und da ist etwas in seinem Blick, das ich nicht näher definieren kann, das aber durchaus spannend ist.

Momentan spielen unsere Blicke Pingpong, und ich werde das Gefühl nicht los, dass diese Begegnung auf weit mehr abzielt als darauf, Informationen aus mir herauszulocken. Die könnte er auch von Michaela bekommen, wenn sie gerade in Plauderlaune ist und er sie entsprechend umgarnt. Denn Falk van Hove kann durchaus charmant sein, wenn es dem Erreichen seiner Ziele dient, das weiß ich von Sinje, die häufiger mit ihm zu tun hat.

»Haben Sie eigentlich Freude an Ihrem Job in der Touristeninformation, oder gibt es Tage, an denen Sie denken, dass Sie weit mehr machen und erfolgreicher sein könnten?«

»Wie meinen Sie das? Ich verstehe nicht ganz«, sage ich und fühle mich mit einem Mal wie ein Kaninchen vor der Schlange.

»Nun gut, dann also Klartext: Ich wüsste gern, ob Sie sich vorstellen könnten, für mich zu arbeiten statt für Thorsten Näler. Seien Sie ehrlich mit sich, Lina: Sie haben gute Ideen, sind top ausgebildet und wollen doch nicht ewig zwischen diesem muffigen Büro und dem charmanten, aber völlig chaotischen Lädchen Ihrer Großmutter pendeln, oder? Jonas Carstensen hat mir erzählt, dass Sie förmlich vor guten Ideen sprudeln, und ich würde Ihnen gern dabei helfen, sich beruflich zu verändern und weiterzuentwickeln. Um es kurz zu machen: Ich biete Ihnen eine Stelle als Innovationsbeauftragte der Orte Grotersum und Lütteby an und später natürlich auch Norderende, sobald die Eingemeindung vonstattengegangen ist. Ich zahle Ihnen ein mehr als lukratives Gehalt, sodass Sie jede Wohnung mieten können, die Ihnen gefällt. Eine Frau Ihres

Alters sollte schließlich nicht mehr bei der Großmutter unterm Dach wohnen.«

»Und was wäre meine Aufgabe?«, frage ich, überrumpelt von diesem unerwarteten Angebot. Mist! Wieso habe ich das bloß gefragt? Man könnte meinen, ich sei an seinem Jobangebot interessiert.

Aber das bin ich nicht.

Auf gar keinen Fall!

Ich lasse mich doch nicht von Falk van Hove kaufen, weil er mit dem Weggang von Jonas seinen vermeintlichen Informanten in Lütteby verloren hat. Nein, mein Freundchen, auf diese billigen Tricks falle ich nicht rein!

»Sie hätten im weitesten Sinne mit allem zu tun, was in den Bereich Stadtmarketing gehört. Doch damit meine ich nicht, kleine, biedere Feste zu organisieren und dafür zu sorgen, dass der Männergesangsverein genügend Auftritte hat. Ich meine die großen Themen, die eine Region zu wirtschaftlichem Erfolg führen und zu einem attraktiven Standort für innovative Start-ups, zu einem begehrten Ziel für Einwohner, Investoren und Touristen machen. Ich gewähre Ihnen weitgehend freie Hand und ein üppiges Budget. Sie könnten, wenn Sie so wollen, die Gestalterin dieser Region werden, auch was Themen wie Nachhaltigkeit und all das betrifft, was es braucht, um in eine Zukunft zu blicken, die das wirtschaftliche Wohlergehen unserer Kinder und Kindeskinder sichert.«

Mir wird erneut schwindelig, aber diesmal nicht vor Hunger, sondern weil diese Aufgabe äußerst verlockend klingt.

Manchmal habe ich es nämlich satt, an der Sturheit einiger in Lütteby zu scheitern, die sich nicht vorstellen können, dass sich die Erde unaufhaltsam weiterdreht und wir alle gemeinsam dafür Sorge tragen müssen, dass wir auf lange Sicht überhaupt noch Teil dieser wunderschönen Erde sind.

Also sage ich: »Danke für das Angebot. Ich melde mich beizeiten«, und verlasse das Büro des Bürgermeisters, ohne mich noch einmal umzudrehen.

Als ich draußen bin, mache ich einen kleinen Luftsprung und kann es kaum erwarten, Jonas von dieser aufregenden Neuigkeit zu erzählen.

- 10 -

Am Ende dieses denkwürdigen Tages freue ich mich während des Nachhausewegs von Grotersum darauf, dass Henrikje heute Abend extra mein Lieblingsessen für mich kochen wird.

Nach anfänglichem Sonnenschein ist die Temperatur auf sechzehn Grad gesunken, und graue Wolken verschleiern den Sommerhimmel, bestimmt machen wir es uns gleich in ihrer kuscheligen *Stuv* gemütlich. Leider ist es mir nicht gelungen, Jonas zu erreichen, also muss ich mich gedulden, bis wir telefonieren können. Kaum ist er weg, zeigt sich, dass wir beide getrennte Leben leben und jeder nach seinem eigenen Rhythmus und zu bestimmten Zeiten beschäftigt ist, was zuweilen dazu führt, dass wir einander verpassen. Nicht leicht zu ertragen und schon gar nicht auf Dauer ...

Als ich die Hand auf die kunstvoll verzierte Klinke der Eingangstür des charmanten Giebelhäuschens lege, kommen mir erneut Falk van Hoves Worte *»Eine Frau Ihres Alters sollte nicht mehr bei der Großmutter unterm Dach wohnen«* in den Sinn. Ich finde zwar, dass er damit Henrikje herabsetzt, weiß jedoch, was er meint. Langfristig werde ich meine Zelte hier abbrechen und umziehen müssen, endlich irgendwo ankommen.

Ich gehe die knarzende Holztreppe nach oben, der Flur ist schon erfüllt vom köstlichen Duft meiner Leibspeise aus Kindertagen: Oma Henrikjes Hühnersuppe mit Herznudeln.

Es riecht wunderbar heimelig, und die gerahmten Bilder alter

Fotos aus Lütteby an den Wänden begleiten meinen Weg in den zweiten Stock. Hier hängen Fotografien meiner Urgroßeltern, an die ich mich kaum erinnern kann, von Henrikje als jungem Mädchen, eines meiner Babyfotos sowie ein Bild des Lädchens. Darin war früher ein Kurzwarenladen untergebracht, in dem die Bewohner Lüttebys und aus dem Umland Stoff und Nähwerkzeuge kauften, bis Familie van Hove in Grotersum ein großes, modernes Kaufhaus eröffnete und damit dem Lädchen die Kunden abspenstig machte.

Zeiten ändern sich, denke ich mit einem Anflug von Melancholie. Heute betrachte ich die Wände des schmalen Treppenhäuschens, die ebenso schief sind wie das Haus selbst, mit etwas anderen Augen. Ich entdecke mit einem Mal feine Spinnweben an der Decke und am Sims des Sprossenfensters.

An einigen Stellen an der Wand blättert der Putz ab, und man spürt einen leichten Lufthauch, weil die einfache Fensterverglasung nicht ausreicht, um den Nordwind draußen zu halten. Die alte Schiffskommode auf dem Vorsprung vor der Tür zu meiner kleinen Wohnung ist bedeckt von einer Staubschicht, ich habe wegen des Trubels der vergangenen Woche vergessen, dort sauber zu machen und den Trockenstrauß, der seine besten Tage längst hinter sich hat, wegzuwerfen.

Würde Henrikje sich nicht einsam fühlen, wenn ich irgendwann ausziehen sollte?, frage ich Florence und betrachte das Foto meiner Mutter auf der Leiste im Flur meines kleinen Reiches. Oder kümmerst du dich um sie, wenn ich irgendwann eigene Wege gehe und vielleicht sogar Lütteby wieder für eine Weile den Rücken kehre? Wirst du seelisch dazu in der Lage sein, oder kommt dir eines Tages wieder deine Depression in die Quere?

Tauschen wir irgendwann die Plätze, und du kommst womöglich hierher zurück, wo du geboren wurdest, wo deine

Wurzeln sind und von wo aus du in die weite Welt geflohen bist, ohne dass zu diesem Zeitpunkt irgendjemand wusste, weshalb?

Ich nehme die gerahmte Fotografie in die Hand und studiere die Frau auf dem Bild so genau, als betrachtete ich sie heute zum allerersten Mal. Dann vergleiche ich sie mit der Florence, die ich gestern zufällig am Apostelkirchlein getroffen habe, und mit dem Bild von ihr, das sich nach zwei flüchtigen Begegnungen nach und nach in mir zusammensetzt wie Teile eines Seelenpuzzles. Es ist seltsam. Bis zu dem unerwarteten Fund der Postkarte meiner Mutter aus Paris habe ich mehrmals täglich Zwiesprache mit ihrer Fotografie gehalten, Florence kleine Alltagsanekdoten erzählt, ihr Sorgen und Nöte anvertraut, aber auch Träume, Wünsche und Hoffnungen. Doch nun, da meine Mutter sich ganz in der Nähe aufhält, spüre ich, wie absurd es ist, mit ihrem Abbild zu reden, wenn ich doch direkt mit ihr sprechen könnte.

Ein Signalton unterbricht die Stille in der Wohnung und erinnert mich an den täglichen Post, den ich auf Instagram vom Account *Unser zauberhaftes Lütteby* in die Welt hinaussenden muss. Heute erfreue ich die Follower mit dem Bild des atemberaubend schönen Sonnenuntergangs am Strand, das Ahmet gestern netterweise für mich gemacht hat, weil ich am Abend bei Sinje war. Nachdem ich das Foto ein wenig bearbeitet und hochgeladen habe, scrolle ich durch die Posts der vergangenen Tage und sehe, dass Jonas unter jedem das »Gefällt-mir«-Herz gesetzt hat, was wiederum mein Herz vor Freude hüpfen lässt. Neugierig auf seinen künftigen Arbeitsplatz rufe ich das Insta-Profil des weltweit operierenden Veranstalters für Glamping, die Luxusvariante des Outdoor-Urlaubs, auf. Diese Art des Reisens ist zurzeit sehr angesagt, und ich finde, dass man auch in Lütteby über die Anschaffung von Fasssaunen, Schlafstrandkörben, Baumhäusern oder einer gewissen Anzahl an Hausbooten nachdenken sollte. Zumal ich nach der gemeinsamen Nacht mit Jonas in einem Baumhaus diese noch schöner und aufregender finde als ohnehin schon.

Dann lese ich zum wiederholten Mal die Nachricht, die Jonas mir vorhin kurz nach der Landung in Heathrow geschickt hat, nachdem er meinen verpassten Anruf gesehen hatte:

»Wie gern würde ich jetzt Hand in Hand mit dir durch den Hydepark spazieren, dir Großtante Maud vorstellen (sie würde dich genauso sehr lieben wie ich) und heute Abend mit dir in einem romantischen kleinen Restaurant essen gehen«, schreibt er, und ich mag mir gar nicht genauer vorstellen, wie schön das wäre, weil es mir sonst das Herz zerreißt.

»Außerdem läuft zurzeit eine Ausstellung in der Tate Gallery, die dich vielleicht interessieren könnte, wobei ich deinen Kunstgeschmack leider ebenso wenig kenne wie so vieles andere. Aber wir holen das alles nach, denn wir haben alle Zeit der Welt, das weiß ich. Schicke dir einen zärtlichen Kuss und hoffe, dass wir später noch telefonieren können. J.«

Ich antworte, dass ich in Gedanken ebenfalls bei ihm bin und es kaum erwarten kann, Fotos aus London, seinem Büro und dem Hotel zu sehen, in dem er untergebracht ist, bis er eine passende Wohnung gefunden hat. Nachdem ich das Handy beiseitegelegt habe, kommt mir in einem akuten Anfall von Sehnsucht die Idee, dass ich Jonas ein Überraschungspäckchen nach London schicken könnte. Froh über meine Eingebung stelle ich mich einen Augenblick ans geöffnete Fenster und überlege, was ich in das Päckchen legen könnte: Auf alle Fälle einen kleinen Leuchtturm aus Holz, der Jonas an unsere erste Liebesnacht erinnern soll. Versonnen atme ich die Nordseeluft ein, die sich mit Düften des Marktplatzes mischt. Ich würde am liebsten sofort das Geschenk für Jonas einpacken, denn es gibt im Lädchen einen Leuchtturm, der dem hiesigen ähnelt, und wunderschöne Postkarten sowie Salzlakritz, hier Lüttebyer Schafsköttel genannt, die Jonas so gern isst, doch erst mal gehe ich hinunter zum Essen bei meiner Großmutter.

»Na, hast du Hunger?«, fragt Henrikje, als ich in die Küche komme, wo die Hühnersuppe in einem großen Topf gemütlich auf dem Herd blubbert.

Ich erwidere: »Und wie«, und hole zwei tiefe Teller aus dem Hängeschrank. Nachdem ich den Tisch gedeckt habe, füllt meine Großmutter einen Teil der Suppe in die vorgewärmte Terrine, und ich schneide währenddessen knuspriges Weißbrot, das Henrikje in der Traditionsbäckerei »Zur hundertjährigen Linde« kauft. Der dortige Bäckermeister lässt den Teigsorten die nötige Ruhe, um zu *gehen*. Auch der Duft der Suppe verrät, dass sie mit viel Liebe und Zutaten wie Lorbeerblättern, geriebener Muskatnuss und knackfrischem Suppengrün gekocht wurde. Die Herznudeln schwimmen auf den Fettaugen und lassen sich gemütlich auf der heißen Köstlichkeit treiben. Henrikje beobachtet amüsiert, wie ich den Löffel zum Mund führe, genießerisch die Augen schließe und begeistert »Mhmmm« sage. »Freut mich, dass es dir schmeckt«, sagt sie und beginnt ebenfalls zu essen. »Zum Nachtisch gibt es noch einen Klassiker aus deiner Kindheit: Grießschnitten mit Apfelmus.« Kindheit ist das Stichwort, und ich ringe mit mir: Soll ich Henrikje fragen, wie es ihr mit dem Auftauchen von Florence geht, was meine Mutter gerade macht, also alles, was man für gewöhnlich in einer Situation wie dieser wissen möchte, auch wenn mir jetzt gar nicht der Sinn danach steht? Ich verspüre immer noch eine innere Sperre, doch meine Großmutter scheint zum Glück zu wissen, dass ich nicht sofort auf das belastende Thema zu sprechen kommen mag. »Erzähl«, sagt sie erwartungsvoll lächelnd, »wie war dein Tag? Ist dein neuer Kollege nett?« Sie fragt, als sei dieses Abendessen ein ganz gewöhnliches und nicht eines, bei dem nach dem Auftauchen von Florence eigentlich existenzielle und hochemotionale Themen besprochen werden müssten.

Erleichtert darüber, noch ein wenig »Aufschub« zu bekommen, berichte ich von dem vielversprechenden Start von Lars Baumann im Büro der Touristeninformation und Sinjes Trennung von Gunnar. Das Jobangebot von van Hove, die havarierte *Florence* und das unerwartete Zusammentreffen mit meiner Mutter müssen noch auf den passenden Augenblick warten. Henrikje löffelt ihre Suppe, nickt ab und zu und nimmt sich wortlos eine weitere Scheibe Weißbrot. Im Radio laufen gerade Nachrichten, der Sprecher kündigt für die kommenden Tage schönes, warmes Sommerwetter an. Erst als der Song *An guten Tagen* von Johannes Oerding läuft, meldet sich Henrikje wieder zu Wort. Sie sagt: »Na, dann wünsche ich Sinje und Gunnar das Beste. Es ist mutig, dass die beiden rechtzeitig die Reißleine gezogen haben«, und dann nichts weiter. Ihr Blick heftet sich an das Fenster, das zum Marktplatz zeigt, sie scheint in Gedanken meilenweit entfernt zu sein. Ich esse weiter, die Suppe wärmt meinen Bauch, mein Herz und meine Seele, und ich überlege, wie oft Henrikje sie in all den Jahren wohl schon für mich gekocht hat.

»Ist alles okay mit dir?«, frage ich irgendwann, weil meine Großmutter immer noch geistig abwesend ist und ich darüber rätsle, was sie wohl so sehr beschäftigt. »Erde an Frau Hansen, sind Sie noch bei uns?«

Henrikje zuckt zusammen und sieht mich dann unverwandt an. »Ja und nein. Ich bin mir gerade unsicher, wie ich mit der neuen Situation umgehen soll«, erwidert sie leise. »Einerseits würde ich gern mit dir über deine Mutter sprechen, andererseits will ich dich zu nichts drängen. Verstehst du diesen Zwiespalt?« Die ungewohnte Unsicherheit meiner Großmutter rührt mich an, deshalb gebe ich mir einen Ruck, denn es muss ja ohnehin alles auf den Tisch. »Na los, mach schon, erzähl mir, wie es für dich ist, dass Florence wieder da ist. Bist du glücklich? Wirst du sie besuchen oder warst womöglich sogar schon bei ihr in Garding?«

Henrikjes Augen leuchten, und das Leuchten ist es millionenfach wert, über meinen Schatten zu springen. »Dieses Gefühl ist kaum in Worte zu fassen«, sagt sie. »Es gibt so viel nachzuholen und so viel zu erzählen, dass wir beide kaum wissen, wo wir anfangen sollen. In der einen Sekunde glaube ich, alles nur geträumt zu haben, und dann rufe ich sie an, um ihre Stimme zu hören und mich ihrer Existenz zu vergewissern. Dann wiederum denke ich daran, was das alles wohl mit dir macht, an deinen Bootsunfall, daran, wie sehr dich dies aus der Bahn wirft, und dann weiß ich nicht recht, wie das jemals wieder in Ordnung kommen soll.« Ihre Stimme wird brüchig, in den grünen Augen schimmern nun Tränen.

Mein Herz quillt beinahe vor Liebe über, und ich weiß, dass ich mich selbst in diesem Moment zurücknehmen und meine widerstreitenden Gefühle hintanstellen muss. »Hättest du sie lieber in deiner Nähe?«, frage ich. »Garding ist zwar nicht aus der Welt, aber auch nicht gerade um die Ecke. Ich könnte verstehen, wenn du sie zu dir holen willst, vorausgesetzt, sie will das auch.«

»Das kommt auf keinen Fall infrage«, erwidert Henrikje energisch und wischt sich mit der Hand die Tränen aus den Augenwinkeln. »Deine Mutter hat ein nettes Zuhause, ist finanziell durch einen Job in St. Peter-Ording abgesichert, seelisch stabil und braucht keine Hilfe. Sie ist eine erwachsene Frau und lebt schon seit zwei Jahren hier, ohne dass sie sich gemeldet hat. Lassen wir es also langsam angehen und schauen, was passiert.«

Florence arbeitet also in dem beliebten Urlaubsort, denke ich, bestimmt im Tourismusbereich, denn das ist ja offenbar ihr Metier. Mehr muss ich in diesem Moment gar nicht wissen, deshalb hake ich nicht weiter nach. »Und ist sonst noch etwas passiert? Du wirkst so bedrückt«, sage ich.

»Das stimmt, ich musste gerade an Irmel denken«, erwidert Henrikje seufzend. »Sie hat heute bei ihrem Arzttermin erfahren, dass sie sehr krank ist. Auf Thorsten und sie kommen jetzt schwere Zeiten zu.« Ich lege den Suppenlöffel beiseite, diese Nachricht trifft mich, auch wenn ich keinen innigen Kontakt zu Thorstens Frau habe. Sie ist spröde, eigen und stur, doch sie hat mich in Kindertagen vieles gelehrt und war für mich da, wenn Henrikje und ihre Freundin Anka keine Zeit für mich hatten.

»Wird sie wieder gesund?«, frage ich besorgt.

»Das hängt von ihrem Lebenswillen ab und davon, welche Pläne der liebe Gott hat«, murmelt sie, mit einem Mal ganz bleich. »Ich hoffe, dass ihr Kampfgeist auch diesmal ungebrochen ist, denn wenn sie etwas will, bekommt sie es in der Regel.«

Ich kenne Irmel nicht gut genug, um das beurteilen zu können, doch ich habe schon häufiger darüber nachgedacht, wie Thorsten und sie wohl zusammengekommen sind und aus welchem Stoff das Band zwischen ihnen gewebt ist. Wahre Liebe konnte ich darin nie erkennen, eher ein stummes Einverständnis, einen unverbrüchlichen Zusammenhalt, trotz vieler Streitigkeiten. Die beiden haben vor fünf Jahren goldene Hochzeit gefeiert, da ist man nun mal nicht mehr so verliebt wie am ersten Tag. Die in früheren Zeiten in dieser Gegend geschlossenen Ehen hatten häufig eine andere Basis als lodernde Leidenschaft und dienten oftmals entweder der Versorgung der Ehefrau oder der Vermehrung der vorhandenen Güter.

»Als Tochter eines Geestbauern wusste Irmel, dass das Leben kein Zuckerschlecken ist und dass man sich gewaltig anstrengen muss, um diesem kargen Land eine gute Ernte abzutrotzen«, murmelt Henrikje und trinkt einen Schluck Wasser. »Die Arbeit auf dem Feld war ein Knochenjob, genau wie das Melken der

Milchkühe, die Versorgung der Rinder und Schweine. Doch Irmel hat sich noch nie geschont, konnte schuften wie keine Zweite und hatte mehr Kraft und Mumm in den Knochen als so mancher Mann. Diesen Mumm und diese Kraft wird sie jetzt brauchen.«

Während Henrikje erzählt und dabei in alte Zeiten abdriftet, von denen die Kinder Lüttebys heute im Sachunterricht erfahren, denke ich an die vielen Winterabende, in denen ich begeistert ihren Geschichten aus der Vergangenheit lauschte. Harte Arbeit, Sturmfluten, lange Winter und Armut haben früher das Leben in unserer Gegend bestimmt, bevor der Fremdenverkehr nach dem Zweiten Weltkrieg zur beinahe wichtigsten Einnahmequelle wurde.

»Dann hoffe ich das Beste für sie und Thorsten. Hatte Florence eigentlich irgendeinen Bezug zu Thorsten und Irmel?«, frage ich, ohne genau zu wissen, weshalb.

Henrikje sieht mich an, Müdigkeit steht ihr ins Gesicht geschrieben, hinter ihrer momentanen Stimmung scheint weit mehr zu stecken als die bloße Sorge um eine gute Bekannte. »Wie kommst du denn jetzt darauf?«, fragt sie und schiebt ihren Teller beiseite, als sei ihr plötzlich der Appetit vergangen.

»Weil ich Florence gestern Abend zufällig bei der Kirche getroffen habe. Ich wollte gerade rein und eine Kerze anzünden, und sie kam in diesem Moment heraus. Hat sie dir das nicht erzählt?« Henrikje schüttelt stumm den Kopf, mustert mich fragend, und nun habe ich plötzlich das tiefe Bedürfnis, meiner Großmutter von dieser Begegnung zu erzählen. »Ich … nun ja … es war … schön. Sie hat mir ihre Schuhe angeboten, weil meine Sneakers pitschnass geworden waren. Es hat sich zugleich fremd und vertraut angefühlt und irgendwie auch … gut. Das heißt jetzt zwar nicht, dass ich mich gleich morgen mit ihr treffen werde oder ihr verzeihe, aber es ist immerhin ein Anfang.«

Nun kommt wieder Leben in meine Großmutter. Ihre Augen blitzen, und sie hat ihr schönes Lächeln wiedergefunden.

»Ein Anfang ist etwas Gutes, denn er eröffnet viele Möglichkeiten. Jede Reise, jede Entwicklung und jede Geschichte beginnen mit dem ersten Schritt, den wir gehen«, sagt sie schließlich. »Und du hast dich offenbar entschlossen, dich zu öffnen und der Geschichte zwischen euch beiden, wie auch immer sie enden mag, zumindest eine Chance zu geben.«

Henrikje ist so klug und warmherzig.

Sie drängt zu nichts, sie regt lediglich zum Nachdenken an, das ist beruhigend und wohltuend.

Ja, ich habe einen ersten Schritt gemacht, indem ich nicht davongelaufen bin. Das ist gut. Wahrscheinlich sogar sehr viel besser, als ich momentan glaube.

Doch jeder geht seine Schritte in seinem eigenen Tempo, alles andere wäre verkehrt.

Und so löffeln wir beide stumm einen zweiten Teller der köstlichen Hühnersuppe. Manchmal braucht es keine weiteren Worte, und Liebe geht immer durch den Magen.

Auch die zwischen Enkeltochter und Großmutter.

- 11 -

Nach dem Abendessen mit Henrikje schwinge ich mich aufs Rad, um einen freien Kopf zu bekommen und mir selbst ein Bild von der leckgeschlagenen *Florence* zu machen, die in der Marina vor dem Deich festgemacht ist und von dort abtransportiert werden muss. Ich sollte mich schleunigst um das Boot kümmern, denn das bin ich mir selbst und Falk van Hove schuldig, meine Großmutter hat schon genug mit der emotionalen Achterbahn zu tun, die meine Mutter bei uns allen auslöst.

Aus dem Meer gewonnen, der See abgetrotzt, entwässert, durch Lahnungen geschützt und aus unserer Region nicht mehr wegzudenken – das ist der Koog am Grotersumer Deich.

Die Nordsee nimmt, die Nordsee gibt, sagt Henrikje immer, und an kaum einem anderen Ort spürt man mehr, wie sehr der Mensch sich nach wie vor ein Kräftemessen mit den Gezeiten und dem Meer liefert. »De nich will dieken, mutt wieken«, lautet der Grundsatz aus dem Spadelandesrecht, und er zeigt deutlich, wie wichtig es in Nordfriesland ist, sich stets dessen bewusst zu sein, dass die Nordsee häufig tobt und tost, sich hin und wieder wild schäumend über das Land ergießen möchte und nur durch schützende Deiche daran gehindert wird, Marschflächen zu überspülen. Dies hier ist van-Hove-Gebiet, denke ich, während der Wind mir die Haare zerzaust und eine Strähne sich immer wieder hartnäckig in meinen Wimpern verfängt.

Es ist kurz vor neun Uhr abends, Henrikje hat sich schon ins Bett gelegt, äußerst ungewöhnlich für eine Nachteule wie sie, aber es tut ihr sicherlich gut, sich ein wenig zurückzuziehen, sie hat vorhin trotz der Freude über meine Begegnung mit Florence ziemlich erschöpft gewirkt. Kein Wunder, das Hin-und-her-gerissen-Sein zwischen uns beiden ist sicher kräftezehrend.

Ich trete schwungvoll in die Pedale und stemme mich gegen die steife Brise, bei Wind fühlt sich die Lufttemperatur kälter an als vierzehn Grad. Der dunkle Betonboden unter den Reifen des Fahrrads wirkt streng und abweisend und hat so gar nichts mit einem lieblichen, grasbewachsenen Schutzwall Lüttebys gemeinsam, auf dem Schafe grasen und im Frühjahr süße Lämmer neugierig über die Deichkrone hinaus aufs offene Meer lugen. Alle paar Meter reckt dennoch die Blüte eines Löwenzahns keck ihr gelbes Köpfchen aus dem versiegelten Kleiboden, moosgrüne Flechten bezeugen, dass die Natur sich überall ihren Weg bahnt, egal, wie sehr der Mensch versucht, ihr die Lebensgrundlage zu entziehen. Über meinem Kopf fliegen Seeschwalben, rechts unterhalb von mir peitschen die Nordseewellen gegen den Deich. Schon bald kommt die Marina des Bürgermeisters in Sicht, auf die ich sehr neugierig bin. Ich war bislang noch nie da, denn es gab schlicht keinen Anlass, sich hierherzuverirren, auch wenn man an diesem Ort einen grandiosen Blick auf die Halligen hat. Ein eisernes Gatter begrenzt den Abstieg über eine gepflasterte Treppe hinab zum kleinen Privathafen, auch hier erkennt man deutlich Falk van Hoves Handschrift: Während in der Gegend um Lütteby einfache Holzpforten die Schafe daran hindern, auszubüxen, werden hier große Geschütze aufgefahren. Es würde mich nicht wundern, wenn man einen Zahlencode benötigt, um das Gatter zu öffnen.

Tatsächlich verhindert ein wuchtiges Zahlenschloss den Abstieg, also lege ich das Rad auf die Seite und klettere über den Zaun, froh, dass dieser weder mit elektrischem Stacheldraht ummantelt noch allzu hoch ist.

Dann bleibe ich einen Moment stehen und betrachte voller Staunen die Schiffe, die hier vor Anker liegen.

Gehören die etwa alle dem Bürgermeister?

Braucht ein einziger Mensch so viele Wasserfahrzeuge?

Von der Jolle über zwei Motorboote bis hin zu einer mittelgroßen Segeljacht ist alles dabei, was das Herz begehrt, sogar ein kleiner Katamaran und mehrere Jetskis. Fasziniert und angewidert zugleich gehe ich die Treppe hinab und hoffe, dass die *Florence* noch so weit intakt ist, dass sie repariert werden kann. Als ich den ersten von insgesamt fünf Stegen entlanggehe, packt mich wieder unbändige Sehnsucht nach Jonas, zumal darauf ein Surfbrett und ein Kitesurfboard liegen. Ich möchte Jonas auf der Stelle von dem zufälligen Treffen mit meiner Mutter erzählen, davon, dass mein Eispanzer allmählich zu schmelzen beginnt, von Falk van Hoves unglaublichem Jobangebot und ihm sagen, wie sehr er mir fehlt, doch er ist mit seinem Chef beim Abendessen, und ich hoffe sehr, dass wir heute noch die Chance haben, zu telefonieren. Es wäre so schön, jetzt gemeinsam mit ihm hier herumzuspazieren, sich über die Flotte des Bürgermeisters lustig zu machen und darüber zu spekulieren, ob ich die Chance hätte, die Geschicke von Grotersum und Lütteby in eine positive Richtung zu lenken, wenn ich mich beruflich verändern würde. Ein leises Ziehen erschwert mir das Atmen. Ohne Jonas an meiner Seite fehlt mir etwas ... Ich könnte seinen Rat gerade brauchen: Was, wenn ich den Job annehme und Henrikje sich tatsächlich entschließt, bei der Wahl im kommenden Frühjahr gegen Falk van Hove zu kandidieren? Noch hat sie sich nicht durchringen können, den Bitten einiger Mitglieder der Werbegemeinschaft *Unser kleiner Marktplatz* nachzukommen, aber ich kenne sie gut genug, um zu wissen, dass sie immer noch sorgfältig darüber nachdenkt und ihre Entscheidung im Juli bekannt geben wird, so, wie sie es versprochen hat. Als Bürgermeisterin hätte sie Einfluss und Macht und könnte einen alternativen Kurs zur bisherigen Politik Falk van Hoves einschlagen, was aus meiner Sicht das Beste für unsere Gemeinde wäre. Sollte sie sich entschließen zu kandidieren und gewinnen, hätte Falks Stündchen als Bürgermeister geschlagen.

Wie schnell sich die Dinge doch ändern können, denke ich seufzend, als ich die havarierte *Florence* entdecke, die am Ende des Stegs liegt und einem Schiffswrack aus dem Museum gleicht. Der Bug ist geborsten, einzelne Bootsplanken stehen ab wie bei einem stacheligen Gerippe. Die hellblaue Farbe ist nahezu vollständig abgesplittert, nur das beinahe intakte Heck lässt die einstige Schönheit des Boots erahnen. Am meisten schmerzt mich, dass der Schriftzug *Florence* nicht mehr zu erkennen ist, lediglich Fragmente einzelner Buchstaben bezeugen, dass dieses Ruderboot auf den Namen meiner Mutter getauft wurde.

»Hast du dich gefühlt wie dieses Wrack, als du aus Lütteby geflüchtet bist und mich zurückgelassen hast?«, flüstere ich und kämpfe gegen die Tränen an, die sich hinter meine Augenlider stehlen. Das Gesicht meiner Mutter, gezeichnet von den Spuren, die das Leben bei ihr hinterlassen hat, hat etwas in mir ausgelöst, das nun immer deutlicher zutage tritt und um meine Aufmerksamkeit ringt.

Florence litt unter Depressionen.

Sie hat die Schwermut meines Großvaters geerbt, der als noch junger Mann, nur wenige Jahre nach der Geburt meiner Mutter, in Paris Suizid begangen hat. So eine seelische Disposition kann vieles zerstören, ist nicht mit gängigen Maßstäben messbar und vermutlich um etliches schwerer zu ertragen, als ich es mir auch nur im Entferntesten vorstellen kann.

Sollte ich meiner Mutter doch eine Chance geben?

Hat sie nicht die Möglichkeit verdient, mir zu erklären, was sie dazu bewogen hat, mich bei Henrikje zu lassen?

Auf der Postkarte an meine Großmutter, die ich vor wenigen Wochen zufällig gefunden habe, stand, dass sie uns beide unendlich vermisst und Henrikje mir einen Kuss geben soll. Das klang liebevoll, sehnsüchtig und … ehrlich.

Als ich sie gestern fragte, ob sie es bereut, mich zurückgelassen zu haben, lautete ihre Antwort: »Zutiefst.«

Ist es nicht einen Versuch wert, ihr zu glauben?

Ich hole das Portemonnaie aus der Tasche und krame darin nach dem zusammengefalteten Zettel mit der Telefonnummer meiner Mutter, den Henrikje mir vorhin gegeben hat. Während ich suche, fällt mein Blick auf den Ring, der einst Florence gehört und den meine Großmutter mir geschenkt hat, nachdem ich bei der Modenschau von Michaela von der Bühne gefallen bin und eine Weile das Bett hüten musste.

In dieser Zeit habe ich wichtige Erkenntnisse gewonnen, habe das Band der Vergangenheit zu meinem Ex-Freund Olaf gekappt und erkannt, dass ich mich Hals über Kopf in Jonas verliebt habe. Und ich habe die Kraft gespürt, die von dem Amethyst in der silbernen Fassung ausging, der seinen Träger beschützt. Ohne weiter nachzudenken, gebe ich den Namen meiner Mutter als neuen Kontakt in mein Handy ein und tippe die Ziffernfolge, auch wenn ich nicht genau weiß, was ich sagen will.

Doch in diesem Moment kommt ein Anruf rein.

Der Name *Jonas* tanzt vor meinen Augen auf dem Display wie die orangefarbenen Bojen auf den Wellen, die gegen den Bootssteg klatschen. »Ich habe das Treffen mit meinem Boss unter einem fadenscheinigen Vorwand unterbrochen, um dich anzurufen, und wollte mal hören, wie es dir geht, und fragen, was du von einem sexy Flirt per Skype vor dem Einschlafen hältst. Wir könnten beide ein Glas Wein trinken, Kerzen anzünden, romantische Musik hören und uns vorstellen, dass es das trennende Display gar nicht gibt, sondern wir zusammen in einem Raum sind«, sagt Jonas.

Ich bekomme augenblicklich Gänsehaut und muss zugleich schmunzeln. »Keine Ahnung, das kann ich dir erst sagen, wenn wir es ausprobiert haben. Aber erzähl, wie läuft es bei dir? Wie war dein erster Tag im neuen Job?«

»Das lässt sich alles ziemlich gut an, auch wenn ich bislang noch gar nicht viel gemacht habe, außer ein paar Leute kennenzulernen, mein Büro einzurichten und Unterlagen zu sichten«, erwidert Jonas. »Dabei habe ich immer wieder an dich gedacht und mich gefragt, wie es dir wohl geht, was du machst und ob du dich auch wirklich erholen und ins Gleichgewicht zurückfinden kannst.«

»Danke, hier ist so weit alles in Ordnung«, schwindle ich und streichle über das Telefon, als wäre das Handy Jonas, den ich so gern liebkosen würde. *Ein sexy Skype-Date? Das klingt aufregend und ziemlich heiß ...*

»Bist du dir sicher, oder hältst du in deiner typisch norddeutschen Art mit etwas hinterm Berg? Du weißt, dass du mir alles sagen kannst, was dich bedrückt, wobei mir deutlich lieber wäre, wenn du glücklich und zufrieden wärst.«

»Nein, nein, es ist alles okay. Ich vermisse dich nur und wünschte, wir müssten uns nicht per Skype verabreden, um einander nahe zu sein. Aber mach dir keine Gedanken, diese Liebe auf Distanz ist zwar Neuland für mich, aber schließlich ist Neuland dazu da, erobert zu werden.«

»Dann freue ich mich aufs gemeinsame Erobern und darauf, dich ganz bald wieder in meine Arme schließen zu können, denn ich gebe zu, dass es viel schöner ist, gemeinsam mit dir einzuschlafen als allein. Aber bevor ich melancholisch werde, muss ich dir unbedingt vom Maskottchen unseres Büros erzählen«, sagt Jonas, und ich höre ein kleines Lachen in seiner Stimme. »Rat mal, welches Tier es sein könnte.«

»Hm, keine Ahnung. Eine Spitzmaus, ein Leguan, ein Igel?«, mutmaße ich. »Oder ein zahmes Grauhörnchen?« Ich habe irgendwann mal gehört, dass es im Londoner Richmond Park viele Eichhörnchen gibt, die aus Nordamerika eingeschleppt wurden und die heimischen mit der rotbraunen Färbung nahezu völlig verdrängt haben.

»Leider falsch geraten«, erwidert Jonas, und mein Gehirn rattert auf Hochtouren. »Aber ich bin heute großzügig: Einen Versuch hast du noch. Wenn du richtig rätst, spendiere ich dir bei meinem nächsten Besuch eine Kugel von deinem Lieblingseis oder auch zwei.«

Weil mir gerade nichts anderes einfällt, sage ich aufs Geratewohl: »Fledermaus«, und Jonas erwidert: »Gar nicht mal so schlecht, du bist ziemlich nah dran, allerdings nicht im Sinne von *Batman,* sondern …« Beinahe hätte ich Jonas' Schwäche für den Comic-Superhelden Spider-Man vergessen, doch dann fällt der Groschen. »Sag bloß, eine Spinne?!«

»Jepp. Eine Vogelspinne. Irgendjemand fand, dass dieses Tier ganz wunderbar zum Outdoor-Thema passt. Hier amüsieren sich viele darüber, dass manche Urlauber sich enorm abenteuerlustig und eins mit der Natur fühlen, wenn sie eine Jurte oder ein Baumhaus buchen, aber dennoch auf Komfort bestehen. Und darauf, dass Reinigungskräfte jegliches Getier entfernen, sofern sie welches entdecken, egal, ob Mücke, Fliege oder Spinne. Du ahnst gar nicht, wie häufig sich Bemerkungen zu diesem Thema in den Bewertungen finden.«

Ich muss lachen, weil das Ganze so absurd ist. »Das erinnert mich an die schlechte Rezension, die eine Urlauberin ins Netz gestellt hat, als sie während einer Grachtenfahrt über die

Lillebek mehrere Spinnennetze unter den Brücken entdeckt hat«, erwidere ich. »Sie hat tatsächlich moniert, dass da viel zu selten geputzt wird.«

»Nicht dein Ernst«, sagt Jonas und lacht ebenfalls.

Die Leichtigkeit zwischen uns tut gut und tröstet ein wenig über den Anblick der havarierten *Florence* hinweg.

»Mein voller«, erwidere ich. »In der Suchmaschine taucht diese Beschwerde ganz vorn auf, wenn man Lütteby eingibt, dicht gefolgt von der Bewertung eines Geschäftsreisenden, der die Reinigung seines mit Krähenexkrementen beschmutzten Anzugs von der Touristeninformation bezahlt haben wollte. Hast du das denn gar nicht gelesen, als du bei uns begonnen hast?«

»Da muss ich wohl zu sehr damit beschäftigt gewesen sein, mich in dich zu verlieben«, erwidert Jonas leise, und mein Herz quillt schier über vor Liebe und Sehnsucht.

Herbst
VOR SECHZIG JAHREN

Der Abend des Michaelistags brach heran, Ende September wurde es schon früher dunkel.
Das Mädchen ging nicht direkt zum Marktplatz, wo die Feier stattfand, sondern spazierte zunächst aus dem Dorf hinaus in Richtung der Felder, die Lütteby umgaben. Dort nämlich wuchs das Getreide für das Mehl, aus dem die Eltern ihrer besten Freundin Brot backten, dort entstand durch die Kraft der Sonne und des Wassers eine der wichtigsten Lebengrundlagen, all das, worüber man sich anlässlich des Erntedankfests freute und wofür man dem lieben Gott von Herzen dankte. Doch das Mädchen war klug und informiert genug, um zu wissen, dass nicht der »Allmächtige« diese Geschicke lenkte, sondern das sogenannte Programm Nord, das seit 1953 eine große Veränderung in der Gegend herbeiführte. Es sollte die Not leidenden Gebiete Schleswig-Holsteins unterstützen, der erste Spatenstich für einen neuen Koog südlich des Hindenburgdamms bildete 1954 den Auftakt der späteren Arbeiten, die das Bild dieser Region künftig prägten. Von nun an waren Begriffe wie »Flurbereinigung«, »Ausbau des Wegenetzes und der Stromversorgung« oder auch die »Halligsanierung« in aller Munde, das Mädchen verfolgte die Nachrichten mit Spannung.
Sie liebte Veränderungen, bis auf eine kleine Ausnahme: Als man abends keine Petroleumlampen mehr entzünden, sondern lediglich den Lichtschalter betätigen musste, weigerte sie sich, ihre Lampen herzugeben – sehr zum Unmut des Vaters.
Wie unterschiedlich wir doch sind, als entstammten wir nicht derselben Familie, dachte sie, während sie die frische Landluft tief in ihre

Lungen einsog. Vielleicht bin ich als Baby vertauscht worden, und meine richtige Mutter ist wie die des »Pilzjungen«.

Im Kopf des Mädchens herrschte wieder einmal Unordnung, ein Teil ihres Inneren stemmte sich gegen das eher konservative Leben in Lütteby und sehnte sich nach Freiheit und Reisen. Der andere war jedoch tief verwurzelt und verbunden mit den Menschen, der Nordsee, dem Gespensterwald und der unvergleichlich schönen Natur, die sie umgab und ihr jeden Tag aufs Neue ein Lächeln ins Gesicht zauberte, egal, zu welcher Jahreszeit. Egal, ob früh oder spät. Die Ähren des noch nicht geernteten Getreides wogten im Zwielicht der Abenddämmerung. Saatkrähen mit schwarz glänzendem Gefieder staksten über die Felder und würden sich später zu Hunderten auf den Kastanienbäumen des Marktplatzes versammeln. So manch einer fühlte sich durch die Laute gestört, doch für sie gehörten die jauchzerartigen Rufe zu dieser Jahreszeit – genau wie der Duft nach Herbst und der Morgennebel. Das Mädchen liebte es, durch den Nebel hindurchzutauchen, als sei er das Tor zur Anderswelt. Es ergötzte sich daran, Bucheckern aus dem Gehäuse zu lösen und zu naschen. Das Größte war für sie jedoch, Zuckermais über der Glut eines lodernden Lagerfeuers zu rösten und später mit Butter zu bestreichen, die warm schmelzend von den festen, goldenen Körnern tropfte, wenn sie nicht schnell genug mit dem Essen war.

Ihre Freundin brach stets in glockenhelles Lachen aus und wischte ihr liebevoll über den Mund, während das Mädchen sich mit der Zunge Krümel des Salzes ableckte, das es zuvor aus der Küche seiner Mutter geschmuggelt hatte.

Diese sah es gar nicht gern, wenn die beiden abenteuerlustigen Mädchen sich Herz und Seele an der Feuerstelle wärmten, wo so manches Mal ein glühender Funke auf die Kleidung übersprang und winzig kleine Löcher in den Stoff brannte. Doch die Wildfänge scherten sich keinen Deut darum, sondern tanzten ums lodernde Feuer wie Hexen in der Walpurgisnacht, sangen lauthals den Song Monsieur von

Petula Clark. Währenddessen träumten sie davon, eines Tages gemeinsam Paris zu erobern und von dort aus die ganze Welt. Ihr zweiter Favorit war der Chartstürmer der Band The Crystals. In He's a Rebel ging es um die Liebe zu einem Mann, der nie tat, was man gemeinhin tun sollte, und der genau deshalb so spannend und attraktiv war.

»Meinst du, es gibt so einen Mann?«, fragte die Freundin zumeist, wenn sie einen Schluck Bier zu viel getrunken hatte, was natürlich strengstens verboten war und ihnen nur zur Verfügung stand, wenn ihr älterer Bruder ihnen heimlich eines zusteckte.

Während das Mädchen zwischen den Feldern umherstreifte, dachte es zuerst an diese verrückten Abende, gemeinsam mit der besten Freundin, und dann erneut an den »Pilzjungen«.

Er hatte etwas von jener Rebellion in den Augen gehabt, nach der sie selbst auch strebte.

Ob er wohl auch am Erntedankfest teilnehmen würde?

Bei dem Gedanken daran, ihn womöglich auf dem Marktplatz zu treffen, beschleunigte das Mädchen seinen Schritt, und auch sein Herz schlug etliche Takte schneller.

Mit einem Mal konnte es kaum erwarten, wieder in Lütteby zu sein, und begann die letzten Meter zu laufen.

Die Begegnung mit dem Jungen im Gespensterwald war kein Zufall gewesen, sondern Schicksal, das fühlte sie ganz deutlich.

Ein Zeichen, dass es an der Zeit war, neue Wege zu gehen, Neues zu erfahren, Zeit, erwachsener und selbstbestimmter zu sein. Egal, wie sehr die Eltern sich dagegen wehrten zu akzeptieren, dass das Mädchen schon lange kein kleines Kind mehr war.

- 12 -

Am Freitagmorgen vermisse ich Jonas so sehr, dass ich, noch im Bett liegend, Preise für Flüge nach London vergleiche.

Es gibt tatsächlich freie Plätze und sogar verhältnismäßig bezahlbar. Doch das Problem ist, dass ich dann Sinje am Sonntag allein lassen würde, wenn sie der Gemeinde mitteilt, dass nichts aus ihrer geplanten Traumhochzeit wird. Seufzend schließe ich die Seite des Flugportals und öffne den Instagram-Account von Lütteby auf meinem Tablet.

Mal sehen. Haben wir Follower-Zuwächse?

Und wie ist wohl die Resonanz auf das Foto des Marktplatzes, das ich spaßeshalber mit einem Filter versehen habe, der es so aussehen lässt, als stammte die Aufnahme aus dem vergangenen Jahrhundert.

»Good old times«, schreibt ein Abonnent.

»Wenn es doch nur mehr charmante Marktplätze wie diesen gäbe«, eine Followerin.

»Bei diesem Anblick geht einem das Herz auf«, lautet der Kommentar von *Rettungsanker – meine persönlichen Glücksmomente,* was mich natürlich sehr freut. Und weil ich noch ein paar Minuten Zeit habe, bevor ich mit Henrikje frühstücke, gehe ich auf den Account und betrachte ihn genauer. Das Profilbild ist ein Anker aus weißem Holz auf blauem Hintergrund, in der Beschreibung finden sich allerdings keine näheren Angaben darüber, wer von dort aus postet. Ich zappe über die äußerst stimmungsvollen Bilder, die offenbar alle weitgehend an der Nordsee gemacht wurden. Einige sogar vom Naturstrand Lüttebys, was meine Neugier sofort entfacht, genau wie die Bildunterschriften, die mir bekannt vorkommen. Um zu überprüfen, ob meine Vermutung stimmt, schnappe ich mir die Glücksrezepte-Sammlung meiner Mutter, und siehe da: Es gibt Überschneidungen mit ihren Texten. Mein Herz beginnt zu pochen, und ich studiere den Account noch genauer. Er existiert seit knapp fünf Jahren, doch erst seit zwei Jahren postet die- oder derjenige von der Nordsee. Alle vorherigen Fotos stammen aus verschiedenen Ländern, ich sehe türkisfarben glitzerndes Mittelmeer, Berghütten im Schnee, die tosende Brandung des Pazifiks, ein Kloster auf Malta, den Dschungel Costa Ricas sowie Gebetsfahnen aus Nepal und Thangkas aus Tibet. Kann es sein, dass sich Florence hinter *Rettungsanker* verbirgt?

Seit wann folgt sie dem Account von Lütteby, und seit wann interagiert sie regelmäßig mit mir beziehungsweise reagiert auf die Postings, die bislang online gegangen sind? Die Antwort ist wie erwartet: Seit ich, beauftragt von Jonas, regelmäßig Bilder, Videos und seit Neuestem auch Reels ins Netz stelle, likt sie jeden meiner Beiträge.

Als mir klar wird, dass Florence schon seit Längerem stille Beobachterin meiner Aktivitäten ist, wird mir abwechselnd heiß und kalt. Meine Mutter ist also seit etwa zwei Jahren zurück in Deutschland, wie lange sie unweit von uns in der Kleinstadt Garding lebt, kann ich nicht aus ihren Beiträgen herauslesen. Auch wenn ich durch unsere zufällige Begegnung tatsächlich ein bisschen gerührt war, werde ich erneut wütend. Florence hätte Henrikje, Michaela und mir so viel Kummer und Sorgen erspart, wenn sie sich gemeldet hätte, als sie sich entschloss, nach Norddeutschland zurückzukehren.

Ich dusche in Windeseile und schlüpfe auf die Schnelle in die Kleidung von gestern, denn ich kann es kaum erwarten, mich mit meiner Großmutter über diese Entdeckung auszutauschen.

Als ich in die Stuv komme, ist Henrikje allerdings nicht da.

Neben der Kaffeekanne auf dem Stövchen liegt ein Zettel, auf den sie mit ihrer verschnörkelten, leicht zittrigen Handschrift geschrieben hat: »Frühstücke heute bitte ohne mich. Bis später.«

Genervt davon, jetzt keinen Dampf ablassen zu können, wähle ich, ohne auch nur eine Sekunde zu überlegen, die Nummer von Florence. »Lina, wie schön, dass du dich meldest«, sagt die Stimme, die für mich nach wie vor vertraut und fremd zugleich klingt. Das Fremde darin verstärkt meinen Wunsch, ihr meine ungefilterte Wut an den Kopf zu knallen, das Vertraute hält mich zurück. Denk daran, dass deine Mutter seelisch krank ist, mahnt eine innere Stimme.

Die andere kontert: Na und? Wann hat sie jemals Rücksicht auf mich und meine Gefühle genommen?

»Ich … ich …« Mist, wieso habe ich Florence angerufen? Am liebsten würde ich jetzt einfach auflegen oder behaupten, ich hätte mich verwählt, aber das funktioniert natürlich nicht. Wer A sagt, muss auch B sagen, egal, wie schwer das auch sein mag.

»Es tut mir leid, dass mein Auftauchen dich so durcheinanderbringt«, sagt Florence mit sanfter, warmer Stimme. »Glaub mir, ich kann dich so gut verstehen. Wenn du jetzt doch nicht mit mir sprechen willst, ist das völlig in Ordnung. Ich möchte, dass du weißt, dass ich weder etwas von dir erwarte noch verlange. Du bist so weit, wenn du so weit bist. Du musstest so lange auf mich warten, also werde ich diese Geduld nun meinerseits aufbringen.«

»Gut, dass du das so siehst«, presse ich hervor. Wie schon bei unserer Begegnung am Apostelkirchlein findet Florence die passenden Worte, sagt die richtigen Dinge. Vielleicht kennt sie mich doch besser, als ich denke? Gibt es so etwas wie einen genetischen Code, der Mütter und Töchter verbindet, auch wenn sie sich insgesamt nur drei Wochen in ihrem Leben gesehen haben? Und dann sage ich etwas, das ich noch vor drei Minuten nicht für möglich gehalten hätte. »Wollen wir zusammen zur Höhle gehen? Ich müsste nur frühstücken, und dann könnte ich los.«

»Treffen wir uns in zwei Stunden am Leuchtturm?«, schlägt Florence vor, und ich sage: »Ja.«

Nachdem ich aufgelegt habe, stehe ich einen Moment reglos in der Küche und bemerke erst jetzt, wie laut Henrikjes alte Küchenuhr tickt. Vom Marktplatz ertönt das heisere Bellen eines Hundes, ich höre das aufgeregte Gekicher der Schulkinder, die sich auf dem Platz zu einem Ausflug versammeln, und das Geräusch eines Lieferwagens, bevor der Fahrer den Motor abstellt.

Die Welt dreht sich gerade weiter, während ich innerlich erstarrt bin und gleichzeitig wie elektrisiert.

ICH WERDE MEINE MUTTER TREFFEN!

Und diesmal nicht zufällig oder weil sie es sich gerade so ausgedacht hat, sondern ganz bewusst.

Oder doch unbewusst?

Wie auch immer, ich habe eine Verabredung, und die werde ich einhalten, komme, was wolle. Erst dann fällt mir ein, dass Henrikje unterwegs ist und ich Dienst im Lädchen habe – doch das ist jetzt egal! Ich weiß, dass Henrikje Verständnis für meine spontane Entscheidung hat. Da sie ihr Mobiltelefon auf dem Küchentisch hat liegen lassen, kann ich nichts weiter tun, als auf den Zettel zu schreiben: »Treffe mich zu einem Spaziergang mit Florence. Bis später.« Vor lauter Aufregung bekomme ich nur ein Knäckebrot hinunter, doch der Kaffee tut gut, denn er entfaltet schnell seine wohltuende Wirkung. Ich muss Florence fragen, ob Koffein bei ihr auch eher beruhigend wirkt, vielleicht habe ich das ja von ihr.

Nachdem ich noch einiges erledigt habe, mache ich mich auf den Weg zum Leuchtturm.

Ob Florence sich noch an das Schlaflied *Golden Slumbers* von den Beatles erinnert, das sie mir als Baby vorgesungen hat? Mir kommt eine weitere Textzeile aus dem Song in den Sinn.

Übersetzt lautet sie: »Du wirst diese Last eine lange Zeit tragen.« Wusste Florence etwa damals schon, dass sie mich zurücklassen und spurlos verschwinden würde, und war sich ihrer Schuld bewusst? Oder ist es reiner Zufall, dass sie gerade diesen Song gewählt hat, um mich in den Schlaf zu wiegen? Immerhin hat auch schon Henrikje die Musik der Band geliebt und diese Liebe wahrscheinlich an ihre Tochter weitergegeben.

Je mehr ich mich dem Wahrzeichen Lüttebys und dem Ort nähere, an dem Jonas und ich eine unvergleichlich schöne, innige Nacht verbracht haben, desto deutlicher fühle ich, dass es an der Zeit ist, sich dem Schmerz und den zahllosen Fragen zu stellen. Auch wenn die Hausärztin mir Ruhe verordnet hat, ahne ich, dass ich die nicht finden werde, solange ich weiß, dass Florence in greifbarer Nähe ist und bereit, sich mit mir zu treffen. Am Turm angelangt, schaue ich aufs Meer, das meine Nerven sofort beruhigt. Heute ist es windstill, das Wasser läuft gerade ab, und ich beobachte amüsiert, wie ein zierlicher, bildhübscher Sanderling am Spülsaum hektisch auf und ab läuft, als müsste er etwas Dringendes erledigen. Die Nordfriesen nennen diese Strandläufer *Keen Tied,* was auf Plattdeutsch *keine Zeit* bedeutet. Die Vögelchen sind flink wie Wiesel und wahre Meister darin, bei der Suche nach Würmern und kleinen Krebsen die Wellen zu umgehen. Während ich mich am Anblick des Sanderlings erfreue, höre ich ein Auto heranfahren, eine Tür zuschlagen und weiß, noch ehe sie mich begrüßt, dass Florence auf dem kleinen Parkplatz am Hafen angekommen ist und gleich bei mir sein wird.

Ich drehe mich um und schaue in ihre fragenden Augen, ein Spiegelbild meiner eigenen Unsicherheit.

Wie begrüßt man seine eigene Mutter, wenn es nie ein Begrüßungsritual gegeben hat? Wenn man sich im Grunde nicht kennt und ein zwiespältiges Gefühl bei dieser Begegnung hat.

Florence lächelt und scheint den Atem anzuhalten, ihre Schultern sind hochgezogen, die Hände spielen mit dem Riemen der cognacfarbenen Tasche – sie ist mindestens genauso nervös wie ich. Auf einmal weiß ich, dass es keine gute Idee ist, einfach nur spazieren zu gehen, wir müssen etwas tun. Uns mit etwas beschäftigen, das uns beide gemeinsam betrifft.

Also frage ich: »Hat dein Auto eine Anhängerkupplung?«

Meine Mutter sieht mich erstaunt an und nickt.

»Das ist gut, denn dann könnten wir zusammen die havarierte *Florence* aus der Marina von Falk van Hove abtransportieren, bevor der werte Herr Bürgermeister das kaputte Boot entsorgen lässt und Henrikje die Rechnung dafür schickt.«

»Havariert?« Blankes Entsetzen steht Florence ins Gesicht geschrieben. »Was ist passiert? Hatte Mama einen Unfall damit oder du?« Es ist seltsam für mich, dass meine Mutter Henrikje »Mama« nennt, doch daran muss ich mich wohl gewöhnen.

»Keine Sorge, mit Henrikje ist alles in bester Ordnung. Ich selbst hatte ein wenig Pech. Seenebel und emotionales Aufgewühltsein sind keine gute Kombination. Das Boot hat es dabei leider ziemlich übel erwischt, aber das ist zum Glück erst passiert, nachdem es abgetrieben ist und ich schon längst in Sicherheit war.«

»Da bin ich aber froh«, murmelt Florence. »Nicht auszudenken, was passierte wäre, wenn ... Kennst du denn jemanden, der uns einen Anhänger leihen könnte?«

»Fiete hat mit Sicherheit einen, schließlich muss er beim Gärtnern Äste abtransportieren. Ich frage ihn mal.«

Fiete Ingwersen staunt nicht schlecht, als ich ihn anrufe und erzähle, dass Florence und ich planen, das Boot aus der Marina zu holen, und bietet netterweise nicht nur seinen Anhänger, sondern auch seine Hilfe an. Im ersten Moment will ich das freundliche Angebot ablehnen, doch dann bin ich froh darüber, dass er allein durch seine Anwesenheit das Gezwungene dieser Ausnahmesituation auflockern wird. Außerdem sind wir zu dritt bestimmt schneller. »Wir sollen bei ihm vorbeikommen, dann montiert er den Anhänger an dein Auto, packt seinen Werkzeugkasten ein und alles, was man braucht, um das Boot daraufzuhieven, also eine Rampe oder etwas in der Art.«

»Das klingt nach einem guten Plan«, sagt Florence und lächelt schief, dabei nestelt sie an ihrer Kette, und ich erstarre, als ich das silberne Medaillon erblicke: Es ist jenes, das ich ursprünglich in dem Roman *Bonjour Tristesse* in der Höhle im Wald versteckt habe und das später verschwunden war.

Das bedeutet, dass Florence es an sich genommen und sich schon in Lütteby aufgehalten hat, bevor sie auf der Trauerfeier von Helmut aufgetaucht ist. Wird sie mir irgendwann verraten, wer hinter den Initialen R & B steckt, die, eingerahmt von einem Herzen, auf dem kleinen Zettel im Medaillon stehen?

Ich setze mich auf den Beifahrersitz des Autos, ein alter, silberfarbener Citroën DS, unter Autoliebhabern auch *Die Göttin* genannt. »Toller Wagen«, sage ich und nehme das Innere in Augenschein, auf der Suche nach Zeichen, die etwas über den Charakter von Florence aussagen, wie zum Beispiel die buddhistische Malakette am Rückspiegel. »Ein echter Oldtimer, muss ein Vermögen wert sein.«

Meine Mutter lacht, startet den Motor und fährt los. »Sagen wir es mal so, die Instandhaltung und alle anderen damit verbundenen Kosten verschlingen ein kleines Vermögen, dafür spare ich an anderer Stelle. Wohnt Fiete eigentlich immer noch in seinem früheren Zuhause?« Da der alte Ingwersen vermutlich noch nie umgezogen ist, nicke ich.

Fiete ist unverheiratet und lebt sein zurückgezogenes Junggesellendasein am Rande Lüttebys, nahe der Kreuzung Richtung Grotersum. Und weil die Wege in unserem kleinen Städtchen sehr kurz sind, halten wir auch schon wenige Minuten später vor dem Haubarg Ingwersen, einem riesigen, alten Bauernhaus, typisch für Florence' Wohnort, die Halbinsel Eiderstedt, für unsere Gegend allerdings eine echte Rarität.

»Lebt Fiete etwa allein in diesem gigantisch großen Haus?«, fragt sie, als sie den Citroën am Wegesrand parkt.

»Ja, denn er hat keine Familie und ist der letzte Nachfahre der Ingwersens«, erwidere ich und werde mit einem Mal etwas melancholisch, weil dieses Haus förmlich nach Leben und lachenden Kindern schreit, nach viel Besuch, nach Feiern im Garten, nach weiteren Generationen, die sich über dieses Schmuckstück freuen und es instand halten.

Dieser Ortsteil Lüttebys ist ein wenig abgelegen und wirkt, als hätte man ihn vergessen, so, wie die Ingwersens eines Tages vergessen sein werden …

»Findest du es hier nicht auch ein bisschen gruselig?«, fragt Florence und macht keine Anstalten, auszusteigen. Wir schauen beide in Richtung des alten Bahnhofsgebäudes, das seit Langem leer steht und verfällt, obgleich es in seinen Glanzzeiten wunderschön war, wie man auf Fotos in den Chroniken sehen kann. Bis vor sechs Jahren befand sich im Nebentrakt ein griechisches Restaurant, das gut lief, doch das Besitzerpaar beschloss, wieder auf seine Heimatinsel Kos zurückzukehren.

»Allerdings«, stimme ich zu. »Aus diesem Grund fahre ich auch lieber mit dem Bus, gerade im Winter, wenn es fast den ganzen Tag dunkel ist. Außerdem hält die Bahn hier mittlerweile nur noch zweimal am Tag.«

»Zum Feiern war das alte Gebäude allerdings perfekt«, sagt Florence leise. »Es hat keinen interessiert, was man da getan, wie laut man Musik gehört, was man geraucht oder getrunken hat. Ideale Voraussetzungen, um jede Menge Blödsinn zu machen und sich zu fühlen, als bräuchte man den Rest der Welt nicht.«

Meine Mutter kommt leider nicht mehr dazu, weiter in Erinnerungen zu schwelgen, denn Fiete klopft an die Scheibe, die ich sofort herunterkurble. »Wollt ihr zwei dadrin Wurzeln schlagen oder das Boot holen? Moin, Flo, lange nicht gesehen, also kommt ihr jetzt raus, oder was?«

Dass jemand meine Mutter mit ihrem ehemaligen Spitznamen anspricht, verwirrt mich mindestens genauso sehr wie die Tatsache, dass Florence als Jugendliche im alten Bahnhof wilde Partys gefeiert hat. Doch ich muss wohl lernen zu akzeptieren, dass Lütteby genauso ihre Heimat ist wie meine und dass sie neunzehn Jahre hier gelebt hat, bevor ich auf die Welt gekommen bin.

Wird es uns jemals gelingen, diese verlorene Zeit nachzuholen, oder werden wir beide lernen müssen zu akzeptieren, dass die Dinge sind, wie sie sind – und alles einfach so stehen lassen können …?

- 13 -

»Schon seltsam, dass ausgerechnet der euch so verhasste Falk van Hove das Boot gefunden hat«, sagt meine Mutter, nachdem wir die *Florence* zu dritt geborgen und hinter die Scheune nahe Fietes Haubarg gebracht haben.

Als Nächstes muss ich dafür sorgen, dass sich jemand, der etwas davon versteht, das Wrack anschaut und mir sagt, ob sich die Reparatur noch lohnt. Fiete hat allerdings sehr deutlich gemacht, dass er nicht möchte, dass Thorsten sich darum kümmert und seinen Grund und Boden betritt. »Und ich finde es schade, dass die uralten Animositäten und Fehden den Menschen hier immer noch das Leben schwer machen. Hast du Fietes grimmiges Gesicht gesehen, als er sagte, dass Thorsten seine Finger von dem Boot lassen soll?«

»Das ist mir nicht entgangen«, erwidere ich, während wir wieder in den Citroën steigen. Mittlerweile steht die Sonne steil am Himmel und schickt ihre gleißend hellen Strahlen übers Land. »Bei den Treffen am Marktplatz ignorieren die beiden einander weitgehend oder sticheln gegen den anderen. Keine Ahnung, was zwischen den Sturköpfen steht, aber es nervt schon ein bisschen, wenn ich ehrlich bin.«

»Kleinstadtleben«, erwidert Florence schulterzuckend und startet den Motor. Das Sonnenlicht fällt schräg durch die Scheibe und lässt das Medaillon an ihrem schmalen Hals kurz aufblitzen. »Ich weiß schon, warum ich es hier phasenweise unerträglich fand. Jeder glaubt, alles über jeden wissen zu müssen, man hat kaum Privatsphäre, und jeder fühlt sich bemüßigt, sich in Dinge einzumischen, die ihn nichts angehen. Aber Lütteby hat natürlich auch seine guten Seiten, denn dieses starke Interesse am anderen hat auch zur Folge, dass man sich umeinander kümmert, einander beisteht und hilft, wenn Not am Mann ist. Dass Fiete uns so spontan und tatkräftig geholfen hat, war doch toll.«

»Ja, so ist das hier. Und ich habe gelernt, mich damit zu arrangieren, dass das eine Hand in Hand mit dem anderen geht. Also, was wollen wir jetzt machen? Willst du zurück nach Garding, oder soll ich dir unser Städtchen zeigen? Ich nehme an, du warst bislang nur am Strand und in der Höhle.«

»Ich würde sehr gern mit dir über den Marktplatz schlendern, dort hat sich in den vergangenen Jahren sicher viel verändert. Natürlich habe ich einen Blick darauf geworfen, als ich nach der Trauerfeier bei Mama übernachtet habe, aber ich habe mich, so schnell es ging, ins Haus geflüchtet, um den Gesprächen zu entgehen, die mein Auftauchen nach sich ziehen würde.«

»Also dann, auf zum Markt. Ich habe Lust, mit dir zu *Chez Amelie* zu gehen, denn dort gibt es köstliche Backwaren und sensationellen Café au Lait.«

Letzteres sage ich nicht ohne Grund, ich bin gespannt, ob Florence meine Anspielung versteht.

»Gute Idee, ich könnte jetzt einen kleinen Muntermacher gebrauchen, zudem bin ich ziemlich kaffeesüchtig. Und was die Höhle betrifft, so weißt du vermutlich von meiner Vorliebe für Guimauves, Biscuit Roquefort und all die anderen Leckereien, die Henrikje dort aufbewahrt hat, um mich anzulocken. Einige befanden sich in einem Korb, als ich dort ankam, andere in einer kleinen Dose.«

»In der Dose waren nur noch die Reste der Süßigkeiten, die ich zuvor selbst gegessen habe, als ich eines Abends ungeplant vor der Höhle übernachtet habe«, erkläre ich. »Nachdem ich bemerkte, an welchem Ritual Henrikje sich versucht hat, war ich anfangs ein wenig entsetzt, wenn ich ehrlich bin. Doch dann bin ich ein paar Tage später noch mal dorthin gegangen, um mir das Medaillon, das du gerade trägst, näher anzuschauen, doch es war verschwunden. Kurze Zeit später tauchtest du bei der Trauerfeier auf. Das war ziemlich spooky. Ich frage mich, ob sie dieses Ritual schon früher probiert hat oder erst jetzt, wo es dann prompt erfolgreich war.«

»Tja, deine Großmutter ist eine richtige kleine Hexe und wird dir das sicher niemals verraten«, erwidert Florence augenzwinkernd und steuert einen der wenigen freien Parkplätze in einer Seitenstraße des Marktplatzes an. »Aber eine mit guten Absichten und unglaublich viel Wissen über alle möglichen Heilmethoden. Hast du den Zettel im Anhänger der Kette gefunden?«

»Ja. Henrikje und ich haben gerätselt, für wen oder was die Buchstaben R und B stehen, sind aber nicht darauf gekommen. Verrätst du es mir?«

»Eines Tages«, erwidert Florence, und ich bewundere sie dafür, dass sie so gekonnt und lässig einparkt, wohingegen ich eine absolute Niete in diesen Dingen bin. Zudem beeindruckt es mich, dass sie auf meine Fragen bislang souverän und entspannt reagiert hat; damit habe ich, ehrlich gesagt, nicht gerechnet.

Doch was mich noch viel mehr erstaunt, ist, dass ich mich unerwartet wohl in ihrer Gegenwart fühle.

In der Vorstellung war es tausendmal schwieriger, mit meiner Mutter zusammen zu sein, und ich kann auch nicht leugnen, dass ich sie mir schwermütiger und weniger lebhaft vorgestellt habe. Aber wer weiß? Vielleicht hat sie gerade eine der *guten Phasen*, und der Wind dreht sich schneller, als uns beiden lieb ist. Darauf sollte ich auf alle Fälle vorbereitet sein.

»Es ist wirklich wunderschön hier«, sagt Florence, als wir am Brunnen des Marktplatzes stehen und einen Rundumblick auf die pastellfarbenen Giebelhäuser, die Beete, den Kirchturm, die hohen Kastanien und die Auslagen der Lädchen, des Cafés und des Italieners werfen. »Und absolut unvergleichlich. Den meisten Marktplätzen sind leider jeglicher Charme und die Ursprünglichkeit abhandengekommen, die Hausbesitzer haben Leerstand zu beklagen und müssen die ehemals schönen Geschäfte an die Betreiber von Ein-Euro-Shops, Nagelstudios und Imbissläden vermieten. Doch solche Missstände habt ihr hier zum Glück erfolgreich verhindert.«

In diesem Moment kommt Greta, unsere Stadtführerin, auf mich zu. Offensichtlich hat sie keine Ahnung, wer Florence ist, denn sie nickt ihr lediglich flüchtig zu. »Hast du mal 'ne Minute, Lina, oder störe ich euch gerade?«, fragt sie.

Ich erwidere: »Aber klar«, denn ich bin neugierig zu erfahren, was Greta auf dem Herzen hat. Die etwa dreißigjährige, große Blondine mit raspelkurzen Haaren jobbt sowohl beim hiesigen Taxiunternehmen als auch bei unseren Stadtfesten, hält tagsüber wöchentlich drei Führungen ab und seit Neuestem zusätzlich jeden Samstagabend eine nach Einbruch der Dunkelheit. Auch Florence mustert Greta aufmerksam.

»Ich wollte dich fragen, ob dir noch jemand für die Nachtführungen einfällt, denn ich habe so viele Anmeldungen und Anfragen für den Freitagabend, dass es schade wäre, wenn wir diese Wünsche nicht erfüllen könnten. Das ist aber der einzige Tag, an dem Benno ab nachmittags frei hat, also braucht er mich da fürs Taxifahren.«

Ich erwidere: »Darüber muss ich erst mal nachdenken. Das sollte idealerweise jemand sein, der sich mit der hiesigen Stadtgeschichte auskennt und keine Scheu hat, vor Publikum zu sprechen. Ich könnte Fiete Ingwersen fragen, wenn du ihn für geeignet hältst.«

»Meinst du, er wäre bereit, sich ein Nachtwächterkostüm anzuziehen, eine Laterne und einen Morgensternstab zu tragen, wie der Stadtführer von Husum?«, fragt Greta. »Die Urlauber stehen auf diesen Firlefanz, aber ich weigere mich, mir so 'ne dämliche Verkleidung überzuwerfen. Im Übrigen werde ich auch häufig gefragt, ob man die Veranstaltung mit weiteren Sagen- und Geistergeschichten aus der Gegend aufpeppen könnte, inklusive Besuch des Friedhofs und der Spukvilla. Was meinst du? Würde Sinje das erlauben?«

»Eine Führung zur Spukvilla?«, fragt Florence, die aufmerksam zugehört hat. »Es geht mich ja eigentlich nichts an, aber ich finde, man sollte die Liebesgeschichte zwischen Algea und Fokke nicht zu einer Show für erlebnishungrige Touristen degradieren. Immerhin waren die beiden ein Liebespaar, das auf tragische Weise gestorben ist. Den Toten gebühren wohlverdiente Ruhe und Respekt.«

»Dann haben Sie wohl noch nicht gehört, dass Falk van Hove die Villa zu einem Golfhotel umbauen lässt und vorher unter Garantie dafür sorgt, dass das, was auch immer im Dachgeschoss des alten Kapitänshauses herumspukt, sich woanders ein Zuhause suchen muss«, hält Greta dagegen. In diesem Moment weicht jegliche Farbe aus dem Gesicht von Florence, und Greta fragt prompt: »Geht's Ihnen nicht gut? Sie sind weiß wie die Wand.«

»Doch, doch, alles bestens«, sagt Florence, die tatsächlich aussieht, als sei ihr ein Gespenst erschienen. »Ich brauche nur dringend Kaffee und einen Schluck Wasser.«

»Dann lass uns ganz schnell zu Amelie, da bekommst du beides«, sage ich. Und zu Greta: »Ich spreche sowohl mit Fiete als auch mit Henrikje über die zusätzliche Führung. Aber ich finde auch, dass es pietätlos wäre, die Spukvilla zu besichtigen, als sei sie das Schloss von Dracula. Sinje sieht das bestimmt ähnlich, also brauche ich sie im Grunde gar nicht zu fragen. Ich melde mich bei dir, ja?«

Greta zuckt mit den Schultern und sagt: »Man sieht sich.«

Als wir die Tür von *Chez Amelie* öffnen, bin ich mit einem Mal ziemlich aufgeregt. Immerhin stelle ich meine Mutter einer Person vor, die sie nicht von früher kennt.

»Hübsche Melodie«, murmelt Florence, als die Glocke ertönt. »Ist sie aus *Jules et Jim* von Truffaut?«

»C'est vrai, Kompliment für die Kenntnis in Sachen Filmmusik«, sagt Amelie und nimmt zuerst meine Mutter erstaunt in Augenschein und dann mich. »Hallo, Lina, hast du dir spontan freigenommen?«

»Amelie, das ist meine Mutter Florence. Mama, das ist meine Freundin Amelie.« Das Wort *Mama* auszusprechen, fällt mir schwer, aber nicht halb so schwer wie gedacht. »Hast du noch einen Tisch für uns frei?«

»Naturellement«, erwidert Amelie und führt uns in das Separee am Ende des Raums. »Wie schön, Sie kennenzulernen.«

»Ich freue mich auch«, sagt Florence und nimmt das Café genauestens in Augenschein. »Sie haben aus einem ehemals sehr biederen Laden ein echtes Schmuckstück gemacht. Stammen die Bilder und Skulpturen von Ihnen?«

»Oui«, erwidert Amelie und errötet zart. »Ich male, zeichne und bildhauere, wenn mir Zeit dafür bleibt. Es entspannt mich und hilft mir, in andere Welten einzutauchen, wenn die Realität mich gerade überfordert.«

»Das kann ich gut verstehen«, murmelt Florence und betrachtet ein Bild ganz besonders intensiv. Darauf ist schemenhaft die Rückenansicht einer Frau zu sehen, die dicht an einer offenen Tür steht, hinter der sich eine bunte und verlockende

Welt auftut. Paradiesvögel, das Meer, Wälder und ein Diwan mit vielen Kissen bilden einen Kontrast zu der dunklen, eher grauen Welt, aus der die Figur stammt. Einen Fuß hat sie bereits im Türrahmen, es bleibt der Fantasie des Betrachters überlassen zu mutmaßen, ob die Frau auf dem Bild durch die Pforte der *Anderswelt* tritt oder der Versuchung widersteht.

Als wir die Speise- und Getränkekarte studieren, scheint meine Mutter gedanklich meilenweit entfernt zu sein, beinahe so, als sei sie die Figur auf dem Bild, mit dem Gedanken liebäugelnd, einfach zu verschwinden und mit der Verführung des Paradieses zu verschmelzen. Ich betrachte Florence und versuche, aus ihrer Miene herauszulesen, was gerade in ihrem Kopf vorgeht, und bin gedanklich bei dem Gespräch zwischen ihr und Greta.

Die Tatsache, dass meine Mutter so heftig auf die Frage nach einer möglichen Besichtigung der Spukvilla reagiert hat, wirft Fragen auf, denn eigentlich dürfte sie gar nicht emotional in die uralte Legende von Lütteby involviert sein. Zumindest nicht mehr als jeder, der hier lebt und mit der Sage um die Tragödie von Algea und Fokke aufgewachsen ist.

Und ehe ich michs versehe, rutschen mir die Worte »Stammt mein Vater aus Grotersum?« heraus.

- 14 -

Meine Mutter nickt und findet erst ihre Sprache wieder, als Amelie unsere Bestellung aufnimmt.

»Und warum bejahst du nur stumm, statt mir endlich die Wahrheit zu sagen?«, frage ich ungehalten. Da ist sie wieder, die Wut, die ich trotz des unerwartet harmonischen Beisammenseins auf sie habe und immer wieder haben werde, solange die Dinge nicht vollständig geklärt sind.

»Weil es einfach noch nicht an der Zeit ist«, erwidert sie beinahe tonlos. Sie ist immer noch so blass wie vorhin, das nervöse Zucken um ihre Mundwinkel verrät, dass sie unter Stress steht. »Ich weiß, dass du unendlich viele Fragen hast und natürlich ein Anrecht darauf, zu erfahren, wer dein Vater ist. Aber hab bitte noch ein wenig Geduld, denn er weiß nichts von seiner Vaterschaft. Also lass mich erst mit ihm reden, ihm klarmachen, wieso ich nichts von dir erzählt habe und warum ich Lütteby den Rücken gekehrt habe, anstatt dafür zu sorgen, dass du wenigstens ihn hast, wenn ich dir schon keine Mutter sein konnte.«

»Also stimmt meine Vermutung«, presse ich mühsam zwischen den Zähnen hervor. »Du hast es ihm verschwiegen und mich nicht nur der Chance beraubt, wenigstens ein Elternteil zu haben, sondern womöglich auch der, gemeinsam mit Geschwistern aufzuwachsen. Was hast du dir bloß dabei gedacht?«

Ich bin sehr froh, dass Amelie uns im Separee platziert hat.

»Leider habe ich damals weniger gedacht als gefühlt. Ich war verzweifelt, verängstigt, habe keinen Ausweg mehr gesehen und in einer Übersprunghandlung etwas getan, das ich mir bis heute nicht verzeihen kann. Dummerweise habe ich weder weitere Hilfe von Mama angenommen noch mich an eine Beratungsstelle gewandt oder sonst etwas unternommen, um mir zusätzlich professionelle Unterstützung zu holen. Ich nehme an, Henrikje hat dir von meiner Krankheit erzählt.«

Ich nicke.

»Auch wenn dies keine Entschuldigung ist, weiß ich heute, dass meine bereits vorhandene Depression durch eine postnatale verstärkt wurde. Meine Hormone waren außer Kontrolle, genau wie meine Gefühle für dich. In der einen Sekunde habe ich dich mehr als mein eigenes Leben geliebt, und in der nächsten hatte ich furchtbare Angst zu versagen, Panik, dir nicht die gute, warmherzige, fürsorgliche Mutter sein zu können, die Henrikje für mich war. Als du mir eines Tages vom Wickeltisch gekullert bist, weil ich einen Augenblick nicht ganz bei der Sache war, habe ich beschlossen, dass ich dich vor mir schützen und in der Obhut der Frau zurücklassen muss, die weiß, wie man ein Kind großzieht.«

Meine Mutter wollte mich aus Liebe vor sich selbst schützen …

Bei all den Möglichkeiten, die ich mir in durchwachten Nächten ausgemalt habe, war diese nicht dabei. Für den Moment kann ich nichts weiter als »Puh« sagen und meine Hände in den Kopf stützen. Ich möchte Florence gerade nicht ansehen, im Grunde würde ich jetzt am liebsten allein sein.

Amelie serviert den Kaffee, das Wasser und die beiden Schokocroissants wortlos und zieht sich so schnell und leise aus dem Separee zurück, wie sie gekommen ist.

»Möchtest du, dass ich gehe?«, fragt Florence, ohne ihr Getränk anzurühren oder vom Croissant abzubeißen.

Ich antworte: »Keine Ahnung«, und richte mich wieder auf. »Ich weiß immer noch nicht, was ich denken und fühlen soll. Da geht es mir wahrscheinlich nicht viel anders als dir zu der Zeit, in der du so durcheinander warst. Aber trink bitte deinen Kaffee und das Wasser, es ist ja nicht mit anzusehen, wie blass du bist.«

Florence hebt die Hand und streichelt mir zart übers Gesicht, und ich lasse es geschehen. Ich werde gern berührt und war schon immer eine *kleine Schmusekatze,* wie Henrikje sagt. »Hast du eigentlich Schlafi noch?«, fragt sie und meint damit meinen heiß geliebten Plüschbären, den ich sogar mitnehme, wenn ich verreise.

»Er ist zwar mittlerweile platt wie eine Flunder, weil ich ihn in der Kindheit als Kopfkissen benutzt habe. Aber ja, ich habe den Teddy noch. Genauso wie ich deinen Ring besitze, den Henrikje mir neulich erst geschenkt hat, einige Fotografien in meiner Wohnung, mit denen ich spreche, und deine Glücksrezepte-Textsammlung, die im Geheimfach unter meinem Schminktisch versteckt war. Ich vermute, du bist die Betreiberin des Accounts *Rettungsanker – meine persönlichen Glücksmomente!*«

»Du sprichst mit meinen Bildern?« Tränen rollen über die blassen Wangen meiner Mutter, und nun bin ich diejenige, die ihr Gesicht streichelt. Ihre Haut fühlt sich kühl und weich an, ich kann einen zarten Flaum unter meinen Fingern spüren.

»Ja, das tue ich, seitdem ich denken kann«, erwidere ich. »Ich wollte dich an meinem Leben teilhaben lassen, weil ich mich geweigert habe zu glauben, dass du … tot sein könntest. Doch das hat sich schlagartig geändert, als ich vor einigen Wochen deine erste Postkarte aus Paris gefunden und erfahren habe, dass du in regelmäßigen Abständen Lebenszeichen an Henrikje und sogar Michaela geschickt hast, nur nicht an mich, deine Tochter, die all die Jahre gehofft und dafür gebetet hat, dass dir nichts zugestoßen ist.«

»Du hast geglaubt, ich sei tot?« Florence schaut mit einem Mal so ungläubig drein, dass ich mich frage, wie man so naiv sein kann und ob ihre seelische Erkrankung einen gewissen Realitätsverlust mit sich bringt. »Ich habe immer gedacht, Henrikje hätte dir irgendwann gesagt, was mit mir los ist, spätestens als du alt genug für die Wahrheit warst.«

»Wälz nicht die Verantwortung und Schuld auf Henrikje ab«, zische ich. »Du hast ihr durch dein Verhalten eine unglaubliche Bürde auferlegt. Als ich die Karte entdeckt habe, gab es großen Streit zwischen uns, und es hat eine ganze Weile gedauert, bis ich ihre Entscheidung, mir die Wahrheit zu verschweigen, einigermaßen nachvollziehen und akzeptieren konnte. Und zudem haben weder Henrikje noch Michaela in den letzten drei Jahren etwas von dir gehört. Was glaubtest du denn, was wir alle denken würden? Also streu jetzt bitte kein weiteres Salz in die Wunden, die sind ohnehin sehr, sehr tief.«

»Es tut mir leid, so war das nicht gemeint«, sagt Florence und streichelt nun meine Hand, die auf der Tischdecke liegt. »Mein Verhalten ist durch nichts zu rechtfertigen, dessen bin ich mir wohl bewusst. Aber ich wollte mich nach all den Jahren, in denen ich mich feige zurückgezogen habe, endlich meiner Verantwortung und Schuld stellen und dich um Verzeihung bitten. Und ich möchte, so gut es geht, dafür sorgen, dass deine Welt wieder in Ordnung kommt. Dazu gehört natürlich auch, dir irgendwann zu sagen, wer dein Vater ist, denn du bist ein Kind der Liebe und nicht ungewollt, wie du im schlimmsten Fall denken könntest. Bitte glaub mir, dass ich alles in meiner Macht Stehende tun werde, um dir zumindest jetzt eine gute Mutter zu sein und deine seelischen Verletzungen zu heilen. Doch das wird nur gelingen, wenn du mich die Dinge in meinem Tempo regeln lässt. Ich kann nicht einfach bei deinem Vater mit der Tür ins Haus fallen und sagen, dass er eine Tochter hat. Wir haben uns seit über fünfunddreißig Jahren nicht mehr gesehen und keinerlei Kontakt.«

Ich bin ein Kind der Liebe und kein »Unfall«.

Gänsehaut überzieht meinen ganzen Körper, und ich weiß gerade nicht, ob ich weinen oder lachen soll – wo Freude beginnt und Trauer endet. Also stelle ich eine Frage, die mir schon seit Langem auf der Seele lastet. »Kenne ich ihn?«

Florence zögert einen Moment, bevor sie den Kopf schüttelt, und ich bin froh über ihre Antwort. »Dann ist es ja gut, denn es wäre natürlich mehr als absurd, wenn sich irgendwann herausstellen würde, dass wir einander womöglich tagtäglich begegnen, ohne zu wissen, dass wir Vater und Tochter sind.« Ich verschweige an dieser Stelle, dass ich immer schon alle altersmäßig infrage kommenden Männer Lüttebys und Grotersums daraufhin in Augenschein genommen habe, ob sie potenziell mit mir verwandt sein könnten. Doch außer meinem Lieblingslehrer Malte Andersen gab es tatsächlich niemanden, der Ähnlichkeit mit mir hat oder zu dem ich mich auf magische Weise hingezogen gefühlt habe.

»Hast du dich eigentlich schon mit Michaela getroffen?«, frage ich, weil der Grund für das Zerwürfnis der beiden die Tatsache war, dass Florence ihrer besten Freundin ebenfalls verschwiegen hatte, von wem sie schwanger geworden war.

»Ja, vor ein paar Tagen. Sie hat mich in Garding besucht, weil sie sich anschauen wollte, wie ich lebe und was ich so mache. Es war schön, nach so langer Zeit mal wieder mit ihr zusammen zu sein, sie hat mir in all den Jahren genauso gefehlt wie du und Mama.«

»Und was machst du so? Hast du eine Wohnung oder ein Haus? Arbeitest du immer noch im Tourismusbereich oder …?«

Mir wird erst jetzt klar, dass ich so fixiert auf die Vergangenheit war, dass ich die Gegenwart weitgehend ausgeblendet habe.

»Ich lebe in einem Reihenhaus am Rande von Garding und arbeite als Coach für ein Unternehmen in St. Peter-Ording, das

sich auf Thalasso- und Hydrotherapie, Yoga am Meer und Ähnliches spezialisiert hat. Wer mich googelt, hat kaum eine Chance, mich zu finden, da ich nur eine von vielen freien Mitarbeiterinnen dieses Resorts bin und mich zum Glück nicht aktiv um Aufträge bemühen muss, weil viele mich weiterempfehlen.«
Also ist sie doch nicht im Tourismusbereich tätig, wie ich angenommen hatte …

»Dein Arbeitgeber ist *Meerzeit?*«, frage ich völlig perplex. »Da wollen Sinje und ich übernächste Woche ein paar Tage wellnessen, wenn alles so klappt, wie wir es uns wünschen.«

»Das ist ja ein schöner Zufall«, erwidert Florence mit einem strahlenden Lächeln. Mittlerweile haben ihre Wangen wieder eine gesunde Farbe, und ihre Augen blitzen. »Wenn ihr Breath-Walking am Wasser machen möchtet oder eine Wandermeditation zu einem speziellen Thema, seid ihr bei mir goldrichtig. Ich habe zeitlebens von klugen Menschen profitiert, die ihr Wissen seelisch Kranken zur Verfügung stellen, sodass ich nun selbst etwas zurückgeben möchte. Nach langen Jahren in der Reisebranche hatte ich einen weiteren Zusammenbruch, bin wieder zurück nach Deutschland gekommen und war erneut in Therapie. Danach habe ich mich selbst ausbilden lassen und finde nun Erfüllung darin, Depressiven zur Seite stehen und Kraft spenden zu können. Sie vertrauen mir, weil sie wissen, dass ich das alles selbst durchgemacht habe, statt mein Wissen einzig und allein aus Lehrbüchern und Seminaren zu beziehen.«

»War dieser … Zusammenbruch …«, murmle ich, in dem Versuch, mir einen Reim auf alles zu machen, was Florence betrifft, »… der Grund dafür, dass du dich seit drei Jahren gar nicht mehr gemeldet hast?«

Florence richtet sich auf, ihre Körperhaltung versteift sich, und es wirkt, als koste es sie unendlich viel Kraft zu antworten. »Ich habe in Italien versucht, mir das Leben zu nehmen«, sagt sie schließlich beinahe tonlos. »Ich bin vollgepumpt mit Schlafmitteln schwimmen gegangen und habe gehofft, dass die Wellen mich an einen Ort bringen, an dem ich nicht mehr denken, fühlen und leiden muss. Doch eine nette Frau aus St. Peter-Ording hat mich gerettet und zurück nach Deutschland gebracht. Sie ist Therapeutin und hat so lange für mich gesorgt, bis ich wieder auf die Beine kam. Ihr gehört das Resort *Meerzeit*, und ihr verdanke ich, dass mein Leben nach diesem absoluten Tiefschlag eine positive Wendung genommen hat. Zu versuchen, anderen Menschen zu helfen, ist für mich die beste Medizin, um mit meiner Krankheit fertigzuwerden. Ich weiß, dass ich nie vollständig gesund sein werde und dass es regelmäßig schwierige Episoden geben wird, aber mein Lebenswillen ist wieder da und stark wie noch nie zuvor. Doch es brauchte eine lange Zeit, bis ich wusste, in welche Richtung diese innere Reise geht, und ich konnte mich in dieser Phase einfach bei niemandem melden, sosehr ich es bedauere, euch alle damit in Angst und Schrecken versetzt zu haben.«

Meine Mutter wollte aus dem Leben scheiden und *ins Wasser gehen* wie einst Fokke, als er, beladen mit Schuldgefühlen wegen Algeas Tod in der Flammenhölle der Spukvilla, keinen anderen Ausweg mehr sah.

Ich kann mir kaum vorstellen, wie sehr man leiden muss, um eine solche Entscheidung zu treffen. Doch allmählich bekomme ich ein Gefühl für das Ausmaß der Qualen, die meine Mutter zeit ihres Lebens verspürt haben muss, und bin überwältigt von Mitleid. Zudem bekomme ich nun eine vage Ahnung davon, wie schwer ihr fortwährender Kampf um seelische Genesung sein muss. »Hast du die Tipps für ein glückliches Leben gesammelt, weil du dich damals selbst damit motivieren wolltest?«, frage ich, da ich mir gut vorstellen kann, dass das eine wirksame Methode sein kann. »Ich habe die Sammlung übrigens um einiges ergänzt, was mir in diesem Zusammenhang passend erschien.«

»Wirklich?« Nun funkeln die Augen von Florence, als würden sich tausend Lichter in ihnen spiegeln. »Das freut mich riesig. Magst du mir das mal zeigen?«

»Beizeiten gern. Doch für heute muss ich leider passen, denn mir wird das alles gerade zu viel, so schon es auch ist, dass wir hier sitzen, vorhin gemeinsam das Boot geholt haben und ich nun so vieles über dich weiß, was du bestimmt nicht leichterdings erzählt hast.«

»Aber natürlich, Liebes, das verstehe ich«, sagt Florence und streicht mir eine Haarsträhne aus dem Gesicht. »Man muss sich gesund abgrenzen, damit man in der inneren Balance bleibt. Und das sage ich jetzt nicht als psychologischer Coach, sondern als deine Mutter. Ich freue mich, dass du dich mir geöffnet hast. Das ist mehr, als ich zu erwarten gehofft habe. Melde dich einfach, wenn dir danach ist. Lass alles auf dich wirken und pass auf dich auf. Du brauchst verständlicherweise Zeit, und die solltest du dir unbedingt nehmen. Ist es in deinem Sinn, wenn ich jetzt gehe und bei der bezaubernden Amelie die Rechnung begleiche?«

Mit einem Mal fühle ich mich so bleischwer und müde, dass ich nur noch »Na klar« murmeln und es kaum erwarten kann, mich ins Bett zu legen, auch wenn draußen die Sonne scheint und die Vögel in den Bäumen singen. Doch als ich wieder zu Hause bin, komme ich einfach nicht zu der Ruhe, die ich so dringend bräuchte. Deshalb gebe ich nach einer Stunde des Grübelns über die unterschiedlichsten Themen den Versuch, mich durch Schlaf wieder ins Lot zu bringen, auf und besuche diejenige, die mir jetzt sicher helfen kann …

- 15 -

»Haben Sie einen Moment Zeit für mich, Frau Pastorin?« Sinje schaut von ihrem Schreibtisch hoch, auf dem verschiedene aufgeschlagene Ordner liegen, die sie gerade studiert.

»Was ist los?«, fragt sie und wirft stirnrunzelnd erst einen Blick auf ihre Armbanduhr und dann auf den Terminkalender.

»Ich brauche dringend seelsorgerische Fürsorge und Rat«, erwidere ich und bleibe im Türrahmen ihres Arbeitszimmers stehen.

»Gib mir drei Minuten, dann verschiebe ich den nächsten Termin und gehöre ganz dir. Setz dich doch solange.« Ich lasse mich erschöpft auf einen der beiden Plüschsessel sinken, die an der Wand gegenüber von Sinje an einem runden Tisch aus dunklem Holz stehen, und betrachte den Raum, in dem Sinje arbeitet. An den ochsenblutfarben gestrichenen Wänden hängen gerahmte Dankschreiben, kleine Basteleien, Fotos und allerlei Erinnerungen an ihre Gemeindearbeit. Die weißen Sprossenfenster müssten dringend neu lackiert werden, außerdem zieht es ein wenig. Sinje erledigt das Telefonat und fragt, ob wir zu ihr in die Küche gehen wollen.

»Ich möchte lieber hierbleiben, denn das macht es irgendwie offizieller«, erwidere ich, ohne selbst genau zu wissen, was ich mit dieser Aussage meine.

»Offizieller?« Sinje hebt ihre rechte Augenbraue und streicht den Talar glatt, den sie nicht nur anlässlich der Gottesdienste trägt, sondern auch sonst, weil er zu ihrem Beruf gehört, genau wie für andere Menschen deren Arbeitskleidung.

Nachdem Sinje für uns beide schwarzen Friesentee mit Kandis zubereitet hat, setzt sie sich auf den anderen Sessel und sieht mich erwartungsvoll an.

»Falk van Hove hat mich gefragt, ob ich Innovationsbeauftragte von Grotersum, Lütteby und später auch Norderende werden möchte. Die Stelle ist sehr gut bezahlt, und er lässt mir weitgehend freie Hand bei meinen Entscheidungen«, sage ich, und es tut gut, diese Worte endlich laut auszusprechen. Bislang habe ich noch niemandem von diesem Angebot erzählt, noch nicht einmal Jonas, und ich möchte mich jetzt etwas von dem ablenken, was ich heute von Florence erfahren habe. Denn das betrifft die Vergangenheit, wohingegen die Offerte des Bürgermeisters weit in die Zukunft reicht.

»Wie bitte?!«

»Du hast richtig gehört. Falk möchte, dass ich seine rechte Hand werde. Er hat mich zu sich ins Rathaus zitiert, bat mich zuerst darum, die havarierte *Florence* zu bergen, die er durch Zufall beim Segeln entdeckt und in seinen privaten Hafen transportiert hatte. Und ehe ich michs versah, bin ich mit einem potenziellen neuen Job in der Tasche zurück nach Lütteby marschiert.«

»Ich glaub's ja nicht, wie krass ist das denn bitte? Und wieso erzählst du mir erst jetzt davon, du kleine Geheimniskrämerin?«

»Weil ich heute einer spontanen Eingebung folgend meine Mutter angerufen und gemeinsam mit Fiete und ihr das Boot zu Fiete aufs Grundstück gebracht habe. Keine Ahnung, wer das Wrack jetzt repariert und ob da überhaupt noch etwas zu machen ist, aber das ist für den Augenblick gar nicht der Punkt.«

Sinje klappt den Mund auf und wieder zu und trinkt Tee, ohne etwas zu sagen.

»Ich weiß, das klingt jetzt alles ein bisschen wirr, und es geht gerade um viele verschiedene Themen. Aber genau deshalb muss ich jetzt dringend Struktur und Ordnung in meine Gedanken bringen, und wer ist dafür besser geeignet als du?«

»Also gut, jetzt mal der Reihe nach. Du hast dich also offenbar mit Florence getroffen, und zwar diesmal freiwillig, habe ich das richtig verstanden? Dabei hast du ihr doch sicher viele Fragen gestellt und bestimmt auch eine Menge erfahren, oder?«

Ich bringe Sinje mit wenigen Worten auf den neuesten Stand und warte ab, bis sie das Gehörte für sich eingeordnet hat.

Den gescheiterten Versuch meiner Mutter, sich das Leben zu nehmen, verschweige ich allerdings, denn das geht niemanden etwas an, noch nicht einmal Sinje. »Krass! Du bist also kurz davor, zu erfahren, wer dein Vater ist. Und weißt, dass Florence dich aus Liebe in Henrikjes Obhut gegeben hat und nicht, weil sie dich loswerden wollte. Zudem hat sie offenbar ihre Krise bewältigt und arbeitet seit Längerem daran, ihr Leben wieder in den Griff zu bekommen. Hut ab, das imponiert mir! Mich würde es ja nach wie vor nicht wundern, wenn Malte dein Vater wäre. Und dann wäre es auch verständlich, dass sie ihm damals nichts von der Schwangerschaft erzählt hat, denn wir kennen doch Malte. Er ist großartig, liebenswert und attraktiv. Aber wenn man ihn dauerhaft in die Flucht schlagen will, braucht man ihn nur zu fragen, ob er mit einem zusammenziehen oder heiraten möchte – oder ihm sagen, dass man ein Kind von ihm erwartet. Wenn Florence ihn so geliebt hat, wie ich vermute, dann wusste sie, dass sie ihn nur halten kann, wenn sie ihm verschweigt, dass er Vater ist.«

»Er muss aber doch mitbekommen haben, dass sie schwanger war«, halte ich dagegen. »Das hätte ihn doch eifersüchtig gemacht oder zumindest misstrauisch.«

Sinje schüttelt energisch den Kopf. »Das glaube ich nicht, denn er war ja schon immer der Ansicht, dass Menschen nur sich selbst gehören und nicht dafür bestimmt sind, sich dauerhaft zu binden. Kannst du dich nicht an die Dramen in der Schule erinnern, wenn eine der Referendarinnen sich mit ihm eingelassen und erst später realisiert hat, dass da nichts zu holen ist? Den verliebten Damen war es egal, dass Malte seine Haltung zum Thema *Bindung* immer offen kommuniziert hat. Aber es gibt nun mal einige Frauen, die genau das anspornt, frei nach dem Motto: Er ist nur noch nicht der Richtigen begegnet, und die bin natürlich ich. Wie würdest du es denn finden, wenn Malte dein Vater wäre? Das wäre doch cool, oder etwa nicht?«

Über diese Frage habe ich noch nie nachgedacht, denn ich kann mir überhaupt nicht vorstellen, irgendeines Mannes Tochter zu sein, weil sich all meine Fragen und Gefühle zeitlebens fast ausschließlich um Florence gedreht haben. Also sage ich: »Dass Malte toll ist, interessant und liebenswert, das wissen wir beide, und natürlich würde ich mich freuen, wenn gerade er derjenige wäre, dem ich meine Existenz zu verdanken habe. Doch die Frage ist, wie er darüber denken würde. Dir ist doch klar, was los wäre, wenn sich herausstellen wurde, dass ich das Resultat einer Liaison zwischen einem aus Grotersum und einer aus Lütteby bin. Florence hat zugegeben, dass mein Vater von dort stammt.«

»Das wäre dann ein Signal dafür, diese leidige Fehde ein für alle Mal zu beenden und dem Aberglauben dauerhaft einen Riegel vorzuschieben. Es kann doch nicht sein, dass sich einige hier teilweise immer noch so verhalten, als lebten wir im 17. Jahrhundert. Die Menschen in Lütteby lieben dich, sie lieben Henrikje und werden irgendwann auch Florence wieder lieben, sobald sie verdaut haben, dass sie vor Jahren für eine Weile abtrünnig geworden ist. Aber sie ist zurückgekehrt, macht reinen Tisch und will ihre Fehler wiedergutmachen. Das bedeutet, dass die Geschichte einer Verbindung zwischen den beiden Ortschaften doch noch ein gutes Ende nimmt und damit ein neues Zeitalter einläuten könnte.«

»Das klingt, als sei ich eine Art weiblicher Jesus oder so«, antworte ich kichernd. »Aber du vergisst dabei, dass es laut der Prophezeiung deine Aufgabe ist, Lütteby und Grotersum zu einen, nicht meine.«

»Gemeinsam sind wir aber noch stärker«, erwidert Sinje mit blitzenden Augen. »Und erst recht, wenn du Falks Jobangebot annimmst. Dann drehst du den Spieß einfach um und spionierst zur Abwechslung mal bei ihm für das Team Lütteby. Deine erste Amtshandlung könnte übrigens darin bestehen, Falk zu beschwatzen, die Villa um des lieben Friedens willen der Kirchengemeinde von Lütteby zu schenken. Das würde sein Image enorm aufpolieren, und ich könnte endlich raus aus diesem dunklen Loch, wo ich selbst an sonnigen Tagen immer das Licht brennen lassen muss. Wer hatte eigentlich die Idee für den Anstrich in dieser düsteren Farbe?«

»Du, als wir von unserer Toskanareise zurückkamen«, erwidere ich und muss noch mehr lachen. »Aber jetzt mal im Ernst: Selbst wenn ich wollte, wie soll das gehen? Henrikje braucht mich im Lädchen und Thorsten in der Touristeninformation. Außerdem würden alle durchdrehen, wenn ich in der Höhle des Löwen arbeite, egal, wie ehrenhaft meine Motive auch sein mögen und wie sehr sie womöglich Lütteby zugutekommen würden.«

»Jetzt mal abgesehen davon, was andere sagen und welche Verpflichtungen du zu haben glaubst: Würde der Job dich denn reizen?«

Ohne auch nur eine Sekunde zu zögern, antworte ich: »Ja!«

»Aber?« Sinje mustert mich mit einer Mischung aus Neugier, Amüsiertheit und Strenge.

»Das wäre, wie …«, ich ringe nach Worten, »… wie mit dem Feind ins Bett zu steigen. Obgleich er mir persönlich noch nie etwas getan hat, außer mich mit seinen ewigen Versuchen, aus Lütteby etwas zu machen, was es nicht ist, zu nerven. Außerdem werde ich ihm nie verzeihen, dass er den Leuchtturm abreißen wollte, und natürlich auch, dass er das Untergeschoss von Stines Haus an diese Restaurantkette verpachtet hat. Von dem Umbauplänen der Villa in ein Golfhotel ganz zu schweigen.«

Okay, das ist doch eine ganze Menge, wenn ich so recht darüber nachdenke.

»Wir halten also fest: Es wäre besser, wenn jemand Falk immer wieder in seine Schranken weisen und ihm unmissverständlich klarmachen würde, dass er seine Fantasien in Grotersum und von mir aus auch in Norderende austoben kann, aber eben nicht hier. Auf der anderen Seite ist es aber auch gut, wenn jemand einigen verschnarchten Lüttebyern mal ein bisschen Dampf macht«, fasst Sinje zusammen. »Ich würde ja sagen, dass sich all diese Probleme wahrscheinlich in Luft auflösen, wenn Henrikje sich entschließt, für das Amt der Bürgermeisterin zu kandidieren, und tatsächlich gewinnt. Doch dabei darf man nicht vergessen, wie viele Falks Projekte befürworten, weil sie finanziell davon profitieren. Frag doch mal die Geschäftsführerin des neuen Restaurants, die sich wahrscheinlich bald dumm und dämlich verdienen wird, weil, das schwöre ich dir, die Gäste ihr die Bude einrennen. Apropos, ich habe eine Einladung zur Pre-Opening-Party bekommen, soll ich da hingehen oder lieber nicht?«

»Keine Ahnung«, erwidere ich, weil meine Gedanken bei der Erwähnung von Nicola Bartelsen sofort zu Jonas wandern und ich daran denken muss, wie heftig sie mit ihm geflirtet hat, als die beiden mal zufällig in Henrikjes Lädchen aufeinandergetroffen sind. Momentan fühlt es sich an, als sei seitdem eine

Ewigkeit vergangen, auch wenn es erst wenige Wochen her ist und die Arbeiten an dem neuen, hippen Restaurant noch nicht vollständig abgeschlossen sind.

In diesem Moment vermisse ich Jonas wieder so sehr, dass alles andere in den Hintergrund tritt. Vielleicht sollte ich ihn doch in London besuchen, auch wenn es nur für zwei Tage ist.

»Ach was, ich werde gehen, als Pastorin dieser Gemeinde ist es schließlich meine Pflicht, neue Schäfchen willkommen zu heißen, vor allem, wenn es Cocktails gibt«, sagt Sinje schließlich schmunzelnd. »Aber bevor wir jetzt von Hölzchen auf Stöckchen kommen, wie kann ich dir weiterhelfen? Letzten Endes weißt du selbst am besten, was dir guttut. Ich unterstütze dich, egal, ob du bei Falk anfängst oder dich entschließt, dein Leben so weiterzuleben wie bisher.«

Sinjes letzter Satz löst etwas in mir aus.

Ich bin die Frau, die mit fünfunddreißig Jahren wieder bei ihrer Großmutter wohnt. Ich bin die Frau, die einer nahezu perfekten Liebesgeschichte kaum eine Chance gibt, weil sie die räumliche Trennung und mögliche Veränderungen scheut.

Ich bin diejenige, die gern etwas dazu beitragen möchte, dass unsere Region stark und attraktiv genug ist, um sich neben den etablierten Touristenorten zu behaupten.

Und ich bin diejenige, die sich immer noch nicht traut, etwas zu wagen, und sich nach einem gescheiterten Versuch, in Hamburg zu leben, dafür entschieden hat, dass besser alles so bleibt, wie es ist.

Liegt es wirklich nur daran, dass ich Lütteby so sehr liebe und mir nicht vorstellen kann, ohne Henrikje und Sinje zu sein? Oder bin ich einfach nicht mutig genug?!

»Weißt du, was?«, sage ich und zittere beinahe, weil ich erkenne, dass es an der Zeit ist, endlich loszulassen, zu springen und fliegen zu lernen. »Ich würde Jonas gern in London besuchen, wenn es okay für dich ist, dass ich erst mal nicht mit dir nach St. Peter-Ording fahre. Und ich werde Falks Angebot annehmen.«

Sinje klatscht vergnügt in die Hände und sagt: »Hey, hey, das ist doch mal 'ne Ansage! Leider habe ich gerade keinen Sekt im Haus, um darauf anzustoßen, dass du die Welt im Sturm erobern wirst. Aber vielleicht tut es ja ausnahmsweise auch ein Bier.«

- 16 -

Drei Monate später …

»So schön London und Cornwall auch sind, Nordfriesland ist es ebenso, findest du nicht auch?«

Ich sitze auf der Fahrt vom Hamburger Flughafen nach Hause neben Jonas im Auto, erfüllt und beseelt von einem zweiwöchigen Liebesurlaub in England, den ich mir kurz vor dem Start im Büro von Falk van Hove gegönnt habe. Jonas löst die rechte Hand vom Lenkrad und drückt meine, die auf dem kuscheligen Wollstoff des neuen Herbstmantels von Marks & Spencer in der Oxford Street liegt. Doch mich wärmt nicht nur der neue Mantel, sondern auch die tiefe Verbundenheit zwischen uns beiden, die täglich wächst. Ich war noch nie so verliebt und glücklich und kann manchmal immer noch nicht fassen, dass mir das Wunder so großer und tiefer Gefühle tatsächlich zuteilwird.

»Ja, es ist traumhaft schön hier, ich habe nie etwas anderes behauptet. Gib's ruhig zu, du hast Lütteby, Henrikje, Sinje und deine Mutter vermisst und kannst es kaum erwarten, sie alle heute Abend bei der Feier in die Arme zu schließen. Ich kann von Glück sagen, dass du mir in London überhaupt Aufmerksamkeit geschenkt und nicht nur mit deinen Lieben per FaceTime gechattet hast«, sagt er lächelnd, als ich zärtlich seine Wange streichle.

»Haha, du tust ja gerade so, als sei ich mit Lütteby verheiratet. Hast du vergessen, wie viele Stunden wir im Bett, in der Badewanne und mit Flanieren verbracht haben?«

»Nein, das habe ich nicht, und ich hoffe sehr, dass wir in Lütteby da weitermachen können, wo wir heute Nacht aufgehört haben. Wie gut, dass Sinje uns das Gästebett im Pastorat zur Verfügung stellt, weil sie mit Sven in Paris herumturtelt«, murmelt Jonas, und mir jagt ein kribbeliger Schauer nach dem anderen über den Rücken.

Im Radio läuft der Song *Autumn Leaves* von Ed Sheeran, der nicht besser zur Jahreszeit passen könnte. Das Laub der Bäume entlang der für die Region typischen Alleen hat sich größtenteils bunt verfärbt, doch es segeln nur selten vereinzelte Blätter auf den Boden. Die heftigen Herbststürme sind bislang ausgeblieben, der erste Oktobertag lässt sich friedlich und beinahe windstill an, die schräg stehende Sonne taucht die Landschaft in milderes Licht als im Sommer. Zugvögel versammeln sich am Firmament zum formschönen Weiterflug in die Winterquartiere.

Ich freue mich auf den ersten gemeinsamen Winter mit Jonas, Schlittschuh laufen, Glühwein trinken, vor knisterndem Kaminfeuer sitzen und uns gegenseitig etwas vorlesen. Gemeinsam kochen, am winterlichen Strand spazieren gehen und dabei zuschauen, wie sich die Eisschollen auf dem Watt übereinander schieben, wenn wir längere Zeit Minusgrade haben.

Die Frage »Könntest du dir vorstellen, auf einem Bauernhof so weit ab vom Schuss zu leben?« unterbricht meine gedankliche Reise in den Winter. Jonas deutet auf ein großes Gehöft, das in der Ferne in unser Blickfeld rückt. Es befindet sich auf einem Hügel, im Hintergrund bewegen sich die Rotorblätter der Windkraftanlagen träge im sanften Wind.

»Tatsächlich könnte ich mir gerade vorstellen, überall mit dir zu leben«, sage ich leise, während ich meine Hand auf Jonas' Nacken lege und ihn zärtlich massiere, weil er sich beim Autofahren oft ein wenig verspannt. In den vergangenen drei

Monaten, in denen wir nun schon eine Fernbeziehung führen, haben wir uns immer besser kennengelernt, sind enger und enger zusammengewachsen und suchen nach einer Möglichkeit, mehr Zeit miteinander verbringen zu können. Bislang konnten wir uns glücklicherweise häufig sehen, weil ich in der Touristeninformation gekündigt und nach einem riesigen Streit mit Thorsten nur noch in Henrikjes Lädchen gearbeitet habe.

Doch sobald ich den Job bei Falk van Hove beginne, wird das nicht mehr so einfach möglich sein – mir graut schon vor dieser Zeit.

»Ich bin für ein Haus in Lütteby und eines in Apulien«, sagt Jonas, der meine Liebkosung sichtlich genießt und wohlig seufzt.

»O ja, ein Trullo in Apulien, das wär's«, stimme ich zu und beobachte einen Mähdrescher und bläulich schwarz gefiederte Saatkrähen, die in den Ackerfurchen der Felder nach Nahrung picken. Ihr staksiger Gang wirkt, als würden die schönen Tiere schreiten, da sie, im Gegensatz zu anderen Rabenvögeln, Beingefieder haben, das aussieht, als trügen sie eine Hose. »Wie warm oder kalt ist es da eigentlich im Winter?«

»Mit etwas Glück klettern die Temperaturen tagsüber auf fünfzehn Grad, aber es regnet leider häufig«, erwidert Jonas und weicht geschickt einem Schlagloch aus. Je näher wir Lütteby kommen, desto häufiger sieht man Stellen auf der Landstraße, die dringend ausgebessert werden müssen. »Wenn du dir ein Winterquartier wünschst, in dem es kuschelig warm ist, kann ich dir nur empfehlen, an meiner Seite zu bleiben.«

Bei jedem anderen würden Bemerkungen dieser Art überheblich wirken, jedoch nicht bei Jonas. Es stimmt schon: Ich fühle mich an seiner Seite geborgen und sicher, ohne meine Eigenständigkeit und Souveränität einzubüßen.

Es gab in den vergangenen Wochen reichlich rauen Gegenwind, der mich manchmal verzweifeln ließ, und Situationen, in denen ich unendlich froh war, dass es Jonas immer wieder gelang, mir den Rücken zu stärken und mich zu unterstützen. Ich denke mit Schaudern an die heftige Auseinandersetzung mit Thorsten, nachdem ich ihm gesagt hatte, dass ich künftig gern für Falk van Hove arbeiten würde. Dass der sturköpfige Thorsten dies nicht gelassen oder gar begeistert aufnehmen würde, war mir klar. Aber ich konnte mir nicht vorstellen, dass er mich auch drei Monate später nicht grüßt, wenn wir einander zufällig auf dem Marktplatz treffen. Und dass er fluchtartig *Chez Amelie* verlässt, wenn ich dort mit Sinje einen Café au Lait trinken möchte.

Leider ist Thorsten nicht der Einzige, der negativ auf meinen Jobwechsel reagiert, einige Bewohner Lüttebys wechseln demonstrativ die Straßenseite, wenn sie mir begegnen. Zum Glück sind es nicht diejenigen, die mir am Herzen liegen, doch trotzdem schmerzt mich ihre Ablehnung. Ohne den Rückhalt von Henrikje, Sinje, aber auch meiner Mutter hätte ich vermutlich schon kapituliert und wäre zu Jonas nach London gezogen. Doch sogar Rantje findet meinen Entschluss gut, obwohl sie Falk van Hove nicht ausstehen kann. »Richtig so, Lina, riskier endlich mal was!«, war alles, was sie zu meiner Entscheidung gesagt hat, kurz bevor ich Thorsten über meine Pläne in Kenntnis gesetzt habe.

Auch Lars Baumann hat mir viel Glück gewünscht und hofft auf eine gute Zusammenarbeit, schließlich haben wir nach wie vor ähnliche Ziele für unsere große Gemeinde.

»Ich finde es schön, dass wir Henrikjes Geburtstag bei deiner Mutter in Garding feiern«, sagt Jonas, nicht ahnend, dass meine Gedanken sich gerade zu verdüstern drohen, weil ich daran denke, dass die kommenden Wochen ziemlich herausfordernd werden. »Bin schon sehr gespannt auf sie.«

Auch mein Verhältnis zu Florence ist in den vergangenen drei Monaten immer wieder ein kleines Auf und Ab gewesen.

Einerseits nähern wir uns immer weiter an, andererseits hat sie mir nach wie vor nicht verraten, wer mein Vater ist. Angeblich ist er aus Grotersum weggezogen, und sie kann ihn nicht ausfindig machen. Doch ich glaube ihr nicht, sondern vermute, dass sie es nicht wagt, diesen letzten und entscheidenden Schritt zu gehen, aus welchem Grund auch immer. »Versuch, so gut es geht, darauf zu vertrauen, dass die Wahrheit ans Licht kommt, wenn die Zeit dafür reif ist«, bemüht Henrikje sich, mich zu beschwichtigen, wenn ich mal wieder kurz davor bin, meiner Mutter zu sagen, wie ungeheuerlich ich ihr Verhalten finde, und mit dem Gedanken spiele, den Kontakt zu ihr abzubrechen.

»Und ich bin gespannt darauf, wie ihr beide euch versteht«, erwidere ich ein wenig nervös. Bislang habe ich Florence nur das Nötigste von Jonas erzählt, so wie ich mich generell eher bedeckt halte, was mein Leben betrifft. Meine Mutter ist erst seit so kurzer Zeit ein Teil davon, dass es sich nicht richtig für mich anfühlt, sie in alles einzuweihen. Dieses Vertrauen muss sie sich erst einmal verdienen.

»Wollen wir noch 'ne Runde am Strand drehen, bevor wir nach Garding fahren?«, fragt Jonas, als Lütteby in Sicht kommt. »Nach dem Flug und der Autofahrt könnte ich Bewegung und frische Luft gebrauchen. Außerdem habe ich Sehnsucht nach unserem Leuchtturm.«

Keine zehn Minuten später stehen wir vor dem hübschen, rot-weiß geringelten Bauwerk am feinen, hellen Sandstrand, in dem wir zum ersten Mal miteinander geschlafen haben. Doch ich darf jetzt gar nicht daran denken, wie schön das war, sonst falle ich gleich über Jonas her. Also lieber abkühlen, bevor ich noch auf Ideen komme … Obwohl es nur zwölf Grad sind, ziehe ich meine Schuhe aus und spüre verzückt den Sand zwischen meinen Zehen und unter den Fußsohlen. Er streichelt und massiert meine Haut, ein schier unglaubliches Gefühl, nach dem ich süchtig bin.

»Was hältst du von einer kleinen Kneippkur?«, fragt Jonas, entledigt sich ebenfalls seiner Schuhe, rollt die Beine seiner Jeans auf und stürmt ins Wasser.

Ich erwidere: »Den Mutigen gehört die Welt«, und sprinte ihm hinterher. Die Meerestemperatur ist nahezu identisch mit der der Luft; keine Frage, dass es mich zunächst Überwindung kostet, in die Fluten zu laufen, und es mir kurz den Atem verschlägt, weil das Wasser so kalt ist. Die Nordsee pikt und sticht, doch sie wirkt auch binnen Sekunden so prickelnd und erfrischend, dass ich trotz des frühen Aufstehens und der langen Anreise schlagartig munter bin. Ich breite, wie von einem Glas Champagner berauscht, die Arme aus, werfe den Kopf in den Nacken und rufe: »Moin, Lütteby, ich bin wieder da. Hast du mich genauso vermisst wie ich dich? Ich freue mich auf den neuen Abschnitt, der auf mich wartet, und hoffe, dass alles wunderschön wird.«

»Das hoffe ich auch, denn Lina hat es verdient«, ruft Jonas, der nun neben mir steht. Dann umfasst er meine Hüfte und singt den Anfang des Songs *Shallow* aus dem Film *A Star is Born* mit Lady Gaga in der Hauptrolle.

Ich antworte mit einer weiteren Liedzeile, und dann tanzen wir in der Nordsee zu der traumschönen Ballade, die mir jedes Mal Tränen der Rührung in die Augen treibt. Jonas schwenkt mich so tief im Kreis, dass ich einen Moment lang glaube, er würde mich ins Wasser schubsen, doch das tut er natürlich nicht. Allerdings sticht mich plötzlich der Hafer, und ehe Jonas sichs versieht, landet er nach einem kräftigen Schubser von mir auf dem sandigen Boden der Nordsee und wird dann von einer höheren Welle überspült.

»Na warte, das gibt Rache«, ruft er und zieht mich zu sich, bis ich ebenfalls von oben bis unten nass bin. Wir rangeln noch eine

Weile wie kleine Kinder und küssen uns dann so leidenschaftlich, dass es überall kribbelt und ich Jonas am liebsten hier und jetzt verführen würde. Die körperliche Anziehung zwischen uns ist nach wie vor groß, und es fällt uns beiden schwer, die Finger voneinander zu lassen. Nach mehreren Minuten des Herumtollens, Jauchzens und wilden Herumknutschens wird es jedoch Zeit, ins Pastorat zu fahren, heiß zu duschen und uns ausgehfein für Henrikjes Geburtstagfeier zu machen, zu der meine Mutter auch Anka eingeladen hat.

Ich finde es gut, dass wir nicht nur zu viert sind, das gibt dem ersten Zusammentreffen von Florence und Jonas einen etwas ungezwungeneren Rahmen.

- 17 -

Die Kleinstadt Garding ist das Herzstück der Nordsee-Halbinsel Eiderstedt und ein wenig älter als Lütteby und Grotersum, zumindest steht es so in den Chroniken.

Das dortige Kirchspiel, die Sankt-Christians-Kirche, steht in der historischen Altstadt auf einer natürlichen Anhöhe und überragt den Ort. Doch Florence lebt am Rande des Städtchens, also biegen wir kurz vor dem Ortsschild ab und kommen schon wenig später an einem eher unscheinbaren Reihenhaus an, in dem meine Mutter wohnt.

Ich bin zum ersten Mal hier und froh, dass Jonas an meiner Seite ist. Es ist nämlich eine Sache, Florence in Lütteby zu treffen, aber eine ganz andere, mich auf *ihr* Terrain zu begeben. Dennoch bin ich neugierig und natürlich auch froh, meine Großmutter und ihre Freundin Anka endlich wiederzusehen.

Wir parken neben Ankas Auto, Henrikje fuhr noch nie gern, obgleich sie einen Führerschein hat. Längere Wegstrecken bewältigt sie seit jeher mit öffentlichen Verkehrsmitteln, mit dem Fahrrad oder zu Fuß.

Kaum sind wir ausgestiegen, öffnet Florence die weiß gestrichene Eingangstür des gelben Backsteinklinkers und begrüßt mich mit einer Umarmung. Es gibt Tage, an denen ich diese innige Berührung genieße, und dann wieder solche, an denen ich es bei einem schlichten »Hallo« oder »Moin« belasse. Das sind die Momente, in denen es mir schwerfällt, zu akzeptieren, dass ich immer noch darauf warten muss, zu erfahren, wer mein Vater ist.

»Schön, Sie endlich kennenzulernen, Jonas«, sagt Florence, doch die beiden einigen sich schnell auf das Du.

Während die zwei noch im Hausflur plaudern, gehe ich ins Wohnzimmer, aus dem die lebhaften Stimmen von Henrikje, Anka und die eines Mädchens an mein Ohr dringen.

Bevor ich die beiden und Mathilda begrüße, schaue ich mich um.

Hier lebt also meine Mutter. Dies ist ihr Zuhause, ihr Refugium, der Ort, den ich heute zum ersten Mal sehe.

Der Wohnraum ist einfach möbliert, aber gemütlich und einladend. Die Wände erstrahlen in warmen Sommertönen von Gelb bis Orange, im eher dunklen Erdgeschoss sicher hilfreich, wenn es draußen grau in grau ist. Plakate und Kunstdrucke zeugen davon, dass Florence offenbar gern ins Theater und in Museen geht, an einer Wand hängen ausschließlich Fotos. Ich habe leider keine Zeit, sie mir ausführlich anzuschauen, aber ich entdecke auf den ersten Blick die drei Bilder, auf denen sie und ich gemeinsam zu sehen sind, und mir wird warm ums Herz. »Nanu, Matti, das ist ja eine schöne Überraschung«, sage ich schließlich, weil es unhöflich wäre, mich noch länger in der Betrachtung des Wohnzimmers zu verlieren, und begrüße als Erstes Violettas Tochter, die auf dem flauschigen Wollteppich des Zimmers sitzt und meiner Großmutter gerade etwas auf ihrem Handy zeigt. »Hey, hey, du hast ja jetzt auch ein Smartphone. Cool!«

Mathilda lächelt stolz und sagt: »Na klar, ich bin ja auch schon elf. Das wurde höchste Zeit.« Ich schmunzle, bücke mich und versuche mich in dem Kunststück, Henrikje in dieser Haltung zu umarmen und ihr einen Geburtstagskuss auf die Wange zu geben.

»Danke dir, Linchen«, erwidert sie und richtet sich auf. Ihre Bewegung ist ein wenig mühsam, sie wird immer steifer, obwohl sie viel spazieren geht und mindestens dreimal die Woche Yoga macht. »Schön, dass du wieder da bist. Das ist das beste Geschenk überhaupt. Geht's dir gut? Du siehst auf alle Fälle erholt und toll aus.« Sie betrachtet mich mit liebevoller Wärme, ihre grünen Augen strahlen wie ein Sommertag auf einer Waldlichtung.

Ich erwidere: »Und wie«, aufmerksam beobachtet von Matti, die heute wieder entzückend aussieht. Sie trägt eine orangefarbene Leggins, darüber ein bauchfreies Top in Lila, eine kurze, rote Strickjacke und in allen Farben geringelte Strümpfe, die Henrikje für sie gestrickt hat. »Wann heiratest du Jonas?«, fragt sie, als er neben mich tritt und Matti spaßeshalber einen Handkuss gibt. Die beiden kennen sich vom Marktplatzfest anlässlich des Trachtentanzwettbewerbs und von einem Ausflug in die Wikingerstadt Haithabu, den wir vor einigen Wochen gemeinsam unternommen haben, um Violetta ein wenig Zeit für sich selbst zu schenken.

»Das wüsste ich allerdings auch gern«, erwidert Jonas. »Kannst du bitte bei Lina ein gutes Wort für mich einlegen und ihr klarmachen, dass ich ganz, ganz toll bin?«

Mathilda legt ihr hübsches Köpfchen schief, runzelt die Stirn und sagt eine Weile gar nichts. Im Wohnzimmer ist es so still, dass man eine Stecknadel fallen hören könnte, und ich halte unwillkürlich den Atem an.

Ist das etwa ein Heiratsantrag?

Hat Jonas das eben wirklich gesagt und auch so gemeint?!

»Das mache ich aber nur, wenn du mir zeigst, wie man auf den Wellen reitet«, sagt Matti breit grinsend. »Du hast doch so ein cooles Board, da will ich auch mal drauf.«

»Nun, das lässt sich bestimmt machen«, erwidert Jonas, dreht sich kurz zu mir, zwinkert mir zu, und mit einem Mal wird es warm und wärmer in meinem Bauch. Auch wenn man sich für gewöhnlich länger kennen sollte, bevor man den Bund fürs Leben schließt, verspüre ich in diesem Moment den Wunsch, laut »Ja, ich will« auszurufen und ihm um den Hals zu fallen. »Ich bin noch ein paar Tage in Lütteby und schlage vor, dass wir erst mal am Strand üben, wie man mit dem Board umgeht, und dir in der Zwischenzeit einen Neoprenanzug besorgen. Um diese Jahreszeit ist die Nordsee lausig kalt, und man holt sich schnell einen Schnupfen«, sagt Jonas.

»Aber nicht, wenn man jeden Tag einen Apfel isst, auf einen Baum klettert und einen Hexentanz mit dem Besen aufführt«, widerspricht Mathilda selbstbewusst, dabei wippen ihre geflochtenen Zöpfe fröhlich auf und ab.

»Dann natürlich nicht«, stimmt Jonas zu. »Aber jetzt erzähl mal, hast du schon von der Geburtstagstorte genascht, oder was ist das da auf deiner Nasenspitze? Sieht verdammt nach Resten von Schlagsahne aus.«

»Habt ihr Hunger?«, fragt Anka, die sich bislang dezent im Hintergrund gehalten hat. »Oder könnt ihr schon vor dem Essen ein kleines Gläschen Sekt vertragen? Wir haben nämlich, abgesehen von Henrikjes Geburtstag, etwas zu feiern.«

Ich bin froh, dass Anka mit ihrer Frage die Frage überspielt, die gerade unbeantwortet über allem schwebt und nicht nur mich zu beschäftigen scheint.

Könnte es sein, dass Jonas und ich wirklich heiraten?

Ich kann mich kaum auf den eigentlichen Anlass meines Besuchs bei Florence konzentrieren, so aufgeregt bin ich.

Hat er das eben ernst gemeint?

Die Blicke meiner Mutter fliegen zwischen Jonas und mir hin und her, Henrikje lächelt zufrieden.

»Aber natürlich stoßen wir erst einmal darauf an, dass wir uns endlich wiedersehen, und auf den Geburtstag«, erwidere ich und versuche, mich darauf zu besinnen, dass es bei diesem Treffen nicht um mich geht, sondern darum, meine Großmutter hochleben zu lassen.

Florence öffnet die Tür einer alten Bauernvitrine und holt sechs Sektgläser heraus. In diesem Moment klingelt es, und kurz darauf steht Michaela vor uns. Sie sagt: »Hallo, alle zusammen, bitte entschuldigt, dass ich zu spät bin, aber der Traktor von Bauer Sander hat die Fahrbahn blockiert, weil er mal wieder so langsam gefahren ist, als wollte er einer Schnecke Konkurrenz machen.«

Florence gibt ihr ein Sektglas und stellt sich so dicht neben ihre Freundin aus Kindertagen – für mich nach wie vor ein gewöhnungsbedürftiger Anblick –, dass ich wünschte, Sinje wäre auch hier. Sie fehlt in der Runde, obwohl ich ihr den Liebesurlaub mit Sven in Paris von Herzen gönne.

»Also dann«, sagt Anka und erhebt das Glas. »Auf dich, liebste Henrikje, mögest du mindestens hundert Jahre alt werden. Allein schon deshalb, weil wir ab Montag gemeinsam das Lädchen rocken und den Lüttebyern zeigen werden, wie viel Power und Fantasie in uns älteren Damen steckt.«

»Du arbeitest im Lädchen? Wie toll ist das denn?«, frage ich. Meine Kündigung hatte mir ziemliche Sorgen und zudem ein schlechtes Gewissen bereitet, weil ich weiß, wie wichtig es für Henrikje ist, demjenigen vertrauen zu können, der für sie tätig ist. Die Gewissheit zu haben, dass Anka künftig Seite an Seite mit meiner Großmutter arbeiten wird, ist einfach großartig und eine echte Erleichterung.

Anka nickt strahlend. »Und Matti hilft uns, wenn die Schule, die Freundinnen, das Wellenreiten und das neue Handy ihr die nötige freie Zeit lassen, oder?«

Matti erwidert huldvoll: »Mal schauen«, und dann prosten wir einander alle fröhlich lachend zu.

»Darf man in einem Pastorat eigentlich Sex haben?«, fragt Jonas, als wir nach der ausgelassenen, wunderschönen Feier bei Florence vor Sinjes Haus stehen.

Er ist ein bisschen angeschickert, deshalb bin ich von Garding zurück nach Lütteby gefahren. Ich schaffe es kaum, die Tür zu öffnen, weil er äußerst aufgedreht ist und versucht, mir den Mantel auszuziehen. »Doch, darf man«, verkündet er dann triumphierend. »Schließlich verschlingt Sinje erotische Schmachtfetzen. Die lässt es bestimmt gerade mit Sven in der Stadt der Liebe krachen. Richtig so!«

»Möchtest du einen Kaffee?«, frage ich amüsiert, bugsiere Jonas sanft in die Küche und schenke uns beiden ein großes Glas Wasser ein. »Deine Mutter ist übrigens sehr sympathisch, schön und klug, eine ältere Version von dir, also glatt zum Verlieben«, sagt Jonas, in diesem Moment klingelt sein Handy.

»Wer ruft denn um diese Zeit an?«, frage ich mit Blick auf Sinjes alte Küchenuhr vom Flohmarkt, deren Zeiger auf halb zwei Uhr morgens stehen.

Jonas checkt das Display, runzelt die Stirn, scheint schlagartig wieder nüchtern, nimmt den Anruf aber nicht an. Ich platze beinahe vor Neugier, bemühe mich jedoch, so gut es geht, sie im Zaum zu halten. Wahrscheinlich hat sich jemand verwählt, der ebenfalls ein bisschen Party gemacht hat, schließlich ist Wochenende.

Nach dem zweiten und dritten Klingeln, das nur noch als Vibrationsalarm ertönt, glaube ich allerdings nicht mehr an einen Zufall, zumal Jonas sichtlich nervös ist. »Tut mir leid, ich würde das Handy ja ausstellen, möchte es aber wegen Maud anlassen. Ich habe meiner Großtante versprochen, immer erreichbar zu sein, falls etwas sein sollte.«

»Hat dieser Anruf etwas mit dem zu tun, der unser Strandpicknick am Leuchtturm ruiniert hat?«, frage ich in Erinnerung an das erste private Treffen mit Jonas, kurz nachdem er in der Touristeninformation zu arbeiten begonnen hatte. Da hatte er derart aggressiv reagiert und dem Anrufer mit juristischen Konsequenzen gedroht, dass mir angst und bange geworden war.

Jonas seufzt, trinkt das Glas Wasser in einem Zug leer und bittet mich, einen Espresso zu kochen. »Ich schulde dir dafür tatsächlich immer noch eine Erklärung«, sagt er schließlich. »Mich hat eben eine ehemalige Studentin aus Luzern versucht zu erreichen, die sich in mich verliebt und leider im Laufe der Zeit zur Stalkerin entwickelt hat. Wie sie an meine neue Handynummer gekommen ist, ist mir zwar ein Rätsel, aber ich werde definitiv etwas gegen sie unternehmen, wenn sie mich weiterhin belästigt.«

Eine Stalkerin?! Ich muss unwillkürlich an die üblen Bewertungen einer gewissen *Cinderella* im Internet denken, die ziemlich heftig gegen die Qualitäten von Jonas als Dozent geätzt hat. Ist die Anruferin von eben besagte *Cinderella?*

»Das ist …« Ich ringe nach Worten, weil ich Derartiges nur aus den Medien kenne und mir gar nicht vorstellen kann, dass es tatsächlich Menschen gibt, die so etwas tun, auch wenn ich durch zahllose Gespräche mit Florence immer mehr über Psychologie weiß. »… ziemlich krass und tut mir sehr, sehr leid für dich. Zudem bist du schon so lange weg aus Luzern, wieso spielst du in ihrem Leben immer noch eine Rolle?«

»Falls du jetzt denkst, ich hätte mal was mit ihr gehabt oder ich hätte sie in irgendeiner Weise ermutigt, kann ich nur sagen: nein. Aus Recherchen über sie weiß ich, dass ich nicht der einzige Dozent bin, dem sie phasenweise nachstellt und zudem schlechte Bewertungen ins Netz setzt. Im Grunde tut sie mir leid, denn sie ist klug, sensibel, nett und hat Potenzial, um es weit zu bringen. Ich habe ihr damals schon geraten, sich Hilfe zu holen, doch entweder hat sie sich nicht an meine Empfehlung gehalten, oder sie konnte nicht geheilt werden. Bislang habe ich keine einstweilige Verfügung erwirkt und sie nicht angezeigt, weil ich ihre Karriere nicht gefährden wollte. Doch wenn es erforderlich sein sollte, muss ich das tun, egal, wie schwer es mir fällt. Im Übrigen war sie einer der Gründe, weshalb ich Luzern verlassen und mir damals eine Auszeit genommen habe.«

Ich bin schockiert und erinnere mich, als sei es gestern gewesen, wie sehr der Wutausbruch von Jonas mich damals verschreckt und ihm gegenüber misstrauisch gemacht hat. Dabei war er derjenige gewesen, der sich sorgen musste und sich zudem in einem emotionalen Dilemma befand.

Es ist genau, wie Henrikje stets gesagt hat: Man sollte versuchen, nicht vorschnell zu urteilen, und sich dessen bewusst sein, dass die Dinge immer zwei Seiten haben, auch wenn es manchmal viel Großmut und Geduld verlangt, diese beiden Standpunkte objektiv zu betrachten.

Jonas bedankt sich für den Espresso, den ich vor ihm auf den Tisch stelle, und sieht mit einem Mal so erschöpft und müde aus, dass ich ihn nicht mehr fragen werde, ob seine Andeutungen hinsichtlich einer Hochzeit mit mir reines Geplänkel waren oder ob es ihm ernst damit ist. Doch ich bin verärgert, weil der schöne Abend so eine unerfreuliche Wendung genommen hat. Statt mich mit Jonas ins gemütliche Bett in Sinjes Gästezimmer zu kuscheln, sitzen wir nun beide hier und unterhalten uns über Stalking statt darüber, ob wir tatsächlich heiraten wollen, wie harmonisch die Geburtstagsfeier war und wie gut sich alle miteinander verstehen. Später stieß Violetta noch zur Runde, um Matti abzuholen, und erzählte, dass sie mit Lars Baumann im neuen Restaurant am Marktplatz essen gewesen war, das sich tatsächlich zum großen Renner entwickelt hat. Auch Sinje geht gern dorthin, und ich war auch schon mal mit Jonas dort.

»Bitte guck nicht so traurig, die Sache hat rein gar nichts mit dir oder uns zu tun«, sagt Jonas irgendwann und streichelt meinen Handrücken. »Oder doch: Hätte diese Studentin mich nicht aus Luzern vertrieben, wären wir beide einander nie begegnet, also kann ich ihr im Grunde dankbar sein. Lass uns jetzt ins Bett gehen und diesen ganzen Mist vergessen. Morgen ist ein neuer Tag, und den möchte ich mit dir genießen, bevor ich am Montagabend wieder zurück nach London muss.«

- 18 -

Am Samstag ist herrlichstes Oktoberwetter, ich werde nachher am Marktplatz Kastanien sammeln und etwas Schönes aus ihnen basteln, solange sie so glänzend, prall und hübsch sind.

Doch momentan stehen dort noch die Verkaufsstände des heutigen Bauern- und Fischmarktes, der diesmal ausnahmsweise bis zum frühen Nachmittag dauert, denn es ist das Wochenende von Erntedank.

Ich koche mir einen zweiten Tee, Jonas ist schon zu einem Treffen mit Falk van Hove unterwegs, leicht verkatert und übermüdet, jedoch voller Vorfreude, ihm Ideen seiner Firma zu unterbreiten, die dem Bürgermeister sicher gefallen werden. Henrikje hat sich tatsächlich nicht auf das Abenteuer, Falk bei der Wahl im kommenden Frühjahr Konkurrenz zu machen, eingelassen, weil sie das politische Parkett und die unweigerlich damit verbundenen Ränkespiele verabscheut. Über das Für und Wider des Ehrenamts als Bürgermeisterin haben wir ebenso lange und ausführlich gesprochen wie über die Frage, ob sie das Lädchen überhaupt noch weiterführen möchte und, wenn ja, mit wem. Viele dieser Fragen haben wir gemeinsam mit Florence diskutiert, deren psychologisches Wissen und Einfühlungsvermögen sehr hilfreich waren, genau wie ihr Angebot, nach Kräften im Laden mitzuarbeiten.

»Guten Morgen, Großmutterherz«, begrüße ich Henrikje, nachdem ich mich im Pastorat zurechtgemacht habe, Richtung Marktplatz spaziert bin und mich nun im Lädchen umschaue.

»Guten Morgen ist gut«, erwidert sie schmunzelnd. »Hast du mal auf die Uhr geschaut?« In der Tat ist es schon früher Nachmittag, doch das macht nichts, denn bis zu dem geplanten Treffen mit den Marktplätzlern sind es noch zwei Stunden. Wir wollen heute endlich mal wieder alle zusammenkommen und ein wenig plaudern. »Möchtest du Tee?«

Ich erwidere: »Ja, gern«, und lasse meinen Blick über die teils schiefen, ziemlich überladenen Regale wandern, den Tisch mit den Buch-Neuerscheinungen, die antike Registrierkasse und die alte Truhe, in der meine Großmutter Ware aufbewahrt, die sich gerade nicht so gut verkauft. »Ich hatte leider noch keine Gelegenheit, mit Jonas darüber zu sprechen, ob das mit der Hochzeit sein Ernst war, weil er sofort eingeschlafen ist, als wir im Pastorat ankamen, und vorhin schnell zu einem Termin mit Falk van Hove musste.« Ich unterschlage seine Enthüllung über die Stalkerin, denn sie würde Henrikje nur unnötig verstören.

»Übrigens ist es super, dass Anka dich hier künftig unterstützen wird«, fahre ich fort und genieße den Geschmack des köstlichen Herbsttees, einer Spezialmischung aus Hagebutten, Vogelmiere, Braunelle, Labkraut und vielen anderen geheimnisvollen Zutaten. Damit die ätherischen Öle der Heilkräuter nicht verdampfen, die Henrikje im Sommer gesammelt hat, schwimmen diese, klein gehäckselt, in einer Glaskanne mit Deckel. »Was wollt ihr hier denn alles verändern?«

»Als Erstes werde ich mir im Laufe der Woche die Listen der letzten Inventur vornehmen und alle Waren aussortieren, die sich in diesem Jahr schlecht verkauft haben. So gemütlich es hier auch ist, können Freiflächen, Licht und Ordnung sicher nicht schaden.«

Ich weiß gerade nicht, ob ich das als gute Idee werten oder lautstark protestieren soll, weil ein aufgeräumtes, wohlsortiertes Lädchen nicht mehr das Lädchen ist, in dem ich aufgewachsen bin. Als Kind war dieser Ort, genau wie Henrikjes Dachboden, für Sinje und mich ein himmlisches Paradies, wo wir Sahnebonbons naschen, auf einem alten Schaukelpferd reiten, Kaufmannsladen spielen und uns nach Herzenslust mit Sonnenhüten, Schnorcheln und Friesennerzen verkleiden konnten.

»Du guckst gerade so, als wollte dir jemand dein Lieblingsspielzeug stehlen«, sagt Henrikje mit einem amüsierten Lächeln auf den Lippen. »Keine Sorge, hier wird es nicht puristisch und cool, wir wollen ja nicht in einer Kühlkammer arbeiten. Aber es muss dringend entrümpelt und gestrichen werden, zudem stehen einige Reparaturen an, die erledigt werden sollten, bevor der Winter kommt. Die Heizung spinnt ein bisschen herum, und so gern ich es auch mag, wenn etwas verrückt ist, warm sollt es schon sein.«

»Ich helfe selbstverständlich beim Putzen und Streichen und Sinje bestimmt auch. Wann soll es denn losgehen?«

Die Antwort folgt prompt. »Nächstes Wochenende. Wir räumen Freitagabend alles leer, machen Samstag einen Flohmarkt, verkaufen die Ladenhüter zugunsten der Reparatur unseres Kirchenglockenspiels. Kai und Ahmet helfen mit, Federico, Michaela und Florence ebenso. Malte führt die notwendigen Reparaturen durch, um die Heizung kümmert sich der Mechaniker aus Norderende. Chiara und Amelie versorgen uns mit Essen und Getränken. Nach der Renovierung machen wir ein bis zwei Wochen Pause, sortieren hinter den Kulissen alles neu und eröffnen dann mit einer kleinen Feier wieder.«

So rührend ich es auch finde, dass viele mit anpacken, um dem Lädchen wieder zu neuem Glanz zu verhelfen, so macht es mich dennoch ein wenig traurig, dass ich weder in diese Pläne eingeweiht noch gefragt wurde, ob ich meinen Teil zur Verschönerung beitragen möchte. Ich bin doch nur zwei Wochen in England gewesen und nicht zwei Jahre!

Aber es stimmt schon. In den vergangenen drei Monaten war ich überwiegend damit beschäftigt, meinem Leben eine neue Wendung zu geben, Florence besser kennenzulernen und natürlich so viel Zeit wie möglich mit Jonas zu verbringen. Dabei ist leider selbst meine Freundschaft zu Sinje ein wenig ins Hintertreffen geraten. Doch sie war ihrerseits damit beschäftigt, die Trennung von Gunnar zu verarbeiten und den Skeptikern in Lütteby klarzumachen, dass sie keine schlechtere Pastorin ist, nur weil sie sich in einen anderen Mann verliebt hat. Zudem muss sie mit der massiven Ablehnung durch Svens Tochter Carla klarkommen. Der Teenager hat es immer noch nicht verkraftet, dass die Eltern kein Liebespaar mehr sind – keine leichte Situation, über die wir immer wieder sprechen. Doch leider kann ich nichts weiter tun, als Sinje zuzuhören, Mut zu machen und zu sagen, dass manche Dinge eben Zeit brauchen.

»Linchen, bist du traurig?«, fragt Henrikje, die mal wieder ein untrügliches Gespür dafür hat, wenn etwas mit mir nicht stimmt.

»Nein, ja, nein«, stammle ich und umklammere die Teetasse. »Ich fühle mich nur irgendwie … nicht mehr so recht dazugehörig.« Kaum habe ich ausgesprochen, dass ich gekränkt bin, bereue ich meine Bemerkung auch schon. »Tut mir leid, das war jetzt blöd und kindisch. Doch es hat sich so viel verändert, du verbringst nun verständlicherweise viel Zeit mit Florence, Sinje ist schwer verliebt in Sven, das Restaurant nebenan zieht neue Gäste nach Lütteby, genau wie die abendliche Öffnung von *Chez Amelie* als Bistro. Michaela hat abgenommen, lässt sich die Haare wachsen, geht mit meiner Mutter Cocktails trinken, und plötzlich sehe ich auf der Straße Menschen, die ich nicht kenne.«

»Früher hast du immer behauptet, in Lütteby steht die Zeit still«, sagt Henrikje, nimmt mir die leere Tasse ab und umarmt mich. »Aber das stimmt nicht, sie geht hier genauso weiter wie an jedem anderen Ort auf der Welt, das wolltest du vielleicht einfach nur nicht wahrhaben. Du selbst hast dich im letzten halben Jahr auch auf den Weg gemacht, Brücken abgebrochen, dich geöffnet, mit Menschen abgeschlossen und die große Liebe gefunden, da ist eine Menge Bewegung in deinem Leben, aber ohne Veränderung sind wir nicht lebendig.«

Ich denke darüber nach, was Henrikje sagt – sie hat natürlich recht. »Was hältst du davon, wenn wir zwei jetzt auf den Dachboden gehen und mal nach Uroma Beekes Hochzeitskleid schauen? Zumindest da oben hat sich garantiert nichts verändert, die Abseite ist staubig wie eh und je, und ich kann von Glück sagen, wenn keine Motten oder Mäuse über den edlen Stoff hergefallen sind.«

»Du hast das Brautkleid deiner Mutter aufbewahrt?«, frage ich erstaunt. Ich kenne es von Fotografien und finde es wunderschön und stilvoll. Doch es wäre mir nicht in den Sinn gekommen, dass es hier noch irgendwo sein könnte.

Henrikje lächelt schelmisch. »Ja, das habe ich, in der Hoffnung, dass eine von euch beiden es einmal tragen würde, und natürlich, dass es euch gefällt.«

Da ist es wieder, dieses *euch*. Es umschließt Florence und mich und erinnert mich daran, dass wir wirklich Großmutter, Mutter und Tochter sind. Auch wenn ich an manchen Tagen immer noch glaube, dass Florence' unerwartete Rückkehr nicht real war, ich eines Tages erwache und die Dinge so sind, wie sie immer waren, als keine von uns wusste, wo meine Mutter steckt.

Als wir vor der Abseite neben meiner Wohnungstür stehen, halte ich unwillkürlich den Atem an. Immerhin hat Jonas mich noch gar nicht wirklich gefragt, ob wir heiraten wollen, sondern gestern Abend lediglich mit Matti darüber gescherzt.

»Also, ich weiß nicht recht«, sage ich leise, als Henrikje die Tür eines riesigen Schrankes öffnet, der aussieht wie aus dem

Museum. Die Scharniere quietschen, als fügte man ihnen Schmerzen zu, Staubflusen segeln durch die Luft, und ich sehe eine dicke Spinne davonkrabbeln, die wir anscheinend aufgescheucht haben.

»Jonas will dich heiraten, da bin ich tausendprozentig sicher«, sagt Henrikje und nimmt den mit Samt bezogenen Bügel von der Stange, auf dem das Kleid hängt, gut und staubsicher verpackt, aber so voluminös, dass wir es zu zweit in meine Wohnung tragen und auf dem Bett ausbreiten müssen. »Bist du bereit? Wenn ja, öffne ich jetzt den Reißverschluss.«

Bin ich bereit, Jonas zu heiraten, vorausgesetzt, es war ihm gestern ernst? O ja, das bin ich, es ist mein sehnlichster Wunsch, mit ihm glücklich zu sein und irgendwann auch zusammenzuleben. Doch trotz des aufgeregten Kribbelns beim bloßen Gedanken daran, dass das mit Jonas und mir hoffentlich *für immer* ist, kämpfe ich gegen Tränen der Rührung an. Einerseits freue ich mich wie ein kleines Kind darüber, die Chance zu haben, ein Familienerbstück zu tragen. Andererseits hätte meine Mutter heiraten und mit meinem Vater glücklich werden sollen, anstatt so hilflos und unglücklich zu sein, dass ihr keine andere Wahl blieb, als Henrikje und mich zu verlassen, obwohl sie uns beide doch so sehr liebt.

Und dann liegt es vor mir, ein Traum aus cremefarbenem Seidentaft, schlicht und elegant zugleich, als wäre es von Hubert de Givenchy, dem Lieblingsdesigner von Florence. Es hat kurz angeschnittene Kimonoärmel, einen U-Boot-Ausschnitt, ist eng tailliert und mündet in einen weißen Tüllrock, der von einem Petticoat gestützt wird.

Es erinnert an das Bühnenkostüm einer Primaballerina und an Audrey Hepburns Look in dem Film *Ein süßer Fratz*.

»Um das zu tragen, muss ich monatelang Hanteltraining machen«, sage ich zwischen Lachen und Weinen. Meine Mutter würde darin so viel besser aussehen als ich, selbst wenn ich ab sofort ein Jahr lang jeden Tag ins Fitnessstudio ginge. Ich streiche über den seidigen Stoff, der Duft von Lavendel und Rosen steigt mir in die Nase, und ich überlege, welche Schuhe zu diesem Traum von Kleid passen könnten. Vielleicht geringelte Gummistiefel, schließlich würde es eine Nordseehochzeit werden. »Probier es doch mal an, und du wirst sehen, dass du totalen Quatsch redest«, erwidert Henrikje ungerührt. »Wenn dir dann nicht gefällt, was du siehst, kannst du gern gemeinsam mit Anka und mir in den Turnverein gehen. Übrigens hat meine Mutter das Kleid nach dem Vorbild des Hochzeitskleids aus einem Film genäht.«

Wie in Trance wage ich einen Versuch und bin erstaunt, als ich in mein Spiegelbild schaue. Henrikje zwirbelt meine Haare zusammen und hält sie über dem Kopf fest, als wolle sie sie mir zum Ballerinaknoten binden. »Es ist wie für dich gemacht«, sagt sie schließlich, während ich selbst es kaum fassen kann. Keines der Kleider, die ich wegen der bevorstehenden Hochzeit mit Olaf anprobiert hatte, ist auch nur annähernd so schön und so passend gewesen wie dieses hier. »Warum gibst du es mir erst jetzt und hast es mir vorenthalten, als ich mit Olaf verlobt war?«, frage ich, obgleich ich die Antwort eigentlich kenne. Wir sagen beide synchron: »Die Zeit war noch nicht reif«, und müssen lachen. Erst nachdem ich mich wieder beruhigt und eine Weile vor dem Spiegel hin und her gedreht habe, fällt mir ein, dass nicht nur Florence nicht in den Genuss dieser Robe gekommen war, sondern auch Henrikje nicht. Urgroßmutter Beeke hat es als Einzige getragen, als sie getraut wurde, danach fristete dieses Symbol ewig währender Liebe jahrzehntelang ein einsames Dasein auf dem Dachboden, zwischen all den anderen Dingen, die nicht mehr gebraucht wurden oder deren Zeit längst abgelaufen war. Mit einem Mal macht es mich unendlich traurig, dass diese beiden großartigen und besonderen Frauen kein Glück in der Liebe hatten, und es ist für mich unerklärlich, wie das passieren konnte.

Und dann überfällt mich eine unerklärliche Angst: Was, wenn es uns Hansens einfach nicht vergönnt ist, die Liebe fürs Leben zu finden oder zu leben, so wie einst die Liebesgeschichte von Algea Ketelsen und Fokke van Hove tragisch endete …

- 19 -

Punkt 18 Uhr ist es so weit: Wir versammeln uns um die Bistrotische vor Henrikjes Lädchen.

Jonas wird sich verspäten, aber das macht nichts, denn ich freue mich darauf, nach zwei Wochen in London endlich wieder alle meine Lieben aus Lütteby zu sehen. An diesem Herbsttag ist es nicht mehr so angenehm mild wie im Sommer, doch wir haben uns warm angezogen, Henrikje hält Kuscheldecken bereit, und Amelie schenkt allen, die nicht an einer heißen Schokolade nippen oder einen Pharisäer trinken, köstlich duftenden Apfelpunsch ein.

»Na, wie war's in England?«, fragt Kai, seine Wangen sind gerötet wie eh und je. »Hast du die Queen gesehen?«

Ich erwidere: »Na klar, sie lässt dich grüßen«, was alle mit einem Schmunzeln quittieren.

»Gibt's irgendwelche Blumentrends, die du mir verraten kannst?«, fragt Violetta, diesmal ohne Matti unterwegs, weil die bei ihrer besten Freundin übernachtet.

»Und Modetrends, die ich noch nicht kenne?«, will Michaela wissen. Die Veränderung, die sie in den vergangenen Wochen durchlaufen hat, ist frappierend. Seit der Rückkehr meiner Mutter sieht sie um Jahre jünger aus, wirkt deutlich frischer und lebendiger, was nicht nur daran liegen kann, dass sie geschätzte zehn Kilogramm abgenommen hat – was aus meiner Sicht gar nicht nötig gewesen wäre. Ich mag Rundungen, und ich kenne Mika, wie sie in Lütteby früher genannt wurde, immer nur mollig. Doch ich denke, dass sie selbst diese Wandlung genießt und auch die neue Frisur, die ihr hübsches, sympathisches Gesicht sanft umschmeichelt.

»Hm, lasst mich mal überlegen«, erwidere ich und lasse im Geiste die Zeit Revue passieren, in der ich allein in London unterwegs war, weil Jonas gearbeitet hat. »Wie mir scheint, bemühen sich fast alle, nachhaltige Mode zu produzieren, alles ist eher schlicht und lässig geschnitten, aber ich denke, du kennst dich mit diesen Dingen besser aus als ich. Wie du weißt, bin ich meistens in praktischer Kleidung unterwegs, die bei Wind und Wetter schützt.«

Michaela schmunzelt, ich kann mir vorstellen, dass sie mir jetzt gern Styling-Tipps geben und mich ein wenig »aufrüschen« würde. »Und was deine Frage nach den Blumen betrifft, Vio, würde ich sagen, dass Chrysanthemen gerade sehr in sind, genau wie der Mix von Trocken- und Schnittblumen und Farbkombinationen aus Honigtönen, Rosé und Beeren. Im Grunde ist es aber doch egal, was angesagt ist, letztlich sollten deine Sträuße deinen Geschmack und die Wünsche deiner Kundinnen und Kunden widerspiegeln und keinen Trend.«

»Meine Rede seit Langem«, stimmt Kioskbesitzer Ahmet mir zu.

»Verbieg dich nicht, sondern sei immer du selbst, dann geht's dir und deinem Umfeld gut. Jetzt habe ich aber auch eine Frage, Lina, was hat dir am besten gefallen?«

Das Zusammensein mit Jonas …

Neue Eindrücke, Galerien, Museen, das London Eye, die Themse, Cornwall, Bath, leidenschaftliche Tage und Nächte voller Romantik, Zärtlichkeit und Liebe. Ich antworte mit einem kleinen Augenzwinkern: »Das Zurückkommen nach Lütteby«, und alle lachen. »Und wie ist es euch so ergangen? Habt ihr mittlerweile euren Frieden mit dem neuen Restaurant gemacht?« Diese Frage richtet sich vor allem an Amelie und an Federico vom *Dal Trullo*.

»Ich hatte noch keine Zeit, es auszuprobieren, weil ich vollauf damit beschäftigt bin, mich mit dem neuen Bistropächter zu arrangieren, der, glaube ich, das Café am liebsten ganz übernehmen würde«, erwidert Amelie. »Dass er Franzose ist, macht die Sache nicht besser, denn so verstehe ich leider seine Flüche und die Lästereien über die Gäste.«

»Pascal lästert über die Gäste?«, frage ich, halb amüsiert, halb entsetzt. Dass der Mitte sechzigjährige Sommelier aus Paris etwas speziell ist, habe ich schon mitbekommen, doch war er die einzige Option, die Amelie mangels anderer Bewerber für die abendliche Nutzung des Cafés geblieben war.

»Pascal ist besserwisserisch, launisch und hält deutsche Urlauber für den Untergang der menschlichen Zivilisation. Wattierte Jacken und Funktionskleidung findet er mindestens ebenso desaströs wie Erdnüsse als Snack zu Drinks.«

»Wieso ist er denn nicht in Frankreich geblieben?«, stellt Federico die Frage, die mir auch gerade auf der Zunge lag.

»Weil er sich da nicht so gut aufregen kann«, erwidert Amelie grinsend. »Ich glaube, er braucht dieses Schimpfen und Lästern wie andere die Luft zum Atmen und meine Eclairs als Seelentröster. Wer ihn noch nicht zu Gesicht bekommen hat: Monsieur Pascal Durand trägt ausschließlich Maßanzüge, weiße Hemden, eine schwarze Fliege und einen Zylinder. Eine Mischung aus dem Conférencier des Musicals *Cabaret* und einer Figur aus *Babylon Berlin*.«

»Was zieht Pascal denn an, wenn er am Strand spazieren geht, insbesondere jetzt, wo die kalte und stürmische Jahreszeit beginnt?«, fragt Kai interessiert. »Einen Nerzmantel?«

»Ich glaube nicht, dass er bislang am Meer war«, erwidert Amelie. Ich schüttle ungläubig den Kopf, und Kai sagt: »Wieso wählt man einen Ort wie Lütteby, wenn man die Nordsee meidet?« »Frag ihn das doch, wenn du mal wieder abends mit deiner Frau auf einen Wein vorbeikommst. Aber Vorsicht: Bittet ihn ja nicht um Erdnüsse oder gar Chips, sonst fliegt ihr beide hochkantig raus.«

Ich bin immer noch in Gedanken bei Amelies skurrilen Schilderungen, als ich einen weißen Vogel auf den Marktplatz fliegen sehe. Im ersten Moment halte ich ihn für eine Möwe, doch bei näherer Betrachtung erkenne ich, dass es Abraxas, der weiße Rabe von Thorsten ist. Er dreht einige Runden über den ausladenden Kronen der Kastanienbäume und gibt für ihn völlig untypische Laute von sich. Obwohl es bis eben windstill war, erfasst plötzlich eine Böe die Bäume, die gelblich braunen Blätter rascheln, nach und nach fallen alle Kastanien herunter, die noch an den Zweigen hingen. Das übliche *Kraraaaa* des Vogels gleicht einem Pfeifen, und der Wind wirkt mit einem Mal geradezu unheimlich. Ich erschauere und schließe den Reißverschluss meines Kapuzenpullovers, doch die Gänsehaut und das bedrückende Gefühl, dass etwas passiert ist, bleiben.

Plötzlich denke ich daran, wie Irmel mir früher das Pfeifen beigebracht hat und beinahe die Geduld verlor, weil es nicht so schnell funktionierte wie gewünscht. Mich selbst nervte das auch gewaltig.

Wieso fiel es mir dermaßen schwer, die Lippen so zu spitzen und die Luft durch den Mund zu pusten, dass daraus ein Pfeifton entstand?

»Du musst pfeifen können, falls dir mal etwas passiert«, hatte Irmel gesagt und mich so lange traktiert, bis ich es irgendwann geschafft hatte. Letztlich mit der Hilfe von Thorsten, der weit geduldiger gewesen war als seine Frau. Später schenkte mir Henrikje das wunderschöne, berührende Buch *Kannst du pfeifen, Johanna?*, in dem es um den Tod geht. Ich liebe es immer noch sehr und würde es gern an meine Kinder weitergeben, wenn es mir eines Tages vergönnt ist, Mutter zu werden.

»Hörst du das?«, fragt Henrikje und legt ihre eiskalte Hand auf meinen Arm. »Abraxas pfeift ein Lied, das ist seltsam.«

Es scheint, als würden nur wir beide bemerken, dass sich die Atmosphäre mit einem Mal verdüstert hat, denn alle scherzen über den exzentrischen Pascal und mokieren sich ein bisschen über die Restaurantleiterin Nicola Bartelsen, die immer noch nicht akzeptiert, dass die Uhren in Lütteby ein wenig anders ticken als in einer hippen Großstadt.

Hinter einer Kastanie taucht plötzlich Thorsten auf, schneeweiß im Gesicht und auf seinen Gehstock gestützt, den er seit Neuestem braucht. »Ich bin mal eben bei Thorsten«, flüstert Henrikje und geht zu ihrem guten alten Freund, der reglos unter dem Baum steht. Abraxas setzt sich auf seine Schulter und reibt das Köpfchen zärtlich an Thorstens bärtiger Wange. Rabenvögel kraulen sich beim Bindungsritual mit den Schnäbeln gegenseitig das Gefieder, es gibt kaum sozialere und fürsorglichere Vogelarten.

Irmel ist tot, denke ich, anders kann ich mir dieses geradezu mystische Szenario nicht erklären. Sie ist gestorben und hat mir durch das Pfeifen von Abraxas Lebewohl gesagt. Krähenvögel sind gut darin, Laute zu imitieren.

»Geht's dir nicht gut, Lina?«, fragt Kai, der mich aufmerksam mustert und dann meinem Blick folgt, der wie gebannt auf Thorsten, Henrikje und Abraxas geheftet ist. Er murmelt etwas, das wie »Die beiden sind wie füreinander bestimmt« klingt, und ich weiß nicht, wen genau er damit meint.

»Ich muss mal eben dahin«, erwidere ich und gehe in Richtung der Kastanie. Erst dann fällt mir ein, dass ich bei Thorsten gerade auf der Abschussliste stehe und vermutlich die Letzte bin, die er jetzt sehen möchte. Tatsächlich hebt er seinen Stock, als wolle er mich mit dieser Geste davor warnen, ihm zu nahe zu kommen. Doch so leicht lasse ich mich nicht abschrecken. Ich kenne ihn, seit ich denken kann, und weiß, dass er mich liebt, egal, ob ich in der Touristeninformation gekündigt habe oder mit Jonas glücklich bin. Ich nähere mich, sage: »Mein Beileid«, und nun fliegt Abraxas auf meine Schulter. »Ich hoffe, Irmel ist jetzt an einem guten Ort und muss sich nicht mehr länger quälen.«

»Woher weißt du …?«, fragt Thorsten ungläubig, doch ich antworte nicht. Es gibt Dinge, die kann man einfach nicht erklären.

Sie passieren, ob jetzt oder in der Zukunft. Manche sehen und fühlen sie, andere wiederum nicht. Und ich sehe, direkt vor mir, zwei Menschen, die weit inniger verbunden sein müssen, als ich bislang geglaubt habe. Und plötzlich weiß ich, wieso ich nie wahre Liebe zwischen Thorsten und Irmel gespürt habe: Die gab es nur zwischen meiner Großmutter und ihm.

Michaelistag
VOR SECHZIG JAHREN

In der Dämmerung des Herbstabends versammelten sich die Krähen, wie immer um diese Jahreszeit, zu Hunderten auf den Ästen der Kastanien. Das Mädchen lauschte fasziniert dem Spektakel ihrer krächzenden Laute, das die meisten Bewohner des kleinen Städtchens so sehr ärgerte, dass nichts unversucht blieb, um die Rabenvögel zu vertreiben. Doch diese ließen sich nicht beirren und suchten Jahr für Jahr im Herbst den Marktplatz auf, um dort ihr Nachtquartier zu beziehen.

»Diese Schwarmkolonie bietet den Vögeln Schutz und die Chance, den Partner fürs Leben zu finden, wusstest du das?«, fragte der Pilzjunge, der das Mädchen aus dem Wald inmitten der Feiernden des Erntedankfests erspäht hatte und nun ihre Nähe suchte. »Raben und Krähen sind wundervolle Vögel, majestätisch, klug und genauso intelligent wie Menschenaffen.«

»Bist du Zoologe oder ein verkappter Doktor Dolittle?«, fragte das Mädchen amüsiert und gleichzeitig beinahe ohnmächtig vor Freude. Sie hatte so gehofft, den Jungen wiederzusehen, um den ihre Fantasien kreisten, seit sie ihn zufällig im Gespensterwald getroffen hatte.

»Nein, aber ein begeisterter Leser und neugierig auf alles, was unsere schöne, große Welt zu bieten hat«, erwiderte er, eine Antwort ganz nach dem Geschmack des Mädchens.

»Ich finde Raben und Krähen auch toll und kann gar nicht verstehen, wieso man jemanden als Unglücksraben bezeichnet oder manche Eltern als Rabeneltern. Diese negativen Vergleiche haben die schönen Vögel nicht verdient.«

»Dazu kann ich dir einiges erzählen, wenn dich das interessiert, genau wie du mich ein wenig in die Pilzkunde einweihen könntest, wenn du magst«, erwiderte er mit einem spitzbübischen Lächeln.

Doch bevor sie darauf antworten konnte, wurde das Feuer entzündet, das auf dem mit Kürbissen, Getreidebündeln und prall gefüllten Ernterädern geschmückten Marktplatz unweit des Brunnens aufgeschichtet worden war.

»Das wäre schön«, erwiderte das Mädchen und betrachtete die Gesichtszüge des Pilzjungen im Lichterschein der züngelnden Flammen. Man konnte ihn nicht als gutaussehend im klassischen Sinne bezeichnen, dazu waren seine Nase nicht gerade und seine Züge nicht ebenmäßig genug. Doch er hatte Schalk in den Augen, ein offenes Lachen und diese Neugier im Blick, mit der auch sie auf die Welt schaute und sie erforschte, wann auch immer sich die Möglichkeit dazu bot. »Treffen wir uns doch morgen nach dem Erntedankgottesdienst im Wald an derselben Stelle, an der wir uns neulich begegnet sind.«

»Ich werde da sein«, erwiderte der Pilzjunge und sah ihr dabei so fest in die Augen, dass ihr Herz ihm förmlich entgegenflog.

- 20 -

Am Sonntag des Erntedankfests liege ich hellwach neben dem sanft schnorchelnden Jonas, der am Vorabend erst sehr spät zu der kleinen Feier vor dem Lädchen gestoßen war und äußerst aufgedreht gewirkt hatte.

Ich bekomme die Bilder von Henrikje und Thorsten nicht mehr aus dem Kopf, Kais kryptische Bemerkung über die »Zusammengehörigkeit« und die Nachricht von Irmels Tod. Kann es sein, dass Thorsten und meine Großmutter mehr verbindet als nur jahrzehntelange, innige Freundschaft?

Ich hatte das gute Verhältnis der beiden stets darauf zurückgeführt, dass die zwei einander ewig kennen, eine große Liebe zur Natur und zu Lütteby teilen.

Mir kommt Henrikjes Reaktion auf Irmels Krankheit in den Sinn und die Tatsache, dass sie sich noch nie, seit ich denken kann, frühabends ins Bett gelegt hat, noch nicht einmal, wenn sie erkältet war oder aus anderen Gründen unpässlich. Wäre es denkbar, dass sie an jenem Abend vor drei Monaten nicht nur von der ziemlich aussichtslosen Diagnose der Ärzte in Bezug auf Irmels Krankheit geschockt gewesen war, sondern auch von der Tatsache, dass Thorsten im Fall von Irmels Tod … frei sein würde? Unsinn, Lina, jetzt spinnst du total!, rufe ich mich selbst zur Ordnung. Thorsten und Irmel waren ewig lange verheiratet, und da ich weder ihm noch Henrikje eine Affäre zutraue, kann das rein zeitlich alles gar nicht hinkommen. Außerdem war Opa Lucien aus Paris die große Liebe meiner Großmutter, oder etwa nicht?

Die Vorstellung, dass es womöglich noch ein großes Geheimnis in unserer Familie gibt, lässt mir keine Ruhe, und ich stehe auf, um einen klaren Kopf zu bekommen.

Schnell einen Tee kochen und dann raus in den Pastoratsgarten, frische Luft schnappen und rasch wieder zurück auf den Boden der Tatsachen! Als ich mit einem Becher dampfendem Friesentee in der Hand die Dahlien und andere Herbstblumen betrachte, die dank Amelies liebevoller Pflege in Sinjes Garten blühen, bemerke ich, dass Fiete Ingwersen den Rasen offenbar wieder mal gemäht hat. Fiete kann, wieso auch immer, Thorsten nicht ausstehen und, wenn ich ganz ehrlich bin, auch meine Großmutter nicht. Er geht Henrikje nicht ganz so ostentativ aus dem Weg wie Thorsten und feindet sie auch nicht offen an, aber er hat ihr noch nie seine Hilfe angeboten, wenn Henrikje etwas brauchte, sondern nur mir. Bislang habe ich das als typischen Kleinstadthickhack abgetan, doch nun beschleicht mich das Gefühl, dass hinter diesen unausgesprochenen Animositäten weit mehr steckt.

Doch was könnte der Grund sein?

Alle stammen aus Lütteby, keiner aus Grotersum, die Fehde zwischen beiden Ortschaften kommt also nicht als Ursache für die Unstimmigkeiten infrage.

»Hey, was machst du denn so früh hier draußen?«, fragt Jonas und umschlingt mich zärtlich. »Hast du Sorgen, oder habe ich geschnarcht und dich damit vertrieben?«

Ich drehe mich um und gebe ihm einen Kuss.

Mein Herz quillt schier über vor Liebe, denn ich mag es, wenn Jonas bettwarm, verstrubbelt und leicht müde ist, dann ist er ganz und gar er selbst.

»Tja, das wird allmählich ein Fall für Ohrstöpsel oder getrennte Schlafzimmer«, necke ich ihn. Jonas zieht einen gespielten Flunsch, schnappt sich meinen Becher und stellt dann fest, dass Tee darin ist. »Wie kann ich nur immer wieder darauf reinfallen und denken, dass du morgens Kaffee trinkst?«, murmelt er und zieht mich wieder an sich. »Bist du übrigens bereit für eine kleine Überraschung, oder gehst du heute zum Gottesdienst, obwohl Sinje in Paris ist?«

»Eine Überraschung?«, frage ich, und mein Herz beginnt vor Aufregung zu klopfen. »Ja, sehr gern. Ich schwänze heute den Kirchgang, weil ein Gottesdienst ohne Sinje einfach nicht dasselbe ist, auch wenn ihre Vertretung sich bestimmt viel Mühe gibt.«

»Alles klar, dann treffen wir uns um elf Uhr am Leuchtturm.«

»Wieso treffen? Wir können doch gemeinsam nach dem Frühstück zum Strand gehen«, sage ich verwirrt.

»Tu bitte einfach, was ich sage, und warte ab, was passiert«, entgegnet Jonas grinsend. »Und jetzt koche ich Kaffee, sonst verschlafe ich den Sonntag, und das wäre wirklich jammerschade.«

»Das kann ich doch machen, während du duschst«, biete ich an und rätsle, was Jonas planen könnte.

»Da hätte ich eine viel bessere Idee«, erwidert er. »Wir duschen erst gemeinsam und trinken dann Kaffee. Glaub mir, das wird beides sehr, sehr heiß.«

Punkt elf Uhr bin ich am Leuchtturm, doch von Jonas fehlt jede Spur. Ich schaue Richtung Hafen, suche die Strandkörbe nach ihm ab, blicke immer wieder aufs Handy und werde nervös, als es zwanzig nach elf ist. Jonas ist pünktlich wie ein Uhrwerk, eine solche Verspätung ist ungewöhnlich.

Gerade als ich beginne, mir Sorgen zu machen, höre ich ihn »Lina, hier bin ich« rufen. Seine Stimme ertönt von der Wasserseite, er sitzt paddelnd in der *Florence*, die nach der Reparatur von Malte in einem kräftigeren Blau gestrichen ist und nun aussieht wie neu. Auch der Schriftzug ist wieder intakt, beinahe so, als hätte es den schrecklichen Abend im Seenebel niemals gegeben.

Als Jonas das Ufer erreicht hat, springe ich zu ihm ins Ruderboot. Er reicht mir eine Wolldecke, zudem hat er auf meiner Bank fürsorglich ein Sitzkissen drapiert, und ich erspähe zu meiner Freude eine Thermoskanne. »Eine Bootstour, was für eine schöne Idee«, sage ich wohlig seufzend und recke mein Gesicht der Oktobersonne entgegen. »Wann hast du dir das denn überlegt?«

»Am Freitagabend. Wo wollen wir hin, hast du einen besonderen Wunsch?« Ich zucke mit den Schultern, meinetwegen können wir einfach die Küstenlinie auf und ab rudern, Hauptsache, es kommt kein Seenebel auf. Ich denke immer noch mit Schaudern an das Kentern, habe aber dennoch das Gefühl, dass dieses schreckliche Ereignis Jahre her ist. Wie gut, dass Jonas mich kurz nach der Reparatur des Bootes, die Malte netterweise übernommen hat, ermunterte, wieder aufs Wasser zu gehen, um das Trauma zu bekämpfen, das mir wirklich schwer zu schaffen gemacht hatte.

»Keine Antwort ist auch eine Antwort«, sagt Jonas schmunzelnd. »Also bestimme ich den Kurs. Aber nicht, dass du glaubst, du müsstest hier nichts weiter tun. Wenn ich eine Pause brauche, bist du mit dem Rudern dran. Möchtest du heißen Tee?«

Ich öffne den Verschluss der Kanne und schenke mir einen Becher voll ein. Am Himmel ziehen Seeschwalben, Lachmöwen und Sandregenpfeifer ihre Kreise, die Sonne setzt den Wellenkämmen der Nordsee kleine, goldene Kronen auf. Das Wasser spritzt immer wieder hoch und legt sich wie ein feiner Sprühnebel auf Haut und Haare. Wir schweigen beide und genießen die Schönheit des Meeres, die gute Luft und das Gefühl von Freiheit, das sich immer einstellt, wenn man auf oder am Wasser ist und der Horizont plötzlich zum Greifen nah, jedoch gleichzeitig meilenweit entfernt zu sein scheint. Jonas rudert und rudert, und ich verliere mich in Träumereien über ein Leben mit ihm. Ich möchte gern mit ihm reisen, gemeinsam mit ihm Neues sehen und erleben – aber auch irgendwo ankommen.

»Es hat geklappt, wie wunderbar«, sagt Jonas irgendwann leise und holt das Ruder ein. Zunächst weiß ich nicht, was er meint, zu sehr war ich damit beschäftigt, mir zu überlegen, wie unsere gemeinsame Zukunft aussehen könnte, denn die Distanz zwischen Lütteby und London wird früher oder später zum Problem werden, dieses ewige Vermissen muss ein Ende haben. »Schau mal da«, sagt er, zieht mich zu sich rüber und deutet auf die Sandbank unweit von uns. »Das ist für Anfang Oktober eine echte Seltenheit.«

Ich halte den Atem an, weil der Anblick der Seehunde, nur wenige Meter entfernt, so beeindruckend ist, dass ich glaube, zu träumen. Die Tiere mit dem silbergrauen Fell und den dunklen Knopfaugen sehen aus dieser Perspektive aus, als würden sie sich dicht aneinandergekuschelt in der Sonne rekeln. Doch der Eindruck täuscht, denn Robben sind keine Rudeltiere und wollen ihre Ruhe, wenn sie die Sandbänke im Wattenmeer aufsuchen.

»Wunderschön«, flüstere ich, ergriffen von diesem unerwarteten Naturschauspiel und darauf bedacht, die Tiere nicht zu erschrecken. Denn Seehunde stürzen sich sofort in die Fluten der Nordsee, wenn Gefahr droht. »Danke, dass du hierhergerudert bist.«

Zu meiner Überraschung holt Jonas ein kleines Kästchen aus der Tasche seiner Jacke und öffnet es. Darin liegt ein silberner Ring mit einem weißen Raben als erhabenes Schmuckornament. »Ich weiß, das kommt jetzt etwas übergangslos daher, zumal Seehunde Einzelgänger sind und keine Tiere, die eine

Bindung fürs Leben eingehen wie Schwäne. Aber ich habe schon den ganzen Tag auf einen Aufhänger oder eine gute Überleitung für meinen Antrag gewartet, um dir diesen Ring zu schenken. Und nun halte ich es keine Sekunde länger aus: Lina, möchtest du meine Frau werden und mich damit zum glücklichsten Mann der Welt machen? Rabenvögel sind sehr treu und liebevoll, und Abraxas ist sehr wichtig für dich, so wichtig wie du für mich, deshalb ist dieser Ring kein klassischer Verlobungsring, aber irgendwie passender … zumindest hoffe ich das. Oh, nein, ich rede totalen Unsinn, bitte entschuldige.«

Obwohl ich seit Freitagabend immerzu an das Thema Hochzeit gedacht und sogar schon Uroma Beekes Brautkleid anprobiert habe, verschlägt es mir die Sprache. Dieser Ring ist so besonders und wie für mich gemacht und außerdem das schönste Versprechen, das ich je bekommen habe. Anstelle einer Antwort gebe ich Jonas einen langen, zärtlichen Kuss, streichle seine von der Sonne gewärmte Wange und schließe zutiefst beglückt die Augen. Ich sehe Jonas und mich, Hand in Hand durchs Leben gehend, glücklich über das Wunder, das uns einst bei Nacht am Leuchtturm geküsst hat, das anhält und immer schöner und größer wird, als ich es mir je hätte erträumen können. Und nun krönen wir dieses Wunder mit einer Hochzeit, bei der ich diesen einzigartigen Ring am Finger tragen werde.

»Ich kann dir gar nicht sagen, wie sehr ich dich liebe«, murmelt Jonas zwischen unseren Küssen, die mir durch und durch gehen. »Wieso hat es nur so lange gedauert, bis ich dir begegnet bin?«

Ich lache und sage: »Tja, das Beste kommt immer zum Schluss«, und bewundere erneut den Ring, der in der Sonne funkelt. Erst jetzt sehe ich, dass zwei kleine Brillanten die Augen markieren und damit hervorheben, welch magische Tiere Rabenvögel sind.

»Wollen wir auf unser Glück anstoßen?«, fragt Jonas und schwenkt die Thermoskanne. »Leider habe ich nur Früchtetee im Angebot, aber ich hoffe, der tut es für den Moment auch.«

Ob es die Bewegung von Jonas ist oder irgendetwas anderes, was die Seehunde nervös macht, ich weiß es nicht. Nach und nach lässt sich jedes der hübschen Tiere ins Wasser gleiten, und ich traue meinen Augen kaum, als zwei von ihnen näher und näher ans Boot schwimmen, als seien sie ein Paar – für die Ewigkeit miteinander und mit dem paradiesischen Wattenmeer in der Nordsee verbunden.

Eine Liebe für die Ewigkeit.

- 21 -

Als am Montagmorgen der Wecker klingelt, reibe ich mir zunächst ungläubig die Augen, weil es noch so früh ist. Dann fällt mein Blick auf den Verlobungsring, und ich werde von einer Welle von Glücksgefühlen überflutet: Er ist wunderschön und mit so viel Liebe ausgesucht, dass mein Herz vor Freude überquillt.

»Müssen wir jetzt etwa schon aufstehen?«, fragt Jonas und gähnt verschlafen. »Ich hasse Wecker. Es sollte ein menschliches Grundrecht sein, erst dann aufstehen zu müssen, wenn die innere Uhr signalisiert, dass man so weit ist, es mit dem neuen Tag aufzunehmen. Ah, ich sehe, du bewunderst deinen Ring. Hast du denn einen Wunschort für die Hochzeit?«

»Einen Wunschort?«, frage ich, weil ich wie selbstverständlich davon ausgegangen war, dass nur Lütteby infrage kommt. Sinje würde uns im Apostelkirchlein trauen, Matti Blumen streuen, wir könnten im *Dal Trullo* feiern oder bei schönem Wetter am Strand. Doch wer führt mich zum Altar?

Meine Mutter? Henrikje?

»Wo würdest du denn gern heiraten?« Verliebt und voller Vorfreude auf die Hochzeit, die unsere Liebe krönt, kuschle ich mich in die Arme von Jonas. »Und wen wählst du als Trauzeugen? Deinen Freund Oliver aus Hamburg oder deinen Onkel?«

»Ich frage Onkel Tobias, denn er und Tante Heike hätten es nicht so weit vom Hattstedter Koog bis hierher nach Lütteby«, erwidert Jonas. Seine Antwort macht mich überglücklich, denn sie bedeutet, dass auch Jonas hier heiraten will. »Die Flitterwochen könnten wir, wenn du magst, in Apulien verbringen, da wolltest du doch so gern hin.«

»Du kennst mich wirklich gut«, murmle ich und rutsche tiefer in die kuscheligen Daunen von Sinjes Gästebett, meine Füße streicheln Jonas' Beine. Ich liebe den direkten Hautkontakt mit ihm und würde heute gerne den ganzen Tag mit ihm im Bett bleiben und diesen so besonderen Tag planen. Es gibt so vieles, worauf ich mich unbändig freue, aber auch einiges zu bedenken. »Willst du denn deinen Vater gar nicht einladen?«, frage ich, weil ich es schade finde, dass Jonas nur noch mit seiner Mutter in Kontakt ist, nachdem ihr Mann Leander sie verlassen hat. Ich habe Iris kennengelernt und mag sie, wir haben uns auf Anhieb gut verstanden.

»Mach mir jetzt bitte kein schlechtes Gewissen, weil ich immer noch stinkwütend auf diesen Workaholic und Egomanen namens Leander Carstensen bin, der meiner Mutter das Herz gebrochen hat«, erwidert Jonas und springt mit einem Satz aus dem Bett. »Ich koche uns jetzt Tee und Kaffee, oder möchtest du an deinem ersten Arbeitstag im Rathaus zu spät kommen?«

Ich bedauere es, unsere kuschelige Zweisamkeit durch meine Frage gestört zu haben, schaue Jonas gedankenverloren hinterher und höre ihn dann in Sinjes Küche herumhantieren. Kurz darauf erfüllt der Duft von frisch gebrühtem Kaffee das Pastorat. Jonas hat recht, ich muss endlich aufstehen und mich seelisch darauf vorbereiten, dass für mich heute ein neuer Berufsabschnitt beginnt. Momentan fühle ich mich wie ein Kind vor dem ersten Schultag oder nach langen, traumschönen Sommerferien, die nie zu Ende gehen dürften. Ich kann mir gar nicht vorstellen, heute nicht wie sonst im Lädchen zu arbeiten. Und es hat auch eine ganze Weile gedauert, bis ich nicht mehr versehentlich den Weg in Richtung Touristeninformation eingeschlagen habe, wo vor einiger Zeit eine sympathische ältere Dame namens Brigitte die Organisation der Stadtfeste übernommen hat.

»Guten Morgen, Frau Hansen«, begrüßt mich eine Stunde später Falk van Hoves Sekretärin mit einem schiefen Lächeln, das nicht besonders herzlich wirkt. Die Spitzmaus mit Harry-Potter-Brille auf der Nase hört auf den Namen Bella und heißt eigentlich Isabella Schmidt. »Der Chef wartet schon auf Sie.« Das Wort *schon* klingt aus ihrem Munde, als sei ich über drei Stunden zu spät dran, das kann ja heiter werden.

»Dann gehe ich wohl am besten mal zu ihm«, erwidere ich. »Hatten Sie ein schönes Wochenende?«

Bella wirkt auf eine fast anrührende Weise zeitlos, ich schätze sie zwischen Ende zwanzig und Ende dreißig, obgleich sie auf den ersten Blick älter erscheint. »Wir werden jetzt auf gar keinen Fall plaudern, denn Herr van Hove wartet nicht gern. Das ist reine Verschwendung von Energie und Lebenszeit, wie er stets zu sagen pflegt.«

Die Formulierung *zu sagen pflegt* amüsiert mich, denn ich sehe im Geiste Bella vor mir, wie sie am Wochenende trotz strahlendem Sonnenschein romantische Serien wie *Bridgerton* oder *Outlander* inhaliert, ohne zwischendrin an die frische Luft zu gehen oder Freunde zu treffen.

Ich erwidere: »Dann eben ein andermal«, und gehe den Flur entlang in Richtung des Büros von Falk van Hove. Irgendwie kann ich mir immer noch nicht vorstellen, dass er ab sofort mein Vorgesetzter ist, doch der Vertrag bot ein mehr als gutes Gehalt und ausgesprochen faire Konditionen, sodass ich gar nicht anders konnte, als zu unterschreiben. Aber weit wichtiger als ein gutes Gehalt ist das spannende Aufgabengebiet, das auf mich wartet und mir viel Spielraum für neue Ideen und eigenverantwortliches Handeln lässt, gerade im Hinblick auf mein Spezialgebiet Tourismus.

Der Bürgermeister blickt zunächst gar nicht auf, als ich vor seinem Schreibtisch stehe, sondern ist völlig vertieft in die Lektüre der Lüttebyer Zeitung *Unser kleiner Marktplatz*. Grotersum hat seine eigene Presse, obwohl es wirtschaftlicher wäre, beide Redaktionen zusammenzulegen und auch die Druckaufträge zu bündeln. Es ist ohnehin nur noch eine Frage der Zeit, bis beide Blätter ausschließlich online verfügbar sein werden. Ich räuspere mich, und nun sieht Falk van Hove von seiner Lektüre auf. »Guten Morgen, Lina, wie schön, Sie zu sehen. Wir haben ja ab heute einiges gemeinsam vor. Hat Frau Schmidt Ihnen schon Ihr Büro gezeigt?«

»Nein, sie sagte nur, dass ich auf gar keinen Fall zu spät kommen darf.« Ich wähle bewusst einen leicht ironischen Tonfall, denn ich habe mir fest vorgenommen, von Anfang an klarzustellen, dass ich mich nicht kleinmachen oder von Falk herumkommandieren lassen werde.

»Soso, hat sie das?«, erwidert er, ein amüsiertes Lächeln lässt sein Gesicht deutlich sympathischer wirken, als wenn er sich, wie sonst üblich, ernst oder überheblich gebärdet. »Ich dulde in der Tat keine Unpünktlichkeit, das hat etwas mit Respekt dem anderen gegenüber zu tun. Aber Sie sollten sich jetzt erst einmal in Ihrem Büro einrichten, wir beide sehen uns dann in einer Stunde zum ersten Meeting im Konferenzsaal.« Er drückt einen Knopf auf seiner Telefonanlage und weist Isabella Schmidt an, mich in mein Büro zu führen.

Kurz darauf betrete ich einen schönen Raum mit hohen Stuckdecken, hell, freundlich und ganz anders eingerichtet als das Büro des Bürgermeisters, das aussieht wie die Bibliothek eines alten englischen Landsitzes.

Bella schließt das Fenster, das zum Lüften geöffnet war, und ich setze mich auf den stylishen Bürostuhl, der augenscheinlich von einem skandinavischen Möbeldesigner entworfen wurde. »Sieht alles sehr gemütlich und zugleich frisch und luftig aus«, lobe ich das Interieur, das durch eine Farbkombination aus Sand-, Rosé- und Meertönen besticht. »Haben Sie das ausgesucht, oder stammen die Möbel von meiner Vorgängerin?«

»Es gibt keine Vorgängerin, Herr van Hove hat diese Stelle neu geschaffen, und es war ihm wichtig, dass Sie in einer Umgebung arbeiten, die State of the Art ist, wie man wohl heute so schön sagt.«

»Das ist Ihnen wirklich hervorragend gelungen, danke«, lobe ich die Spitzmaus und frage mich, woher sie wohl weiß, welche Einrichtungstrends zurzeit angesagt sind. Sie selbst trägt einen grauen Faltenrock aus Flanell, eine weiße Bluse und Ballerinas, ihr Sekretariat ist ähnlich dunkel und abweisend wie das Büro des Bürgermeisters. Bella lässt nicht erkennen, ob sie sich über mein Lob freut oder ob ihr völlig egal ist, was ich sage, denn sie entfernt sich so lautlos aus meinem Zimmer, wie sie sich auch sonst durch die Räumlichkeiten des Rathauses bewegt, beinahe wie ein Geist.

Nachdem ich mich mit dem Computer, der Ablage und den Ordnern vertraut gemacht habe, stelle ich mich ans Fenster und schaue aus dem zweiten Stock auf das Städtchen Grotersum. Der historische Kern ist ähnlich hübsch wie Lütteby, nur leider befinden sich in den Läden im Erdgeschoss der Häuser keine individuellen, schönen Geschäfte oder Lokale, sondern die üblichen Filialisten, eine Spielhalle, ein Nagelstudio und ein Döner-Laden. Jonas schickt mir eine Nachricht und fragt, wie es mir geht. Ich filme das Büro und sende ihm das Video mit einem Herz-Emoji. Jonas schreibt: »Chic und stilvoll, so, wie du es verdienst«, und fragt, ob er mich nach der Arbeit abholen soll, damit wir uns noch kurz sehen, bevor er nach Hamburg zurückmuss, um von dort aus nach London zu fliegen. Wir verabreden uns für 17 Uhr, ich hoffe, dass mein erster Arbeitstag bis dahin tatsächlich vorbei ist, sonst könnte es zeitlich knapp werden, und das wäre wirklich schade. Zeit mit Jonas ist mir kostbar, und ich möchte jede Sekunde davon genießen. Nachdem ich mir Notizen für das Treffen gemacht habe, steht auch schon die erste offizielle Besprechung mit meinem neuen Chef an.

Sie findet im altehrwürdigen Sitzungssaal statt, wo sonst der Stadtrat tagt und wichtige Entscheidungen für die Region getroffen werden. Bella hat je eine Kanne Kaffee und Tee auf den blank polierten Mahagonitisch gestellt sowie kalte Softgetränke und einen Teller mit Keksen.

Am Tisch würden locker zwanzig Personen Platz finden, der räumliche Abstand zwischen Falk und mir könnte nicht größer sein.

Doch ich setze mich dorthin, wo Bella einen Schreibblock und einen Kugelschreiber hingelegt hat und das Namensschild *Lina Hansen* steht, was ich äußerst amüsant finde.

Falk hat mir zuvor per Intranet eine Nachricht mit dem Inhalt der Besprechung geschickt, es geht darum, leer stehende, interessante Bauwerke der Region für touristische, gastronomische oder sonstige Zwecke zu nutzen, die mutmaßlich lukrativ sind. Natürlich habe ich die Zeit bis zum Beginn des Meetings genutzt und Ideen notiert, doch ich kenne mich in erster Linie in und um Lütteby herum aus, was sich jedoch ändern lässt, wenn ich auf Erkundungstour gehe.

Diese Aufgabe ist ganz nach meinem Geschmack, ich recherchiere sehr gern, und an Fantasie mangelt es mir auch nicht. Wenn möglich, lege ich gleich morgen los, denn ich kann es kaum erwarten, dieses spannende Projekt in Angriff zu nehmen.

Als sich forsche Schritte dem Sitzungssaal nähern, bin ich sehr erstaunt, weil nicht nur Falk van Hove den Raum betritt, sondern auch Bella und … ich traue meinen Augen kaum … Jonas.

»Sie beide kennen sich ja«, sagt der Bürgermeister, ohne zu erklären, weshalb Jonas hier ist, und deutet uns allen an, Platz zu nehmen. Ich suche fragend den Blick von Jonas, doch der zuckt nur vage mit der Schulter. Isabella Schmidt hat offenbar die Aufgabe, Protokoll zu führen, denn sie schlägt einen Stenoblock auf, und ich weiß nicht, ob ich lachen oder sie fragen soll, in welchem Jahrhundert sie lebt. Zu dieser Szenerie passt der Kronleuchter, der tonnenschwer über der Mitte des Tisches hängt. Obwohl ich das eigentlich nicht möchte, schweifen meine Gedanken zu der Szene in dem Musical *Phantom der Oper*, in der der Kristallleuchter voller Wucht auf den Boden der Bühne donnert. Jonas scheint meinem Blick zu folgen und zwinkert mir zu. Ich weiß, dass er das Musical schon zweimal mit seiner Großtante Maud in London gesehen hat.

»Wie im Memo angekündigt, beschäftigen wir uns heute mit den bislang brachliegenden Bauwerken der Region, die wir versuchen sollten, nach und nach zu erwerben, zu sanieren und einer neuen Bestimmung zuzuführen, ähnlich wie die Kapitänsvilla am Wald«, doziert Falk van Hove. »Des Weiteren liegt uns die Anfrage des Veranstalters von Glamping-Reisen in London vor, für den Jonas Carstensen seit einiger Zeit erfolgreich arbeitet. Weil Urlaub in Deutschland boomt wie noch nie, möchte *Glamp-Event-Tours* sein Angebot ausweiten und Urlaubern in unserer Region trendige Unterkünfte wie Baumhäuser, Hausboote, umgebaute Zirkuswagen und Ähnliches anbieten. Und da kommen Sie ins Spiel, liebe Frau Hansen.«

Falk van Hove lächelt jovial, die Spitzmaus schreibt eifrig mit, obwohl es aus meiner Sicht noch gar nichts zu notieren gibt.

Jonas trinkt lässig seinen Kaffee und wirkt, als sei er lediglich ein unbeteiligter Zuschauer bei dieser Besprechung. Einen klitzekleinen Moment habe ich ein Déjà-vu und erinnere mich an die ersten Besprechungen in der Touristeninformation, als Thorsten noch im Krankenhaus lag.

»Ich hätte da spontan ein äußerst geeignetes Objekt im Blick«, sage ich, »den alten Bahnhof von Lütteby. Er ist zwar mittlerweile ziemlich verfallen, doch das Gebäude hat historischen Wert, es ist groß und aus meiner Sicht perfekt geeignet für eine Event-Location, in der Konzerte, Theateraufführungen, Lesungen, Kabarett und Ausstellungen stattfinden könnten. So was fehlt in Lütteby, zudem hätte der Standort den Vorteil, dass er so abgelegen ist, dass sich kaum jemand durch etwaigen Lärm belästigt fühlen könnte. Außer Fiete Ingwersen vielleicht, aber der ist ja bekanntlich schwerhörig.«

Falk van Hove nickt zustimmend und runzelt dann die Stirn. »Das klingt gut, Lina. Noch besser wäre es allerdings, wenn Sie Herrn Ingwersen davon überzeugen könnten, seinen riesigen Haubarg zu verkaufen, dann könnten wir beide Projekte zusammen in Angriff nehmen und dort eine Art Entertainment-Park schaffen mit Freilichtbühne für Open-Air-Konzerte, mit angeschlossener Gastronomie und einigen Zimmern für die Künstler, die man im Haubarg unterbringen könnte.«

»Das werde ich weder schaffen noch versuchen«, erwidere ich, ohne auch nur eine Sekunde darüber nachzudenken, ob meine Antwort taktisch klug ist. »Der Haubarg ist seit Generationen im Besitz der Ingwersens, und wo sollte Fiete dann hin?«

»In ein Altersheim«, erwidert van Hove ungerührt. »Mit dem Geld, das er bei einem Verkauf an uns verdienen würde, könnte er sich die luxuriöseste Seniorenresidenz leisten, die man sich vorstellen kann. Und sich noch eine Stiftung gönnen, oder was auch immer ihn glücklich macht. Ich weiß sowieso nicht, wieso der alte Mann noch als Gärtner arbeitet, statt seinen wohlverdienten Ruhestand zu genießen.« Die Formulierung *Verkauf an uns* klingt für mich in diesem Zusammenhang so falsch, dass sich mir augenblicklich alle Nackenhaare aufstellen. Fiete und der Haubarg gehören genauso zusammen wie Henrikje und das Lädchen oder Amelie und ihr Café.

»Fiete möchte sich aber noch nicht aufs Altenteil zurückziehen, sondern gebraucht werden und am Geschehen in Lütteby teilnehmen, was ich sehr gut verstehen kann«, halte ich dagegen. »Ich kümmere mich darum, in Erfahrung zu bringen, wie es um die Besitzverhältnisse des Bahnhofsgebäudes bestellt ist, und um ein Gutachten hinsichtlich seiner Bausubstanz. Mehr aber auch nicht. Apropos Bausubstanz, wie geht es denn mit dem Umbau der Kapitänsvilla voran?«

»Hervorragend«, erwidert Falk van Hove. »Ich denke, dass ich in ungefähr zwei Wochen eine Probeöffnung übers Wochenende durchführen kann, um mit dem Hotel- und Restaurantteam alle Abläufe zu testen. Wenn alles zu meiner Zufriedenheit läuft, werden wir in der Vorweihnachtszeit die ersten Gäste begrüßen. Im Frühjahr können wir dann mit der Golfanlage loslegen und den renommierten Golfklubs der Umgebung den Rang ablaufen.«

Das muss ich Sinje sagen, sobald sie wieder aus Paris zurück ist, denke ich. Und dann wird es höchste Zeit, dass sie mich endlich in den Plan einweiht, den sie im Geheimen geschmiedet hat, um die Eröffnung des Golfhotels zu verhindern.

Eine Stunde später verabschiedet Jonas sich, nun geht es um Themen, die ihn nicht betreffen. Ich würde ihn gern hinausbegleiten, denn ich befürchte, dass der heutige Arbeitstag viel länger dauern wird als gedacht, und Jonas muss nach Hamburg-Fuhlsbüttel, von wo aus sein Flug nach London geht.

Unsere Blicke verschränken sich ineinander, und ich spüre jetzt schon ein Gefühl von Leere.

Wann werde ich Jonas wiedersehen?

Und wann werden wir uns nicht mehr ständig voneinander trennen müssen, obwohl das Schicksal uns füreinander bestimmt hat?

- 22 -

Zwei Tage nach dem Beginn meiner Tätigkeit im Rathaus bin ich alles andere als glücklich mit meinem neuen Job. Das massive Drängen des Bürgermeisters, Fiete Ingwersen davon zu überzeugen, den wunderschönen Haubarg zu verkaufen, war nicht die einzige Form von Druck, die Falk van Hove auf mich ausübt. Allmählich beschleicht mich das Gefühl, dass er nur so tut, als würde er mir Freiraum lassen, mich in Wahrheit aber vor den Karren seiner Ränkespiele spannen will, genau wie Thorsten es mir prophezeit hatte, als ich gekündigt habe.

Falks neuestes *Baby* ist die geplante Errichtung eines Einkaufscenters auf dem Areal hinter dem *Friedhof der Heimatlosen* am Fuße der Waldanhöhe.

Das riesige Gebiet besteht überwiegend aus Salzwiesen, dort brüten Austernfischer, Säbelschnäbler sowie Rotschenkel, und kein Mensch hätte bislang auch nur im Traum daran gedacht, sich dieses Stück Land nutzbar zu machen. Es gehört seit Jahrhunderten den namenlosen Toten, die das Meer an Land gespült hat, und den Tieren und Pflanzen, deren Heimat das Lüttebyer Vorland ist. Zudem geht die Sage, dass einer dieser Toten Fokke van Hove ist, der sich nach dem tragischen Flammentod Algeas in der Nordsee das Leben genommen hat. Beweise für diese Theorie gibt es keine, aber so ist das nun mal mit Mythen und Legenden.

Missmutig und voller Sehnsucht nach Jonas spaziere ich nach Dienstschluss von Grotersum in Richtung Lütteby. Um diese

Jahreszeit wird es früher dunkel, die Sonne geht abends um sieben unter, doch heute ist es gar nicht erst hell geworden. Die Schlechtwetterwolken hängen dunkel und schwer über Nordfriesland, der Wind ist stürmisch und beißt sich hartnäckig an allem fest. Ich bin froh, dass mir die erleuchteten Fenster am Marktplatz den Weg zu diesem kuscheligen Ort weisen, den ich einmal mehr zu schätzen weiß. Es ist seltsam, täglich nach Grotersum und wieder zurück zu gehen, doch dieser Perspektivwechsel verdeutlicht die Vorzüge unserer kleinen Stadt am Meer und verstärkt in mir den Wunsch, ihren ursprünglichen Charme mit aller Kraft zu schützen. Erst recht als Falk mich auch noch mit Nachdruck davon überzeugen wollte, endlich seinen Plänen zum Abriss des Leuchtturms zuzustimmen, damit dort sein ersehntes Projekt *Marina Lütteby* entstehen kann, das wir Lüttebyer bislang erfolgreich torpediert haben. Als die Sprache auf dieses Vorhaben kam, hätte ich am liebsten sofort meine Sachen gepackt und gekündigt. Der Leuchtturm ist schließlich nicht irgendein Leuchtturm, denn er spielt für Jonas und mich eine Schlüsselrolle, den werde ich, wenn nötig, bis aufs Blut verteidigen.

Und hätte ich doch bloß nie den Vorschlag mit dem Umbau des alten Bahnhofs gemacht, Falk ist geradezu besessen von diesem Projekt und kann ihn offenbar gedanklich nicht vom Ankauf des Haubargs trennen. Doch trotz der damit verbundenen Nerverei bleibe ich bei meiner Idee: Lütteby braucht solch einen Veranstaltungsort.

Der einzige Lichtblick an diesem düsteren Tag, der meine Sehnsucht nach Jonas nur verstärkt, ist die Rückkehr von Sinje aus Paris, die wir heute Abend gebührend feiern wollen. Ich kann es kaum erwarten, ihr von Jonas' Antrag zu erzählen, ein Foto von Uroma Beekes Hochzeitskleid zu zeigen und natürlich mit ihr über die Probeöffnung des Golfhotels im Wald zu sprechen. Außerdem möchte ich sie fragen, ob sie sich vorstellen kann, dass zwischen Henrikje und Thorsten mehr ist als innige Freundschaft. Da ich nach dem Abflug von Jonas im Pastorat geblieben bin und meine Großmutter seither nicht zu Gesicht bekommen habe, gab es noch keine Gelegenheit, sie vorsichtig auszuhorchen.

Doch wie sollte ich das auch anstellen?

Soll ich einfach fragen: »Kann es sein, dass zwischen dir und Thorsten etwas läuft, wovon wir alle nichts wissen?«

Nein, das ist keine gute Idee.

Keine halbe Stunde später erhellt sich dieser trübe Tag, denn Sinje ist so glücklich und aufgedreht, dass sie mit ihrer positiven Energie binnen Sekunden all meine Sorgen überstrahlt. Sie ist heute Morgen in Hamburg gelandet, hat nach ihrer Ankunft in Lutteby schon eingekauft und Miesmuscheln in Weißweinsud gekocht, den Tisch in der Küche hübsch gedeckt, Kerzen angezündet und passende Musik ausgesucht. Die leicht knarzige Stimme der französischen Nouvelle-Chanson-Sängerin *Zaz* erfüllt das Pastorat und übertönt beinahe das Tosen des Sturms, der um die Ecken jagt.

»Ihr hattet also einen tollen Liebesurlaub«, sage ich, nachdem Sinje ausgiebig von ihrem Trip nach Paris geschwärmt hat und wir beide mit Crémant auf unser Wiedersehen angestoßen haben. »Das freut mich soooo, soooo sehr für euch beide, du hast dein Glück wirklich mehr als verdient. Und wo wir gerade beim Thema sind: Kann man eigentlich gleichzeitig jemanden trauen und Trauzeugin sein?« Aufgeregt erzähle ich von Jonas' Heiratsantrag und zeige stolz meinen Verlobungsring.

Sinje stößt einen Jubelschrei aus und springt von ihrem Stuhl auf. »Beste Nachricht ever!«, ruft sie aus, dreht die Musik lauter und zieht mich mit sich. »Komm, lass uns den Hochzeitswalzer proben, damit du am Tag aller Tage so fit bist, dass du *Let's Dance* gewinnen könntest.«

Das Tanzen macht großen Spaß, es ist allerdings nicht ganz einfach, zu den Liedzeilen von *Je veux* den Dreivierteltakt zu halten, dazu ist der Song einfach viel zu schnell. Also lösen wir uns irgendwann voneinander, schnappen uns die Gläser und hopsen kichernd weiter in der Küche umher. Die Anspannung der letzten Tage fällt von mir ab wie das Laub der Blätter im Herbstwind, und ich fühle mich an Sinjes Seite frei wie ein Vogel. Ich habe mir heute mehrfach ihren Satz »Dann dreh doch den Spieß um und spioniere diesmal für das Team Lütteby« in Erinnerung gerufen und komme zu dem Schluss, dass sie recht hat. *Sei mehr Pippi Langstrumpf als Annika,* flüstert eine innere Stimme mir zu, *du bist schon wieder viel zu unsicher und brav.*

»Ich werde Trauzeugiiiiiiin«, singt Sinje laut und schief. »Und das ist genauso grandios wie köstlicher Giiiiiiiin.«

»Du hast auch nur das eine im Kopf, und reimen ist echt nicht dein Ding«, rufe ich lachend aus, glücklich darüber, dass Sinje sich so für mich freut, denn genau das macht Freundschaft aus. Dann setze ich mich wieder an den Küchentisch, das ausgelassene Herumtollen in Kombination mit dem Crémant bringt mich ein bisschen aus der Puste.

Sinje gesellt sich zu mir, wir trinken Mineralwasser und schauen aus dem Fenster. Die kahlen Äste biegen sich im Wind, er drückt die Zweige immer wieder mit solcher Wucht gegen die Scheibe, dass es klingt, als würde jemand anklopfen. Als die Musik zu Ende ist, erzähle ich Sinje, dass Falk van Hove bald ein Probe-Öffnungswochenende im neuen Golfhotel plant. Das Team von Svens Firma hat, gemeinsam mit anderen Gewerken aus der Region, ganze Arbeit geleistet und auch an den Wochenenden durchgearbeitet, weil alle Handwerker scharf auf die hohen Zuschläge waren, die Falk van Hove gezahlt hat.

»Ui, das sind ja spannende Neuigkeiten. Du hast nicht zufällig Lust auf eine kleine Begehung?«, fragt Sinje mit abenteuerlustig blitzenden Augen, und damit ist mein Plan, sie nach dem Verhältnis von Henrikje und Thorsten zu fragen, vorerst hinfällig. »Der Zeitpunkt ist perfekt.«

Ich denke mit Schaudern an den Abend vor einigen Monaten, an dem wir unter Zuhilfenahme einer Bonuskarte vom Friseur widerrechtlich in die Villa eingedrungen sind und dabei prompt von Falk van Hove erwischt wurden. Er hat mich bis heute nicht auf den Vorfall angesprochen, doch wir beide wissen, dass der Bürgermeister ein Gedächtnis wie ein Elefant hat. »Du meinst jetzt?« Bei der bloßen Vorstellung, im Sturm umherzuspazieren, beginne ich zu frösteln.

»Ja, jetzt. Oder willst du warten, bis wir zur Eröffnungsparty eingeladen werden? Ich bin im Besitz eines Schlüssels, was spricht also dagegen?«

»Woher hast du den, um Himmels willen?«

Auf Sinjes schönem Gesicht breitet sich ein triumphierendes Lächeln aus. »Ganz einfach. Ich habe heimlich eine Kopie des Exemplars anfertigen lassen, das Sven für die Dauer der Arbeiten an der Villa benutzt hat.«

»Dann gibt es wohl tatsächlich keinen Grund mehr, hier gemütlich im Warmen zu sitzen und von drinnen zuzusehen, wie der Sturm da draußen sich gerade zu einem wahren Orkan auswächst«, murmle ich und weiß, dass ich keine Chance habe, ich muss da jetzt raus.

»Ganz genau«, sagt Sinje. »Also schwing deinen Hintern hoch, und nichts wie ab in den Wald.«

Auf dem Weg zur Anhöhe trotte ich ihr genauso missmutig hinterher, wie ich es als Kind getan habe, wenn Henrikje mich zum *Auslüften* an den Strand oder in den Wald gejagt hat, damit ich nicht nur meine Nase in Bücher stecke, bastle oder mit Sinje telefoniere. Meine Liebe zur Natur und zu ausgedehnten Wanderungen kam später und ist nach wie vor ungebrochen, doch in diesem Moment fühle ich mich genau wie das bockige Kleinkind von damals, das irgendwann einfach stehen blieb, bis Henrikje bemerkte, dass ich nicht mehr an ihrer Seite war. Natürlich kann ich nicht leugnen, dass ich ebenfalls neugierig darauf bin, was Falk aus der alten Kapitänsvilla gemacht hat, aber viel mehr würde mich interessieren, ob einer der Handwerker im Obergeschoss der verstorbenen Algea Ketelsen begegnet ist. Bislang spricht nichts dafür, dass es in den Vollmondnächten geisterhafte Erscheinungen gab, oder falls doch, dann hat keiner der Handwerker etwas davon verraten, um nicht unmännlich oder abergläubisch zu wirken.

In dem Augenblick, als meine Gedanken um die Legende der tragischen Liebe zwischen Algea und Fokke kreisen, bemerke ich, dass wir heute Vollmond haben, doch Sinje ist nicht mehr zu bremsen. Je näher wir der Villa kommen, desto mehr beschleunigen sich ihre Schritte. Vom Friedhof ertönt der wehmütige Ruf eines Käuzchens, etwas berührt mein Gesicht, und ich stoße einen kleinen Schrei aus, bis ich erkenne, dass es nur der Zweig eines Haselstrauchs war, der sich der Kraft des Windes beugte, dessen eisiger Atem mein Gesicht streift und meine Glieder vor Kälte erstarren lässt.

Ich verlangsame intuitiv das Tempo, träume mich an das prasselnde Kaminfeuer in Jonas' Wohnung in London und frage mich, wieso Sinje dieses miese Wetter nichts ausmacht. Doch im Gegensatz zu mir hat sie eine Mission, denn sie ist nach wie vor entschlossen, alles dafür zu tun, dass Falk van Hove seine Pläne ändert und sowohl die Villa als auch den Wald der Kirchengemeinde überlässt.

»Nun komm schon, wir haben es gleich geschafft, und dann hast du es hinter dir«, sagt Sinje und hakt sich bei mir unter. »Es ist echt lieb, mit mir hierherzugehen, ich weiß das sehr zu schätzen.« Das Licht des Vollmonds lässt die neu eingesetzten Fenster der alten Villa funkeln, sie gleicht nun eher einem romantischen Märchenschloss als der ehemaligen Ruine, in der es angeblich seit dem 17. Jahrhundert spukt. Das majestätische Bauwerk ist wunderschön, und ich kann gut nachvollziehen, weshalb sowohl Sinje als auch Falk van Hove großes Interesse daran haben. Dies ist ein Ort, der allem entrückt ist, von dem aus man einen grandiosen Ausblick auf die Nordsee hat, ein Ort, an dem Traumen Flügel wachsen.

Im Foyer der Villa stehen überall Duftkerzen, die ein behagliches Aroma verströmen, auch wenn sie gar nicht angezündet sind.

Der vormals strenge Geruch nach Moder, Staub und Verfall ist dem heimeligen von Karamell, Honig und Vanille gewichen, Sinje und ich schwärmen abwechselnd und nennen die Villa »gigantisch« und »unvergleichlich schön«. Wer auch immer für die Innenausstattung zuständig war, hat Geschmack bewiesen: Ein massiver, antiker Holztisch dient als Rezeptionstresen, darauf steht eine weiße, hohe Vase mit hellem Pampasgras und roséfarbenen Trockenblumen, die einen tollen Kontrast zum dunklen Holz bilden. Die rau verputzten Wände wurden in einem hellen Sandton gestrichen, der die hohe Decke mit den Stuckornamenten wirkungsvoll in Szene setzt. Die Krönung ist ein altes Deckenfresko in der Mitte, das ein prachtvolles Walfangschiff zeigt. Die Ketelsens hatten, wie viele nordfriesische Familien, im 17. Jahrhundert ein Vermögen mit dem teils lebensgefährlichen Fischfang in den Gewässern Grönlands und Nordamerikas verdient, und dieses Bild ist ein Symbol ihres Wohlstands. Sinje steht ehrfürchtig mitten im Raum und bestaunt immer noch jede kleine Einzelheit, ihre Körperhaltung ist angespannt, sie wagt kaum zu atmen. Mir geht es ähnlich, denn hier wurde tatsächlich ein kleines Wunder vollbracht. »Die Beleuchtung hat ein echter Experte konzipiert«, sagt sie irgendwann, und ich kann ihr nur zustimmen. Der imposante Eingangsbereich der Villa ist in warme Farben getaucht, indirektes Licht sorgt dafür, dass keine der sonst eher kühlen LED-Leuchten die hyggelige Atmosphäre stört. An den Wänden sind goldene Schalen mit Kerzenständern befestigt, auf dem Beistelltisch der Sitzgruppe steht eine handbemalte bauchige Keramiklampe mit einem Schirm aus hellem Leinenstoff. »Wollen wir nach oben?«

»Was für eine Frage«, erwidere ich und male mir im Geiste aus, wie es wohl wäre, hier einige Tage zu wohnen, natürlich idealerweise mit Jonas. Dieser Wunsch verstärkt sich nach der Besichtigung der insgesamt zehn Zimmer, jedes individuell gestaltet und eines schöner als das andere. Mein persönlicher Favorit ist die Honeymoon-Suite mit dem Erkerfenster. Wenn man von dort hinabschaut, hat man das Gefühl, direkt in die Nordsee springen zu können, auch wenn sie in Wahrheit, von starken Windböen aufgewühlt, viele Meter unter der Villa an den Strand donnert, wo Wolken von Meerschaum über den Sand geweht werden.

Der späte Abend ist mittlerweile der Nacht gewichen, neben dem hellen Mond funkeln zahllose Sterne am Himmel, sie scheinen von hier aus zum Greifen nah, genau wie die Milchstraße.

Erstaunlicherweise denke ich kaum noch daran, dass es in der Villa spuken soll und dass ich selbst vor vielen Jahren die Erscheinung der verstorbenen Algea zu sehen geglaubt habe.

Durch die Renovierung herrscht eine völlig andere Atmosphäre – die Geister der Vergangenheit scheinen verschwunden zu sein. Ich fühle mich erstaunlich wohlig und geborgen, die Villa passt mit einem Mal zu Lütteby und erweckt nicht mehr den Eindruck eines Mahnmals dramatischer Ereignisse längst vergangener Zeiten.

»Das ist alles so wunderwunderschön und viel zu schade für versnobte Golfer, die kein Gespür dafür haben, wie viel Geschichte dieser Ort atmet und wie unvergleichlich er ist«, murmelt Sinje und legt sich auf das breite Bett mit dem Baldachin. Augenblicklich sinkt sie in den weichen Daunen ein, über die eine Tagesdecke aus goldfarbenem Brokat gebreitet ist, und sieht aus wie eine Prinzessin aus dem Märchenbuch. Dann verschränkt Sinje die Hände im Nacken und sagt: »Ich finde, die Villa ist wie geschaffen für uns beide und natürlich für die Gemeindeschäfchen, die hier einen Rückzugsort hätten, wenn sie ihn brauchen. Wie oft habe ich schon gedacht, dass ich Ratsuchenden gern die Möglichkeit geben würde, sich einige Tage zurückzuziehen, von ihren Sorgen zu erholen und neue Kraft zu schöpfen, ohne dafür extra wegfahren und Geld ausgeben zu müssen.«

»Das ist wirklich eine tolle Idee«, murmle ich. »Und eine, die in der Gemeinde bestimmt gut ankäme, schließlich braucht jeder ab und an einen Tapetenwechsel, um sich zu besinnen und zu stärken. Aber dafür ist es jetzt leider zu spät.«

»Ist es nicht«, widerspricht Sinje und richtet sich wieder auf. »Komm her zu mir, dann verrate ich dir endlich meinen Plan.« Auch wenn ich das Gefühl habe, etwas Verbotenes zu tun, setze ich mich neben sie auf das Himmelbett und atme den frischen Duft von Meeresbrise ein, den die Bettwäsche verströmt.

»Du weißt doch, dass es keine Gespenster gibt und alle Spukerscheinungen eine logische Ursache haben«, flüstert Sinje geheimnisvoll. »Diesen Umstand möchte ich mir anlässlich des Testwochenendes zunutze machen.«

Es dauert einen Moment, bis ich glaube, verstanden zu haben, was Sinje vorschwebt. »Willst du … hast du etwa vor, selbst herumzuspuken und so Falks Gäste zu vertreiben?«

»Bingo!«, erwidert Sinje und grinst. »Ich werde Tonaufnahmen laufen lassen, damit es klingt, als würde Algea weinen, ich verstecke kleine Windmaschinen, die die Vorhänge aufbauschen, lasse laute Klopfgeräusche ertönen und werde zudem irgendein Lichtspektakel veranstalten. Vielleicht engagiere ich sogar eine Schauspielerin, die im Dachgeschoss umhergeistert. Der Plan ist noch nicht ganz ausgereift, aber ich habe ja noch ein paar Tage Zeit und dich, meine liebste, beste Freundin, um mich tatkräftig dabei zu unterstützen.«

»Das ist nicht dein Ernst, oder?«, frage ich, kurz vor der Schnappatmung. »Die Villa ist doch keine Geisterbahn, in der man die Leute mit billigen Tricks erschrecken kann.«

»Deshalb soll das Spektakel ja auch möglichst echt wirken, schließlich hat die Inszenierung nur ein Ziel: Falk und seine Gäste so nachhaltig zu verjagen, dass er die Villa für einen Appel und ein Ei verkauft, nur, um sie loszuwerden. Und dann komme ich beziehungsweise die Gemeinde Lütteby ins Spiel. Na, was sagst du? Bin ich gut, oder bin ich gut?«

»Du bist vor allem verrückt«, murmle ich, obgleich ich die Idee durchaus reizvoll finde. Plötzlich fällt eine Vase krachend zu Boden, ein Luftzug kühlt den Raum, und ich höre ein Geräusch, das nach traurigem Wimmern und Schluchzen klingt. Wir springen beide wie von der Tarantel gestochen auf und versuchen, den Grund dafür zu finden, dass die Dekoration plötzlich von der breiten Fensterbank auf den Holzboden gefallen ist.

»Das muss der Sturm gewesen sein, wahrscheinlich ist das Fenster undicht«, murmelt Sinje und untersucht den Rahmen. Dann sammeln wir wortlos die Scherben zusammen, packen sie, eingewickelt in Taschentücher, in Sinjes große Tasche und haben es nun ziemlich eilig, die Villa wieder zu verlassen.

Keine von uns spricht es offen aus, aber ich glaube, dass der Geist von Algea nach wie vor umherspukt, immer noch keine Ruhe findet und uns eine Warnung geschickt hat, damit wir ihren Schmerz achten.

Wir hasten die Anhöhe hinunter, Sinje sagt nun nichts mehr zu ihrem Plan, und ich frage sie auch nicht danach.

Es gruselt mich wieder viel zu sehr vor diesem Haus, als dass ich in absehbarer Zeit einen Fuß in die Villa setzen möchte, so traumschön ich sie auch finde – und sosehr ich mir bis eben gewünscht habe, dort meine Hochzeitsnacht mit Jonas zu verbringen.

- 23 -

Am Sonntagvormittag taucht die Sonne Lütteby in ein warmes, goldenes Licht, dieser Tag ist wie gemacht dafür, dass Henrikje und Anka, tatkräftig unterstützt von Mathilda, ihren Flohmarkt mit den ausrangierten Waren aus dem Lädchen starten können.

Spätestens nach dem Gottesdienst werden sich bestimmt alle auf die Schnäppchen stürzen, nicht zuletzt, weil die Einnahmen zugunsten der Reparatur des immer noch defekten Glockenspiels gespendet werden. Zu Anfang hat mir das Läuten sehr gefehlt, doch ich habe mich längst an die Stille gewöhnt und kann mir gar nicht mehr vorstellen, wie es sein wird, wenn unser kleines Städtchen eines Tages wieder von diesem Klang erfüllt sein wird.

Am Freitag haben alle Marktplätzler gemeinschaftlich das Lädchen leer geräumt und am Samstag frisch gestrichen. Nun riecht alles nach Farbe und Lack und muss sowohl trocknen als auch ausdünsten, obwohl wir nur Ökofarben benutzt haben. Florence hat große Ausdauer bewiesen und war sich für nichts zu schade, auch nicht für das Putzen der Stellen, die im Laufe der Jahre in Vergessenheit geraten und nicht ganz leicht zu säubern waren. Dabei unterhielten wir uns und beschlossen, heute einen Spaziergang zur Räuberhöhle zu machen, was wir schon lange geplant, jedoch immer wieder aufgeschoben haben. Florence weiß bislang noch nichts von meinen Hochzeitsplänen, wohingegen Henrikje ganz aus dem Häuschen vor Freude war, als ich sie gebeten habe, meine Trauzeugin zu werden, weil Sinje Jonas und mich traut und nicht auch noch meine Ehe bezeugen kann.

»Es ist so traumhaft ruhig und friedlich in diesem Wald«, sagt Florence, nachdem wir eine Weile wortlos nebeneinanderher gegangen sind. Ich kann gemeinsam mit ihr schweigen, ohne dass dieses Schweigen unangenehm ist. »Aber sag mal, Liebes, geht's dir gut? Ich habe das Gefühl, dass dich irgendetwas bedrückt.«

Tatsächlich denke ich gerade darüber nach, dass ich am Montag wieder mit Bauchschmerzen ins Rathaus gehen werde, weil ich weiß, dass mich dort nur Stress erwartet.

»So dumm es vielleicht auch klingt, aber ich würde den Job bei Falk van Hove lieber heute als morgen hinschmeißen«, erwidere ich und bin froh, dass ich endlich offen aussprechen kann, was ich fühle. In der vergangenen Woche habe ich mir immer wieder selbst Mut gemacht, mir gesagt, dass ich dem Neuen Zeit geben muss, und mich darin bestärkt, nicht vorschnell aufzugeben. Doch das konnte nicht darüber hinwegtäuschen, dass sich tief in mir alles gegen die Machenschaften des Bürgermeisters sträubt.

»Oh, das tut mir leid«, erwidert Florence und legt den Arm um mich. »Was stört dich denn so?«

Ich erzähle ihr von Falks Plänen, dem massiven Druck, den er wegen des Haubargs auf mich ausübt, und auch davon, dass er bereits einen Architekten mit einem Konzept für die *Marina Lütteby* beauftragt hat. Zuletzt berichte ich von seiner Idee, das Gebiet nahe der Salzwiesen im Vorland für den Bau eines riesigen Einkaufszentrums zu nutzen.

»Das ist nicht dein Ernst, oder? Das stört die Ruhe der Toten auf dem Friedhof der Heimatlosen. Dem Mann ist offenbar nichts und niemand heilig«, ruft Florence wütend aus und bleibt abrupt stehen. Ich höre das Klopfen eines Spechts, sehe aus dem Augenwinkel, wie ein Eichhörnchen einen Baumstamm hinaufklettert, und bücke mich, um Eicheln aufzusammeln, die ich für die Herbstkränze benötige, die ich für Henrikjes Lädchen basteln möchte. Die ruhige, beinahe meditative Stimmung im Wald, der Duft von Tannennadeln, feuchtem Holz und Moos, das leichte Nachfedern des Waldbodens unter meinen Füßen beruhigen meine Nerven ein wenig, genau wie das Zusammensein mit Florence.

Ich erwidere: »Mein voller«, und spüre, wie sich trotz des wohltuenden Spaziergangs alles in mir zusammenkrampft. »Ich fürchte, ich habe den Fehler meines Lebens gemacht. Am liebsten würde ich Falk gleich morgen früh meine Kündigung auf den Tisch legen und mich um die Leitung der Touristeninformation bewerben, denn diese Stelle wurde gerade ausgeschrieben, weil Thorsten nach Irmels Tod kürzertreten will.«

»Und was hindert dich daran?«

»Nichts, außer mein ausgeprägtes Pflichtgefühl und der Ehrgeiz, nicht zu früh aufzugeben. Ich finde es unheimlich schwer zu entscheiden, ob ich gleich die Notbremse ziehen oder noch warten und mit Falk darüber sprechen sollte, dass ich sein Jobangebot unter völlig anderen Voraussetzungen angenommen habe.«

»Du hast ihm also noch gar nicht gesagt, dass du enttäuscht bist und andere Erwartungen hattest?«

Ich schüttle den Kopf, denn ich habe mich bislang mit meiner Kritik ziemlich zurückgehalten. Falk van Hove ist ein schweres Kaliber, und ich müsste schon sehr gut in Form sein, um in einer Diskussion mit ihm nicht den Kürzeren zu ziehen, egal, wie gut ich vorbereitet bin und wie stichhaltig meine Argumente sind.

»Möchtest du hören, wie ich darüber denke, oder lieber nicht?«

Es gibt etwas, das ich ganz besonders an meiner Mutter schätze, und das ist die vorsichtige, zurückhaltende Art, mit der sie an Dinge herangeht. Außer bei ihrem plötzlichen Auftauchen auf der Trauerfeier von Helmut habe ich noch nie erlebt, dass sie mich gedrängt, sich ungebeten in etwas eingemischt oder in irgendeiner Weise versucht hat, Einfluss auf mich zu nehmen. Sie hat die Grundsätze der wertfreien Achtsamkeit verinnerlicht und ist einfühlsam wie kaum eine Zweite, kein Wunder, dass sie so viele Aufträge als Coach hat.

»Ich freue mich, wenn du mir dabei hilfst, aus dieser gedanklichen Sackgasse herauszufinden«, sage ich und bin gespannt darauf, was sie mir rät.

»Also gut«, erwidert sie und räuspert sich. »Such das Gespräch mit Falk van Hove, mach ihm deinen Standpunkt unmissverständlich klar, und ebenso, dass du mit dem Gedanken spielst, wieder zu kündigen, denn dafür gibt es ja die Probezeit.«

Florence' Worte tun gut und bestärken mich in meiner Haltung. Anstatt mir selbst vorzuwerfen, eine falsche Entscheidung getroffen zu haben, sollte ich lieber selbstbewusst Klartext mit Falk reden und ihm deutlich machen, dass er nicht ganz unschuldig an diesem Szenario ist. »Ich kann ihm ja sagen, dass ich prinzipiell sehr gern arbeite und für gewöhnlich nicht schnell aufgebe, aber dass wir offenbar konträre Vorstellungen davon haben, was gut für diese Region ist. Wenn er mir dann nicht entgegenkommt oder signalisiert, dass er meine Haltung respektiert, ist es sicher ratsam, die Sache zu beenden. Lieber ein Ende mit Schrecken als ein Schrecken ohne Ende«, murmle ich und spüre, wie die Schwere, die auf meinen Schultern lastet, nach und nach von mir abfällt.

»Würdest du denn gern wieder in der Touristeninformation arbeiten?«, fragt Florence, als der See in Sichtweite kommt. Die Sonne scheint schräg zwischen den Baumstämmen hindurch, der Wald wirkt wie aus dem Märchen, die Lichtpunkte der Sonnenstrahlen sehen aus wie die zarten Flügel von Feen und Elfen. In den Spinnennetzen, die sich kaskadenartig über die niedrigwüchsigen Pflanzen gelegt haben, glitzern Tropfen. Dieser Ort ist eindeutig verzaubert und eigentlich viel zu schön für ein Problemgespräch.

»Ja, das würde ich liebend gern, die Leitung des Büros war schon immer mein Traum. Allerdings ist Thorsten wegen der Kündigung sauer auf mich, und ich kann mir nicht vorstellen, dass er mich als seine Nachfolgerin vorschlägt, wenn Moiken Haase aus Husum über die Bewerbungen entscheidet.«

»Unterschätz Thorsten nicht«, sagt Florence, mittlerweile stehen wir beide am Ufer, über dem glasklaren Wasser tanzen Insekten, hohe Tannen spiegeln sich im See. »Er weiß, wie engagiert du bist und dass es keine Bessere als dich gibt, um ihn würdig zu ersetzen. Wer nicht wagt, der nicht gewinnt.«

Darauf sage ich zunächst einmal gar nichts, denn ich bereite mich im Geiste schon auf das Gespräch mit Falk vor und hoffe, dass er morgen auch wirklich im Rathaus ist und Zeit für mich hat. Florence hat recht, ich werde ihm selbstbewusst gegenübertreten, und alles andere zeigt sich dann.

»Weißt du, dass ich hier als Kind im Wintereis eingebrochen und beinahe gestorben bin?«, fragt meine Mutter völlig unvermittelt. Sie starrt auf den See, und ich bekomme Gänsehaut bei der bloßen Vorstellung. »Mama hatte mir zu Weihnachten Schlittschuhe geschenkt, und ich wollte sie unbedingt ausprobieren. Also bin ich heimlich hierhergekommen und habe so lange meine Runden gedreht, bis es passiert ist.«

»Und wie …?«, frage ich atemlos, denn ich weiß, wie gefährlich es ist, einzubrechen. Nicht umsonst wurde den Kindern Lüttebys stets aufs Strengste eingeschärft, den zugefrorenen See erst zu betreten, wenn die Eisschicht dick genug ist.

»Ich hatte einen Schutzengel, der mich mithilfe eines dicken Astes herausgeholt hat, an den ich mich mit letzter Kraft geklammert habe. Wäre er nicht zur rechten Zeit am rechten Ort gewesen, dann stünden wir beide jetzt nicht hier.«

Ich greife nach der Hand meiner Mutter und drücke sie fest.

»Mama, ich werde heiraten«, sage ich leise. »Jonas hat mir einen Antrag gemacht, und ich bin überglücklich. Er ist die Liebe meines Lebens, auch wenn wir uns erst seit kurzer Zeit kennen. Ich möchte, dass du weißt, wie viel er mir bedeutet, und hoffe, dass du dich für mich freust.«

Florence löst ihre Hand aus meiner und fasst sich an den Hals, wo das Amulett an der Kette baumelt. »Natürlich freue ich mich für dich, mein Schatz. Ich mag Jonas sehr, und die Liebe fürs Leben ist das größte Glück, das einem widerfahren kann«, murmelt sie und wirkt, als sei sie mit ihren Gedanken meilenweit weg. »Es war dein Vater, der mich aus dem Eis gerettet hat und den ich so geliebt habe wie Henrikje und dich. Wir haben uns immer in diesem Wald getroffen, die Räuberhöhle war unser Liebesnest. Das schützende Nest von Ronja Räubertochter und Birk Borkasohn aus dem Kinderbuch von Astrid Lindgren, das niemand entdecken sollte, weil der Legende nach Liebende aus Lütteby und Grotersum niemals zueinanderfinden dürfen. Ich hatte dir versprochen, dir eines Tages zu sagen, wofür die Initialen R und B auf dem Zettel im Medaillon stehen, und nun kennst du die Antwort.«

Das Medaillon, das ich zufällig in der Höhle gefunden habe, war also das Symbol der großen Liebe zwischen meinen Eltern.

Dass Florence es bewusst zurückgelassen hat, sagt mehr aus als tausend Worte und macht mich gerade sehr traurig.

»Hast du deshalb niemandem verraten, wer mein Vater ist, weil du befürchtet hast, dass eure Beziehung … sanktioniert wird? Wenn ich ein Kind der Liebe bin, wieso hast du dann nicht wenigstens ihm gesagt, dass du schwanger bist?«

»Weil seine Familie bereits Pläne für ihn hatte und ich ihm nicht im Wege stehen wollte. Er war kurz davor, zum Studium nach Amerika zu gehen, als ich bemerkte, dass ich ein Kind von ihm erwarte. Damals war so ein Studium im Ausland eine noch größere, kostspieligere Sache als heute, und ich wusste, wie viel ihm diese Chance bedeutete. Ich wollte ihn nicht daran hindern, seinen Traum zu leben, denn er wäre ganz sicher nicht gegangen, wenn er gewusst hätte, dass er Vater wird.«

Natürlich muss ich an Jonas und seinen Job in London denken, der ihm Freude bereitet und ihn erfüllt. Dem würde ich ebenfalls niemals im Weg stehen wollen, auch wenn es mir schwerfällt, ihn nur so selten sehen zu können, und es mich vor Sehnsucht nach ihm fast zerreißt. Doch lieben heißt, dem anderen Raum zu lassen und ihn unterstützend auf seinem Weg zu begleiten.

»Aber warum hast du nicht wenigstens Henrikje oder Michaela in dein Geheimnis eingeweiht? Die beiden hätten doch Verständnis gehabt und dir beigestanden, zumal es dir in dieser Zeit ja ohnehin nicht gut ging. Solche Dinge kann und darf man niemals allein mit sich ausmachen.«

Henrikje hat mal über Florence gesagt: *Sie war zuweilen verschlossen wie eine Auster, nichts und niemand kam in solchen Phasen an sie heran.* Wahrscheinlich gehört es zu ihrer Krankheit, dass sie manchmal nicht aus ihrem Kokon herauskann, denn er ist ihr innerer Schutzwall, den sie nicht verlässt, weil sie sonst den Halt verliert.

Florence dreht sich zu mir, sie wirkt müde und erschöpft. »Ich weiß, dass das ein riesengroßer Fehler war. Alles mit mir selbst auszumachen, zu fliehen und zurückzulassen, was mir so unendlich viel bedeutet, hat mich letztlich noch kränker gemacht.

Doch ich kann das Rad der Zeit nicht zurückdrehen, sosehr ich es mir auch wünsche. Aber ich werde jetzt das tun, was ich dir schon länger versprochen habe, damit dein Vater dich zum Traualtar führen kann, wenn du das möchtest.« Natürlich möchte ich das.

Ich kann mir nichts Schöneres vorstellen, als den Tag meiner Hochzeit endlich mit der gesamten Familie zu begehen und zu feiern, dass wir einander wiedergefunden haben. »Doch das wird nicht einfach«, fährt Florence gedankenverloren fort, »weil er bestimmt ebenso verletzt von meinem plötzlichen Verschwinden ist wie ihr alle, denn auch ich war die Liebe seines Lebens. Wie ich ihn kenne, hat er mir das nicht verziehen und wird es auch niemals tun. Doch dir zuliebe stelle ich mich dieser Auseinandersetzung, du hast schon viel zu lange darauf warten müssen, zu erfahren, wer dein Vater ist.«

- 24 -

Der Lüttebyer Herbst gebärdet sich wie eine launische Diva und macht dem Aprilwetter Konkurrenz: Sonne, Wolken, Regen, aber auch Hagel wechseln sich in rasender Geschwindigkeit ab, die Temperaturen steigen und fallen ebenfalls im raschen Wechsel. Der Wind heult mal leise jammernd um die Ecken, dann zerrt er mit roher Gewalt an den Fensterläden und den Nerven derjenigen, die es lieber windstill mögen.

Meine Nerven liegen ebenfalls blank, weil mich die Geschichte meiner Eltern nicht loslässt, und ich hatte noch keine Chance, mit jemandem über meine Gefühle zu sprechen, weil Jonas jobbedingt nicht erreichbar war und Sinje unterwegs mit Sven.

Die Nacht von Sonntag auf Montag habe ich wieder in meiner Wohnung verbracht, allerdings ohne Henrikje zu sehen. Sie verbringt zurzeit jede freie Minute mit Anka, weil die beiden Pläne für die Wiedereröffnung des Lädchens schmieden und es sichtlich genießen, ein gemeinsames Projekt zu haben, das ihnen Spaß macht und vor allem Anka von ihrer Trauer um den verstorbenen Helmut ablenkt.

Schade, denn ich hätte ihr gern erzählt, dass Florence sich nun wirklich bei meinem Vater melden wird, und gemeinsam mit ihr darüber spekuliert, wer er sein könnte. Natürlich hat meine Mutter geflunkert, als sie sagte, dass sie nicht weiß, wo er sich zurzeit aufhält. Ich habe sie aber genauso wenig auf diese Lüge angesprochen wie auf die Frage, weshalb sie ausgerechnet die Trauerfeier am Strand als Zeitpunkt für ihre Rückkehr gewählt hat. Mittlerweile habe ich gelernt zu akzeptieren, dass manche Fragen besser unbeantwortet bleiben, denn sie wühlen häufig Trauriges auf, und damit ist letzten Endes niemandem gedient.

Ich öffne das Wohnzimmerfester, um frische Luft hereinzulassen, und sage: »Guten Morgen, Lütteby«, was ich zuletzt als Kind getan habe, weil ich es schön fand, unser zauberhaftes Städtchen jeden Tag aufs Neue zu begrüßen.

Ist mein Vater ebenfalls gerade aufgestanden und macht sich für die heute vor ihm liegenden Aufgaben fertig?

Was macht er beruflich?

Wofür schlägt sein Herz, was sind seine Leidenschaften?

Hat er geheiratet? Kinder bekommen?

Die bloße Vorstellung, bald Mitglied einer mir unbekannten, womöglich großen Familie zu sein, macht mich kribbelig und nervös. Doch ich muss mich jetzt in Geduld fassen und darauf vertrauen, dass Florence ihr Versprechen hält. Zudem habe ich heute etwas vor, das keinerlei Aufschub duldet: die Aussprache mit Falk van Hove.

Allmählich lichten sich die Baumkronen der Kastanienbäume am Marktplatz, in den Ästen sitzen aufgeregt krächzende Raben und Krähen, der Wind verfängt sich in den noch verbliebenen Blättern und singt raunend sein Herbstlied. Ich trinke meinen morgendlichen Tee und gehe unruhig im Wohnzimmer umher, das ich mit Tellern voll Kastanien, Hagebuttenkränzen und Zierkürbissen dekoriert habe. Mein Blick fällt auf den geöffneten Karton mit Austernschalen, in die ich Kerzenwachs mit einem Docht gießen möchte, die Henrikje dann im Lädchen verkauft.

Der Herbst ist die Jahreszeit des Lichterglanzes, des knisternden Kaminfeuers, die Zeit der Kuscheldecken, warmer Schaumbäder und Wollsocken, heißen Tees und von allem, was dazu beiträgt, sich behaglich zu fühlen und den Abschied vom Sommer nicht so schwer zu nehmen.

Ich möchte im Sommer heiraten und am Strand feiern, denke ich, als Regen gegen die Fensterscheiben prasselt und es mit einem Schlag so dunkel wird, dass ich die Lampe anmachen muss. Ich wünsche mir Licht, Sonne, Wärme, Fröhlichkeit und Lachen, denn dies wird einer der wichtigsten Tage in meinem Leben.

Wie aufs Stichwort klingelt mein Handy. »Hast du gespürt, dass ich gerade an dich gedacht habe?«, frage ich Jonas, den ich gestern verpasst habe, weil er gerade auf einer Tour durch Skandinavien ist und rund um die Uhr zu tun hat.

»Aber natürlich«, erwidert Jonas, »genau wie ich an dich. Ich wünschte, du würdest jetzt neben mir auf der Bank vor dem Holzhäuschen mit Blick auf diesen traumschönen See sitzen, auch wenn hier für meinen Geschmack deutlich weniger Mücken umherschwirren könnten. Schweden ist toll, wäre aber noch viel toller, wenn du an meiner Seite wärest. Magst du nicht kündigen und dir ein Jahr Auszeit gönnen? Dann könnten wir das alles gemeinsam genießen und erleben. Ich vermisse dich.«

»Kündigung ist ein gutes Stichwort«, erwidere ich und erzähle, dass ich heute ein Gespräch mit Falk van Hove führen möchte, das eventuell tatsächlich zur Beendigung meines Arbeitsverhältnisses führen wird. Jonas hört geduldig zu, während erneut unbändige Wut auf den Bürgermeister in mir aufsteigt.

»Oje, das klingt ja gar nicht gut«, sagt Jonas nach einer Weile. »Aber überstürz bitte nichts, denn du bist erst eine Woche in seinem Team, und ich habe die Erfahrung gemacht, dass er mit sich reden lässt, wenn man seine Argumente sachlich vorträgt. Er hat gestern am Telefon sehr schnell eingelenkt, als ich seine Idee, auf den Salzwiesen im Lüttebyer Vorland einen Glamping-Park zu errichten, mit dem Hinweis darauf abgelehnt habe, dass man nicht einfach den Friedhof der Heimatlosen verlegen kann, schließlich ist er Teil des Nationalparks Wattenmeer. Aber es ist wichtig, dass du dich heute mit ihm auseinandersetzt, denn du sollst Freude an deiner Arbeit haben und nicht gezwungen sein müssen, gegen deine innere Überzeugung zu handeln. Ich weiß, dass Falk van Hove kein leichter Gegner ist und dich ein bisschen nervös macht, aber das hast du nicht nötig, Lina, denn du bist äußerst kompetent und trägst das Herz auf dem richtigen Fleck, genau dafür liebe ich dich.«

Wie immer, wenn Jonas von Liebe spricht, bekomme ich Gänsehaut, und es kribbelt von meinem Ohrläppchen bis zum kleinen Zeh. Doch jetzt ist leider gerade nicht der Moment, um mich in Fantasien zu verlieren und mir auszumalen, wie es wäre, mit ihm gemeinsam am See zu sitzen und den Mücken beim Tanzen zuzuschauen. »Hast du deshalb keinen Ton darüber gesagt, dass du bei dem Meeting dabei sein würdest? Wolltest du mich mit deiner Anwesenheit nicht zusätzlich verunsichern?«, frage ich, weil wir noch gar keine Chance hatten, über seine spontane Teilnahme an dem Meeting zu sprechen. »Du weißt, wie überrascht ich war, als du plötzlich im Sitzungssaal aufgetaucht bist.«

»Ich war nicht viel überraschter als du. Falk hat mich in allerletzter Minute dazugebeten, und ich hatte noch versucht, dich zu erreichen, um es dir zu sagen, doch du bist nicht ans Telefon gegangen. Glaub mir, ich hätte dich vorgewarnt, genau wie ich dir immer alles sage, was du wissen solltest. Wenn Falk van Hove eine derartige Wirkung auf dich hat, solltest du dir wirklich überlegen, ob du für ihn arbeiten möchtest. Aber brich es nicht übers Knie, bleib souverän und lass dich nicht unterkriegen.«

Wir plaudern noch einen Moment, und ich erzähle Jonas, dass Florence versprochen hat, endlich Kontakt zu meinem Vater aufzunehmen, was ihn sehr freut. Und natürlich fiebert er auch mit mir mit und hofft, dass ich nicht mehr allzu lange auf eine Antwort warten muss und endlich den Mann kennenlerne, der mich gezeugt hat.

Als wir das Telefonat beendet haben, schaue ich auf den Marktplatz hinunter und denke an Jonas, an Schweden und daran, wie schön es wäre, jetzt bei ihm zu sein. Wenn er sagt, dass er mich vermisst, dann spüre ich jeden einzelnen Buchstaben dieses kleinen und doch so bedeutungsvollen Wortes geradezu körperlich. Puh! So kann und darf das nicht mehr lange weitergehen ... Um mich von meinem Verlangen nach Jonas abzulenken, leite ich meine Gedanken um und frage mich, ob Sinjes Theorie stimmt, dass Malte mein Vater sein könnte. Sollte Florence, wie sie selbst sagt, die große Liebe des Mannes gewesen sein, der mich gezeugt hat, könnte Maltes Unlust oder Unfähigkeit, sich zu binden, aus der unerfüllten Liebe zu meiner Mutter rühren. Ich rufe mir die wenigen Begegnungen in Erinnerung, die ich nach Maltes Rückkehr aus dem Sabbatical mit ihm hatte: das Zusammentreffen am Hafen, kurz bevor ich in den Seenebel geraten bin, später war er bei Henrikje zum Essen eingeladen, wir haben einen lauen Sommerabend in ihrem Garten verbracht und Maltes Erzählungen gelauscht, aber auch erzählt, wie es uns in der Zeit, in der wir uns nicht gesehen hatten, ergangen war. Malte war, wie immer, aufmerksam, hat interessierte Fragen gestellt und Anteil an den Dingen genommen, die uns gerade bewegten, wozu natürlich auch die Rückkehr von Florence gehörte. Doch entweder ist er ein guter Schauspieler, oder es hat ihn tatsächlich nicht über Gebühr berührt, dass meine Mutter nach so langer Zeit wieder aufgetaucht ist und wir beide jetzt versuchen, ein Verhältnis zueinander aufzubauen. Zuletzt habe ich Malte bei der Renovierung des Lädchens gesehen.

Du musst für alles, was jetzt ansteht, Geduld haben, Lina, etwas anderes bleibt dir gar nicht übrig, sage ich mir. Dann schaue ich auf die Uhr, es ist allerhöchste Zeit, mich auf den Weg nach Grotersum zu machen.

Kaum bin ich im Rathaus, bitte ich Bella um einen Termin bei Falk van Hove. Die Spitzmaus sieht mich an, als hätte ich nach einer Audienz beim Papst gefragt, und blättert ewig lange im Terminkalender herum. Irgendwann verliere ich die Geduld und sage: »Es ist dringend.«

Isabella Schmidt verzieht das Gesicht. »Er müsste in zehn Minuten hier sein, ich rufe ihn an und frage, ob es passt«, sagt sie schließlich, weil sie wahrscheinlich befürchtet, dass ich sonst eine Sitzblockade in ihrem Büro starte. Ich bedanke mich, marschiere entschlossen in Richtung meines Büros und komme dabei auch an dem Zimmer von Falk van Hove vorbei, dessen Tür ausnahmsweise offen steht, genau wie sein Fenster.

Mit einem Mal fegt eine Böe alle Papiere von seinem Schreibtisch und wirbelt sie quer durch die Luft. Nach und nach segeln die Blätter zu Boden, ich schließe das Fenster, weil es so schräg regnet, dass der Fußboden schon pitschnass ist. Dann sammle ich die verstreuten Unterlagen ein und lege sie auf den Tisch. Dabei fällt mein Blick auf einen Auszug von Falks Privatkonto.

Obwohl ich versuche, meine Neugier zu bezähmen, zieht mich dieser Auszug magisch an. Ich traue meinen Augen kaum, als ich sehe, dass der Bürgermeister höchstpersönlich eine Überweisung auf ein Konto mit dem Vermerk »Anonyme Spende Pizzaofen Restaurant Dal Trullo« getätigt hat. Der Empfänger ist allerdings nicht Federico Lorusso, sondern eine Firma, deren Name aus reinen Großbuchstaben besteht und auf die ich mir keinen Reim machen kann. Federico hatte nach der überraschenden Spende vor einigen Monaten alles ihm Mögliche unternommen, um herauszufinden, wem er die notwendigen achttausend Euro für den Kauf des Pizzaofens zu verdanken hatte. Es war ihm allerdings nicht gelungen, den Spender zu identifizieren – doch jetzt kenne ich die Antwort und frage mich, wieso Falk van Hove dies über einen Strohmann getan hat.

Hatte er doch ein schlechtes Gewissen, weil er das Ladenlokal in Stines Haus neben Henrikjes Lädchen an die Restaurantkette vermietet hat, die definitiv eine große Konkurrenz für das apulische Restaurant von Federico und Chiara ist?

Ich kann mich noch gut an das Telefonat mit ihm erinnern, in dem ich ihn gebeten habe, sich anders zu besinnen und weder das *Dal Trullo* noch *Chez Amelie* in Schwierigkeiten zu bringen. Mein letztes Argument im Kampf um die Nutzung des Ladenlokals war der Hinweis darauf gewesen, dass Falk van Hove traditionell jeden Sonntagabend mit seiner von Schwermut geplagten Mutter Lavea bei Federico essen ging, was beide stets sehr genossen. Die Lorussos kochen fantastisch, und gutes Essen hält bekanntlich Leib und Seele zusammen. Dass ich diesen Auszug zu Gesicht bekommen habe, obwohl er schon lange in den Akten abgheftet sein müsste, erscheint mir wie ein kleiner Fingerzeig des Schicksals …

»Guten Morgen, Lina, was machen Sie denn in meinem Büro? Frau Schmidt hat Sie erst für später angekündigt. Was gibt es denn so Dringendes? Hat Fiete Ingwersen sich etwa entschlossen, den Haubarg zu verkaufen?«

»Ganz im Gegenteil«, erwidere ich. »Er kann sich gar nicht dazu entschlossen haben, weil ich ihn nicht danach gefragt habe und auch niemals fragen werde, aber das wissen Sie ja bereits.«

»Sie haben aber heute miese Laune«, sagt der Bürgermeister, bestellt per Telefon Tee bei seiner Sekretärin und bittet sie, den feuchten Boden in seinem Büro aufzuwischen. »Sie möchten sicher Kaffee, nicht wahr?«

Ich schüttle den Kopf und sage: »Nein danke, denn Kaffee macht mich müde.«

Falk van Hove mustert mich und sagt: »Das ist ja interessant, geht mir ganz genauso.« Keine Ahnung, ob es an seinem Tonfall liegt, daran, dass ich heute aus unterschiedlichen Gründen aufgewühlt bin, oder einfach am Schlafmangel. Doch in diesem Moment fangen meine Knie an zu zittern, denn ich erinnere mich plötzlich daran, dass wir beide auch dieselben Macaronsorten mögen. Ich starre Falk van Hove an, der mich vor wenigen Wochen höchstpersönlich wegen der havarierten *Florence* in sein Büro gebeten und versucht hat, mich über meine Mutter auszuhorchen. Der Verdacht, der mich auf einmal beschleicht, ist so ungeheuerlich, dass es mir schier den Atem raubt.

Florence hat mir gestern erzählt, dass mein Vater sie als Kind aus dem Waldsee gerettet hat.

Falk van Hove hat alles darangesetzt, mit dem Kauf der Spukvilla auch einen Teil des Waldes zu erwerben.

Und er ist, seit ich denken kann, bestrebt, sich so viel Lütteby wie möglich einzuverleiben.

Ich bin nicht die Einzige, die findet, dass sein Verhalten an Besessenheit grenzt.

Kann es sein, dass ihn gar nicht die Profitgier antreibt, sondern schlicht und einfach so etwas wie Rache, weil die jahrhundertealte Fehde zwischen Lütteby und Grotersum dazu beigetragen hat, dass seine große Liebe Florence vor fünfunddreißig Jahren spurlos von hier verschwunden ist?

- 25 -

Geht es Ihnen nicht gut, Lina? Sie sind so still und ausgesprochen merkwürdig«, sagt Falk van Hove, Bella serviert uns inzwischen Tee. Mein Gehirn rattert auf Hochtouren, ich darf mir jetzt auf gar keinen Fall anmerken lassen, dass ich den Verdacht hege, gerade meinem Vater gegenüberzusitzen.

Wenn ich es vermeiden will, ein kleines Drama heraufzubeschwören und zudem meiner Mutter in den Rücken zu fallen, muss ich entweder sofort hier raus oder Falk van Hove sagen, weshalb ich heute so dringend mit ihm sprechen wollte.

Vielleicht irre ich mich ja auch, und er ist gar nicht mein Vater … besser wäre es …

Ich schnappe innerlich nach Luft, denn ich frage mich, wieso um Himmels willen ausgerechnet der Mann mein Vater sein muss, der in Lütteby so verhasst ist und dem ich gerade gehörig meine Meinung sagen will. Ist dieser machtbesessene, unterkühlte Falk van Hove womöglich wirklich derjenige, der meine Mutter aus dem Eis gerettet und in den sie sich verliebt hat, als beide von Kindern zu Erwachsenen gereift sind?!

Nein, das passt nicht zu ihm, ich irre mich bestimmt.

Und doch …

»Trinken Sie bitte Ihren Tee oder gehen Sie heim, Lina«, sagt Falk und mustert mich besorgt. »Wenn Sie krank werden, was ich aufgrund Ihrer Blässe vermute, sollten Sie sich ganz schnell ins Bett legen und von Ihrer Großmutter pflegen lassen. Keine

Sorge, hier brennt nichts Dringendes an, kommen Sie einfach wieder, wenn Sie sich besser fühlen.«

»Ich werde nicht krank, sondern möchte Ihnen lediglich sagen, dass ich nicht mit Ihren Strategien konform gehe und mit dem Gedanken spiele, zu kündigen. All Ihre Pläne widersprechen meiner Vorstellung davon, wie Lütteby künftig aufgestellt sein soll. Ich gebe Ihnen recht, dass hier einiges passieren muss und dass bei Weitem nicht alles so läuft, wie es sollte. Und ich weiß selbst sehr genau, dass die nötigen finanziellen Mittel für Veränderungen von irgendwoher kommen müssen. Aber ich bitte Sie eindringlich, Ihre Pläne daraufhin zu überprüfen, was sie für die Gegebenheiten der Region und die Menschen, die hier leben und arbeiten, bedeuten. Warten Sie einfach ab, ob Fiete Ingwersen sich selbst irgendwann zum Verkauf seines Haubargs entschließt, denn der ist nicht zwingend notwendig für den Umbau des alten Bahnhofs. Lassen Sie nicht einfach den Leuchtturm am Hafen abreißen, wenn man ihn genauso gut als kleines Romantikhotel oder schönes Restaurant nutzen könnte. Und denken Sie nicht im Traum daran, das Lüttebyer Vorland in Ihre Planungen einzubeziehen, denn dieses Areal gehört den Toten und den Tieren, die dort leben, und Sie bekommen es in so einem Fall nicht nur mit den Naturschützern und Sinje zu tun, sondern vor allem mit mir.«

»Sie ziehen in Erwägung zu kündigen?« Der Bürgermeister schnappt sichtlich nach Luft. »Wieso das denn? Wir können doch über alles reden. Ich finde Ihre Idee für die Nutzung des Leuchtturms gut und frage mich, wieso ich nicht selbst darauf gekommen bin. Aber genau aus diesem Grunde habe ich Sie eingestellt. Sie sind kreativ und klug, kennen und lieben diese Gegend wie kaum eine Zweite und haben das nötige Feingefühl, das mir manchmal fehlt, wenn ich für einen Plan brenne und in meinem Ideentunnel gefangen bin.«

»Wieso haben Sie den Lorussos eine anonyme Spende für den Kauf des Pizzaofens zukommen lassen?«, frage ich, weil ich hier und jetzt unbedingt alles zur Sprache bringen will, was mir auf der Seele lastet. »Ich weiß, dass es nicht richtig war, auf Ihren Kontoauszug zu schauen, aber er lag obenauf, als ich die Papiere zusammengesammelt habe, nachdem der Wind sie durch den Raum geweht hat.«

Falk sagt keinen Ton, sondern trinkt seinen Tee und schaut aus dem Fenster. Es gießt immer noch in Strömen, der Tag ist deprimierend dunkelgrau.

»Ich habe gespendet, weil mich Ihre Bitte, dem *Dal Trullo* keine direkte Konkurrenz vor die Nase zu setzen, weit mehr angerührt hat, als ich es eigentlich gerade zugeben möchte. Federico und Chiara kämpfen sehr hart um ihre Existenz und unterstützen zudem noch die Familie, insbesondere Chiaras kranke Mutter in Bari, finanziell. Meine Mutter hingegen ist, zumindest körperlich, gesund und mag das Essen und die familiäre Atmosphäre des Restaurants. Sie ist ganz vernarrt in den kleinen Nino, denn sie liebt Kinder über alles.«

Obwohl sich alles in mir dagegen sträubt, bin ich leider nicht immun gegen Falks Worte. Er hat also doch so etwas wie ein Herz, ich frage mich allerdings, wieso es nie zum Vorschein kommt. Er weiß von der Erkrankung von Chiaras Mutter in Apulien, von der sogar Henrikje und ich eine lange Zeit nichts geahnt haben.

»Außerdem war der Vertrag mit der Restaurantkette schon unter Dach und Fach, und ich habe erst durch Ihren beherzten Anruf verstanden, wie wichtig besagter Pizzaofen mit einem Mal für die Lorussos ist. Federico ist ein sehr stolzer und temperamentvoller Mann, der das Geld niemals von mir angenommen hätte, also habe ich einen anderen Weg zur Wiedergutmachung gewählt.«

»Das war unter den gegebenen Umständen sicher das Beste«, erwidere ich leise. Federico ist an dem Tag, als er von der Eröffnung des Restaurants *Alles, was glücklich macht* kam, so fuchsteufelswild und wütend auf Falk van Hove gewesen, dass er die Unterstützung keinesfalls angenommen hätte. Doch seit der Steinofen in Betrieb ist, müssten die Lorussos eigentlich einen zusätzlichen Pizzabäcker einstellen, weil sich schnell herumgesprochen hat, wie köstlich die Pizza schmeckt, und alle sich auf die wöchentlich neuen Kreationen außerhalb der Standards auf der Karte freuen. Dabei fällt mir ein, dass Federico eine *Pizza Lütteby* kreieren könnte, am besten verbunden mit einem kleinen Wettbewerb, im Rahmen dessen alle sich den passenden Belag dafür überlegen könnten, ähnlich wie Sinje und ich es mit unseren geliebten *Inselkartoffeln* machen.

Während ich diese Idee innerlich auf meine To-do-Liste setze, meldet sich Bella über die Telefonanlage. »Eine Florence Hansen für Sie auf Leitung zwei«, sagt sie, und mir wird augenblicklich heiß und kalt.

Meine Vermutung stimmt also, Falk van Hove ist mein Vater. Weshalb sonst sollte sich meine Mutter ausgerechnet jetzt bei ihm melden? Der Bürgermeister wirkt ebenfalls überrascht, räuspert sich und sagt: »Notieren Sie bitte ihre Telefonnummer, ich rufe zurück.« Als er sich wieder zu mir umdreht, sind seine Augen glasig, und sein Blick ist leer.

»Ich möchte unser Gespräch vertagen«, sagt er und wirkt, als hätte er Mühe, sich zu konzentrieren und die passenden Worte zu finden. »Machen Sie heute frei, und lassen Sie sich Ihre Entscheidung noch mal durch den Kopf gehen. Ich halte große Stücke auf Sie, aber ich werde Sie auf gar keinen Fall nötigen, hier zu arbeiten. Wir sehen uns dann morgen Vormittag um elf Uhr in meinem Büro.«

Völlig durcheinander von der unerwarteten Wendung dieses Tages verabschiede ich mich und haste hinaus in den strömenden Regen. Es gibt nur einen Menschen, mit dem ich jetzt reden möchte, also wähle ich die Nummer von Henrikjes Handy, doch sie ist nicht erreichbar. Danach versuche ich es bei Jonas und Sinje, ebenfalls vergeblich. Es ist wie verhext, und ich fühle mich so einsam und allein wie nur selten zuvor in meinem Leben. Ich überlege fieberhaft, an wen ich mich in meiner Not wenden könnte. Eigentlich wäre Florence die Richtige, doch die telefoniert vermutlich gerade mit … meinem Vater.

Blind vor Ohnmacht, Verzweiflung und dem Regen, der mir gnadenlos ins Gesicht peitscht, gehe ich über die Brücke in Richtung Lütteby und versuche, mich zu schützen, indem ich den Kopf senke. Den Regenschirm habe ich im Rathaus vergessen, so sehr hat mich die Erkenntnis umgehauen, dass der Bürgermeister wahrscheinlich mein Vater ist.

Warum ausgerechnet er?

Vom ersten Moment an, in dem ich Falk van Hove begegnet bin, konnte ich ihn nicht ausstehen. Und zwar nicht, weil er mir etwas getan hat, sondern weil mein Instinkt mir gesagt hat, dass er ein Machtmensch ist.

Wie oft habe ich mir als Kind ausgemalt, wie mein Vater sein würde. In meinen Träumen war er ein toller, starker Mann mit Humor und Herz. Einer, der mich fest in die Arme schließen und mich nie wieder loslassen würde, wenn er nur wüsste, dass es mich gibt. Einer, mit dem man lachen, Unsinn machen und Abenteuer erleben kann. Einer, der mir zuhört, wenn ich erzähle, was mich bewegt, und einer, dem ich blind vertrauen kann.

»Lina, hast du keine Augen im Kopf?«, fragt Thorsten Näler mich tadelnd, als ich versehentlich mit ihm zusammenstoße.

Ich murmle: »Entschuldigung«, meine Tränen vermischen sich mit den Regentropfen.

»Ach du Schreck, was ist passiert?«, fragt Thorsten besorgt.

In diesem Moment kann ich nur an eines denken: Er hat mir schon mehrfach gesagt, er sei kein Freund von Geheimniskrämereien und fest davon überzeugt, dass man nur mit der Wahrheit weiterkommt. Ein Leitspruch, den ich sofort unterschreiben würde. Er kennt mich, seit ich auf der Welt bin, er ist wahrscheinlich enger mit Henrikje befreundet, als ich bislang weiß, und er war für mich bis zu unserem Zerwürfnis wie eine Art Opa. Also frage ich: »Hast du vielleicht einen kleinen Moment Zeit für mich?«, und hoffe, dass er Ja sagt.

»Kakao mit Zimt bei mir?«, erwidert Thorsten. Ich nicke und trotte ihm in Richtung seiner Reetdachkate hinterher wie ein kleines Kind. Als Thorsten die Tür seines Zuhauses öffnet, fliegt Abraxas mir auf die Schulter.

»Lass mal die Lina in Ruhe, sie muss sich was Trockenes anziehen«, sagt Thorsten und setzt den weißen Raben auf den Schaukelstuhl mit Blick auf den riesigen Garten, in dem alte knorrige Bäume stehen. Dann mustert er mich fragend. »Wieso bist du eigentlich bei dem Schietwetter so dünn angezogen, und wo hast du deinen Regenschutz?« Als wüsste er, dass er keine zufriedenstellende Antwort von mir bekommt, schüttelt er den Kopf, hilft mir aus dem Mantel und schickt mich ins Badezimmer. Beim Blick in den Spiegel bin ich mir im ersten Moment fremd, und das liegt nicht nur daran, dass meine Wimperntusche verlaufen ist. Mir steht der Schock ins Gesicht geschrieben, den die Erkenntnis bezüglich meines Vaters in mir ausgelöst hat. Während ich meine Haare mit einem der flauschigen Handtücher trocken rubble, die Thorsten in einem Holzregal aufbewahrt, fällt mein Blick auf den handgetöpferten Zahnputzbecher mit der Aufschrift *Irmel*, den ich ihr vor vielen Jahren geschenkt habe. Die Zahnbürste der jüngst Verstorbenen steckt immer noch darin, genau wie die Zahnpasta. In ihrem Kamm aus Horn entdecke ich schlohweiße Haare, in der Ecke vor der altmodischen Badewanne stehen ihre Hausschuhe. Man könnte meinen, Irmel käme gleich und würde hineinschlüpfen. Ihre Beerdigung ist in zwei Wochen, das habe ich allerdings von Henrikje erfahren und nicht von Thorsten selbst, ich bin auch nicht zur Trauerfeier eingeladen. Nachdem ich das verwischte Make-up entfernt und mir das Handtuch um den Kopf geschlungen habe, verlasse ich das Badezimmer. Köstlicher Duft von heißer Schokolade steigt mir in die Nase. Ich höre Thorsten in der Küche hantieren und gehe zu ihm. »Möchtest du auch Schlagsahne?«, fragt er, als ich ihn vom Türrahmen aus betrachte, unsicher, wie ich mich ihm gegenüber verhalten soll. »Es gibt aber nur welche zum Sprühen aus der Dose, mit Vanillezucker«, sagt er lächelnd. »Irmel hätte mich zum Teufel gejagt, wenn sie wüsste, dass ich dir dieses künstliche Zeug anbiete.«

»Du weißt, wie sehr ich dieses *Zeug* liebe«, erwidere ich und denke an die vielen schönen Erlebnisse mit Thorsten, als wir gemeinsam frische Erdbeeren aus seinem Garten, Biskuitrolle von Irmel oder Vanillekipferl von Anka damit besprüht und später die verräterische leere Dose vor Irmels Argusaugen versteckt haben.

»Dann setz dich schon mal an den Kamin und mach's dir dort gemütlich, ich bin gleich bei dir.« Wenig später bringt Thorsten zwei randvolle Becher Kakao mit Schlagsahne und Zimt darauf, dazu gibt es Haferkekse, die Irmel stets in rauen Mengen auf Vorrat gebacken hat. Thorsten krümelt einen davon auf den Kaminsims, und Abraxas macht sich begeistert über den süßen Snack her. »Magst du sagen, was passiert ist, oder lieber einfach hier sitzen und ins Feuer gucken?«, fragt Thorsten. »Mir ist beides recht.«

»Ich habe allen Grund zu der Annahme, dass Falk van Hove mein Vater ist.«

Thorstens Gesicht versteinert augenblicklich, er seufzt tief und legt ein Scheit auf das glimmende Feuer im Kamin.

»Nun hast du es also endlich herausgefunden und weißt, weshalb ich den Kerl auf den Tod nicht leiden kann. Er hat das ganze Unglück deiner Mutter zu verantworten und damit auch Henrikjes und deins.«

- 26 -

»Woher willst du das wissen?«, frage ich, schockiert von Thorstens Aussage. »Meine Mutter hat niemals jemandem den Namen meines Vaters verraten, noch nicht einmal Henrikje oder Michaela.«

»Ich habe deine Mutter und ihren damaligen Liebhaber mehrmals zusammen im Wald gesehen«, sagt Thorsten. Sein Tonfall klingt allerdings nicht triumphierend oder besserwisserisch, sondern eher so, als bedaure er, Kenntnis von etwas zu haben, das fünfunddreißig Jahre lang im Verborgenen lag. »Die zwei haben sich regelmäßig in der Räuberhöhle getroffen, wie Florence damals ihr Versteck genannt hat, in dem sie auch oft mit Michaela war. Keine Ahnung, wieso den beiden keiner außer mir auf die Schliche gekommen ist, aber so war es nun mal, denn die Grotersumer meiden den Gespensterwald, und auch die meisten Lüttebyer gehen lieber an den Sandstrand am Leuchtturm, wie du weißt. Ich wusste von Anfang an, dass die beiden verliebt waren und im Schutz der Höhle Dinge taten, die später weitreichende Konsequenzen hatten.«

»Diese Konsequenz, wie du es so schön nennst«, erwidere ich beinahe tonlos, »bin ich. Aber wieso hast du das alles verschwiegen, wenn du doch genau wusstest, wie sehr ich darunter gelitten habe, ohne Vater und Mutter aufzuwachsen? Warum hast du Henrikje nichts davon gesagt? Sie hatte doch ebenfalls keine Ahnung, wer mein Vater ist, als sich herausstellte, dass meine Mutter schwanger mit mir war.«

»Das war und ist Sache eurer Familie, und ich würde nach wie vor schweigen bis ins Grab, doch du weißt jetzt Bescheid und hast dich mit deinem Problem an mich gewandt.«

»Nun, das ehrt dich, aber wieso hast du so einen Hass auf Falk? Er ist wahrlich kein Sympathieträger und hat in unserer Region für reichlich Wirbel gesorgt, aber das kam erst später, als er Bürgermeister wurde. Ich erinnere mich allerdings, dass du immer schon schlecht über ihn gesprochen hast und stets mit einem aggressiven Unterton.«

»Das liegt sicher daran, dass es mir das Herz zerrissen hat, dabei zusehen zu müssen, wie schlecht es Florence ging, nachdem sie schwanger wurde, obwohl sie sich auf dich gefreut hat. Mitzubekommen, wie sie von einem Tag auf den anderen spurlos verschwunden ist, und mich zu fragen, ob sie sich womöglich etwas angetan hat. Es war furchtbar, zu erleben, wie sehr Henrikje leidet, und zu wissen, dass Falk van Hove einfach seinen Stiefel durchzieht und nach Amerika geht, um dort zu studieren. Es war ihm doch scheißegal, was danach aus euch allen geworden ist. Später kam er zurück, als sei nichts gewesen, hat sein Studium mit Bravour abgeschlossen, mit dem Geld seiner Familie weiter am Aufbau des Van-Hove-Imperiums gearbeitet, eine bildschöne, nette Frau geheiratet und dann politische Karriere als Bürgermeister gemacht.«

So, wie Thorsten das sagt, klingt das natürlich schrecklich. Doch ich kenne einen Umstand, der ein völlig anderes Licht auf dieses Drama wirft. »Meine Mutter hat Falk nicht gesagt, dass sie ein Kind von ihm erwartet, weil sie seinem Traum vom Studium in Amerika nicht im Wege stehen wollte. Florence war die Liebe seines Lebens, auch wenn er später eine andere geheiratet hat. Und er wurde, wie du selbst am besten weißt, nicht glücklich. Bevor seine Frau bei diesem Reitunfall verstarb, ging doch das Gerücht, dass die beiden sich scheiden lassen wollten, erinnerst du dich noch?«

Thorsten nickt, das Kaminfeuer lodert, der Duft von brennendem Holz erfüllt den Raum. Abraxas sitzt immer noch auf dem Schaukelstuhl und beobachtet uns beide aufmerksam. »Dass Falk van Hove ein zutiefst unglücklicher Mensch ist, weiß ich«, sagt er nach einer längeren Pause. »Es wäre mir jedoch nicht im Traum in den Sinn gekommen, dass er nichts von der Schwangerschaft wusste. Das erklärt allerdings einiges«, erwidert Thorsten sichtlich bedrückt. »Als Kind war Falk auch ganz anders als heute. Er war frech und fröhlich, stets zu Streichen aufgelegt und voller Neugier auf alles, was unsere schöne Welt zu bieten hat. Meine Mutter sagte, dass er häufig bei ihr in der Bücherei in Grotersum war, weil er Sachbücher über alles liebte. Sein Interesse hat allem gegolten, was mit der Geschichte Nordfrieslands zusammenhängt, vor allem die politischen und wirtschaftlichen Veränderungen nach den beiden Weltkriegen haben ihn fasziniert, aber auch die Sagen und Legenden über die großen Sturmfluten und die Zeiten des Walfangs.«

Thorstens Worte legen sich wie eine warme Decke um meine eiskalte Seele, denn sie zeigen, dass mein Vater eine andere, weit menschlichere Seite hat. Aber ich frage mich, was Falk van Hove widerfahren ist, das ihn so hart und unnachgiebig gemacht hat. War es die unerfüllte Liebe zu meiner Mutter?

Oder gibt es auch in seiner Familie Geheimnisse, die ihn belastet haben?

Ich denke mit Bedauern an seine Mutter Lavea, die immer kränkelt und an Schwermut leidet, nicht zuletzt, weil ihr Mann sie regelmäßig mit jüngeren Geliebten betrügt, ein offenes Geheimnis in Lütteby und Grotersum. Laut Falk liebt sie Kinder über alles, hat ihm aber keine Geschwister geschenkt.

Jede Liebe und jedes Leben hat ein Geheimnis, sagt Henrikje, und das stimmt. Man entdeckt dieses Geheimnis nur, wenn man genau hinschaut und die Dinge hinterfragt, sosehr die

Geschichten hinter diesen Geheimnissen manchmal auch schmerzen mögen.

»Weiß Falk schon von seinem Glück, eine so tolle Tochter wie dich zu haben?«, fragt Thorsten, doch es klingelt an der Tür, bevor ich antworten kann. Kurz darauf steht meine Großmutter im Zimmer, einen Korb voller Lebensmittel im Arm.

»Linchen, was machst du denn hier? Ich dachte, du seist im Rathaus«, sagt sie erstaunt. Thorsten hüstelt, und Henrikje stellt den Korb auf den Boden. Ich sehe zwei Flaschen Loof's-Bier aus einer Brauerei in Garding und mehrere Schüsseln. Offenbar hat sie vorgekocht, damit Thorsten auch mal eine warme Mahlzeit bekommt.

»Ich bin gegangen, weil ich erfahren habe oder zumindest glaube, dass Falk van Hove mein Vater ist. Nachdem ich vergeblich versucht habe, dich zu erreichen, bin ich Thorsten begegnet, und der war so lieb, sich um mich zu kümmern. Momentan bin ich etwas neben der Spur, wie du dir sicher denken kannst.«

»Wie? Was?«, fragt Henrikje und schlägt sich erschrocken auf den Mund. »Bist du dir sicher? Weißt du das von deiner Mutter?«

Ich erzähle alles, was meinen Verdacht erhärtet, nicht zuletzt von Florence' Anruf im Rathaus, kurz nachdem sie mir versprochen hat, endlich mit meinem Vater zu reden, aber auch von Thorstens Beobachtungen im Gespensterwald.

Auch wenn ich manchmal Zweifel daran hatte, dass meine Großmutter nicht über die Identität meines Vaters Bescheid wusste, ist spätestens jetzt klar, dass das nicht der Fall war. Und auch Thorsten hat kein Sterbenswörtchen von seinem Verdacht verlauten lassen. Manche Menschen können tatsächlich schweigen, wenn es drauf ankommt.

»Ich … ich«, stammelt Henrikje hilflos und setzt sich auf das gemütliche Sofa gegenüber dem Kamin. Abraxas fliegt auf die

Lehne der Couch und berührt mit dem Schnabel sanft ihre Wange. »Niemals im Leben wäre ich auf ihn gekommen. Ich habe immer gedacht, dass Malte dein Vater sein könnte. Aber ausgerechnet Falk …«

»Wie wäre es mit einem kleinen Schnaps?«, fragt Thorsten, und wir beide nicken sofort. »Also dann, auf die Überraschungen, die das Leben immer wieder für uns bereithält«, sagt Thorsten, nachdem er uns dreien einen *Schimmelreiter* eingeschenkt hat. »Und darauf, dass die Dinge endlich ans Licht gekommen sind. Uns allen wären viel Kummer und Leid erspart geblieben, hätten wir rechtzeitig Bescheid gewusst. Es ist eben nicht gut, mit Dingen hinterm Berg zu halten.«

Henrikje verschluckt sich am Kräuterschnaps und läuft zum ersten Mal, seit ich denken kann, puterrot an.

»Habt ihr beide mir vielleicht auch etwas zu sagen?«, frage ich, weil nun auch schon alles egal ist. »Kann es sein, dass es in Lütteby noch eine heimliche Liebe gibt, von der ich wissen sollte?« Thorsten und Henrikje wechseln Blicke, die Bände sprechen.

»Also gut, jetzt schlägt wohl die Stunde der Wahrheit«, sagt meine Großmutter und schenkt sich einen zweiten Schnaps ein. »Thorsten und ich waren in unserer Jugend ein Liebespaar. Wir haben uns im Gespensterwald kennen- und lieben gelernt, als er Pilze gesammelt und dabei prompt giftige erwischt hat«, fährt sie fort, und mit einem Mal leuchten ihre Augen wie ein heller Frühlingstag. »Ich kann mich noch erinnern, als sei es gestern gewesen, als ich Thorsten zum ersten Mal sah. Er war viel zu chic gekleidet, das Sakko aus Cordsamt stand ihm zwar gut, war aber innerhalb kürzester Zeit voll mit Tannennadeln, Spinnweben und Laub. Zuerst hielt ich ihn für einen Schnösel, doch dann faszinierte er mich mit Geschichten über seine Mutter, die ganz anders war als Beeke.

Sie war emanzipiert, überließ ihrem Mann das Kochen und arbeitete in der Bibliothek von Grotersum, weil Bücher ihr Leben waren.«

»Und ich weiß noch genau, wie es sich angefühlt hat, als ich dieses wilde, zerzauste Wesen entdeckte, das frech und selbstbewusst war wie keine Zweite und wirkte, als sei es einem Märchenbuch entsprungen«, ergreift nun Thorsten das Wort. »Ich habe seitdem nie wieder eine gesehen, die so schön und wunderbar ist wie du, Henrikje.«

Meine Großmutter lächelt verlegen, und ich habe das Gefühl, zu stören, während die beiden in Erinnerungen schwelgen, die so viele Jahre zurückliegen. Ich kann mir die zwei gar nicht als Teenager vorstellen, denn sie waren natürlich schon älter, als ich geboren wurde. »Und wieso bist du nach Paris gegangen, wenn ihr euch ineinander verliebt habt?«

»Weil ich reisen und Neues erleben wollte«, erwidert Henrikje und sieht Thorsten entschuldigend an. »Sosehr ich Lütteby liebte, so sehr zog es mich immer schon in die Ferne. Ich wollte unbedingt nach Paris und in das *Café de Flore,* in dem Simone de Beauvoir die Nächte mit ihren existenzialistischen Freunden verbracht hat. Ich sehnte mich danach, nicht ständig den Blicken der Kleinstadtbewohner ausgesetzt zu sein, die schnell werten und urteilen. Ich wollte meine Erfahrungen abseits von allem machen, einfach tun und lassen, was ich will. Frei sein wie der Nordseewind.«

»Und du bist also einfach zurückgeblieben und hast Irmel geheiratet? Wieso bist du nicht mit nach Paris gegangen?«, frage ich Thorsten beinahe tonlos. Die sperrige und fleißige Irmel war also nur ein Notnagel gewesen, weil der Paradiesvogel in Richtung Frankreich davongeflattert war. Kein Wunder, dass ich nie Liebe zwischen den beiden gespürt habe. Und das erklärt auch die tiefe Abneigung Thorstens gegen alles, was mit Frankreich zu tun hat. In seinen Augen ist dieses Land der Grund dafür, dass er seine große Liebe verloren hat.

»Ich wollte Henrikje den Freiraum lassen, um sich zu entfalten, und sie nicht in so jungen Jahren an mich binden. Liebe braucht Freiheit, sonst ist es keine wahre Liebe, sondern Egoismus. Aber du tust mir unrecht, Lina, wenn du glaubst, dass ich sofort eine Beziehung mit Irmel eingegangen wäre. Ich habe lange, lange geduldig auf deine Großmutter gewartet. Als sie mir jedoch eines Tages schrieb, dass sie ein Kind von einem Musiker erwartete, wusste ich, dass es Zeit wird, mein Leben zu leben. Und damit begann eine weitere komplizierte Geschichte, nämlich die von Irmels Zerrissenheit zwischen Fiete Ingwersen und mir.«

»Wie bitte?«, frage ich und schenke mir nun auch noch ein Glas *Schimmelreiter* ein. Die bloße Vorstellung, in Lütteby hätte es eine Ménage-à-trois mit Irmel, Fiete und Thorsten gegeben, übersteigt mein Vorstellungsvermögen. Und plötzlich muss ich kichern. In französischen Filmen heißen die Darsteller solcher melodramatischen Geschichten Jules, Jim und Catherine wie bei Truffaut. Oder César, Rosalie und David wie im Film von Claude Sautet. Aber nicht …

»Was ist denn so witzig?«, fragt Henrikje, sichtlich verunsichert. Obwohl ich mich ein bisschen dafür schäme, habe ich mich nicht mehr unter Kontrolle und halte mir den Bauch vor Lachen. »Da glaubt man immer, Lütteby sei ein beschauliches Städtchen, in dem so gut wie nie etwas Spannendes passiert. Dabei spielen sich hinter den Kulissen die abenteuerlichsten Geschichten ab, es wird gelogen, dass sich die Balken biegen, und über Dinge geschwiegen, die man besser nicht hätte verschweigen sollen. Ich hatte schon befürchtet, dass ich heute noch erfahren muss, dass der Vater von Florence in Wahrheit Thorsten ist und nicht Opa Lucien, aber das scheint wohl nicht der Fall zu sein, oder?«

Die Stille im Wohnzimmer ist kaum zu ertragen, und ich halte gebannt den Atem an. Noch eine Enthüllung dieser Art würde eindeutig meine Kräfte übersteigen …

Es dauert eine gefühlte Ewigkeit, bis Henrikje endlich sagt: »Keine Sorge, dem ist nicht so«, dann beginne ich hemmungslos zu schluchzen.

Herbst

VOR FÜNFUNDDREIßIG JAHREN

Falk van Hove war beunruhigt, als er hinter dem Stamm einer Waldkiefer Thorsten Näler entdeckte, der mit dem Fernglas die Räuberhöhle ins Visier nahm.

Florence war auf dem Weg zu einem weiteren geheimen Stelldichein im Gespensterwald, und Falk konnte es kaum erwarten, sie endlich wieder in die Arme zu schließen.

Seit jener bedeutungsvollen Nacht, die beide die »Glühwürmchennacht« nannten, waren erst wenige Tage vergangen, doch für Falk fühlten sie sich an wie eine Ewigkeit. Sie hatten sich unter dem Sternenhimmel zum ersten Mal geliebt und waren seitdem noch inniger verbunden als ohnehin schon. Der Tag, an dem er der kleinen Flo am vereisten Waldsee das Leben gerettet hatte, war der wichtigste Tag in seinem Leben gewesen, denn er hatte SIE gefunden. Seine zweite Hälfte, seine Seelenverwandte, seine große Liebe.

Er konnte sich nicht erinnern, jemals zuvor in seinem Leben so viel für einen anderen Menschen empfunden zu haben. Die zauberhafte, aber auch höchst komplizierte Florence war so unermesslich schön, klug und betörend, dass er manchmal zu träumen glaubte, wenn sie ihn küsste.

Doch die zarten Bande zwischen den beiden, die vor Jahren an einem eisigen Wintertag geschlossen worden waren, standen unter einem schlechten Stern. Der Legende nach durfte es keine Liebe zwischen den Bewohnern von Lütteby und Grotersum geben, denn diese Beziehungen waren verflucht, seit die Fehde nach der großen Sturmflut beide Ortschaften für immer entzweit hatte.

Das Prismenglas des Feldstechers spiegelte in der schräg stehenden Herbstsonne, und Falk fragte sich, ob Thorsten Näler aus Lütteby Vögel beobachtete oder ihnen beiden auf der Spur war. Ich muss Florence warnen, sie darf auf gar keinen Fall hierherkommen, dachte Falk und überlegte fieberhaft, wie er das drohende Unheil aufhalten konnte. Doch Unheil ließ sich nun mal bekanntlich nicht durch pure Willenskraft abwenden, und so stand kurze Zeit später Florence vor ihm und fiel ihm um den Hals. Falk warf einen flüchtigen Blick in den Wald, doch er konnte seinen Beobachter nicht mehr entdecken. Vielleicht haben wir ja noch mal Glück gehabt, dachte er und beschloss, dass es an der Zeit war, ein anderes Versteck für die geheimen Rendezvous zu wählen.

»Was ist mit dir?«, fragte Florence, die immer schon ein untrügliches Gespür für andere Menschen gehabt hatte. Sie kannte ihn besser als er sich selbst, was ihm zuweilen ein wenig unheimlich war.

»Wir sollten uns künftig woanders treffen«, erwiderte er, ohne Thorsten zu erwähnen, denn der war, wie Falk wusste, gut mit Florence' Mutter Henrikje befreundet. »Die Räuberhöhle ist zwar wunderschön, aber es wird Herbst und damit immer kühler. Ich wünsche mir für uns einen Ort, an dem wir es warm haben und trotzdem nicht Gefahr laufen, entdeckt zu werden.«

»Wie wäre es mit der Spukvilla?«, schlug Florence mit leuchtenden Augen vor. »Dort findet uns garantiert niemand, weil sie zurzeit wieder leer steht, da alle sich vor dem Geist von Algea fürchten.« Falk überlegte. Die Villa wäre tatsächlich ein sicheres Versteck, doch eines, über dem der Schatten der tragischen Liebesgeschichte von Algea und Fokke van Hove, einem seiner Vorfahren, schwebte.

»Meinst du wirklich?«, fragte er zweifelnd.

»Aber natürlich«, erwiderte Florence lachend und ergriff seine Hand. »Was ist los mit dir? Seit wann bist du so ein Angsthase?«

Seit es gilt, diesen wunderbaren Schatz der Liebe zwischen uns zu beschützen, dachte Falk. Laut sagte er jedoch: »Ich bin kein Angsthase.

Wenn du keine Bedenken hast, sollten wir es einfach wagen. Noch ist es hell, also könnten wir das Licht nutzen, um uns dort oben umzusehen. Wir brauchen einen Eingang, den nicht gleich jeder sieht.«

Nun war Florence nicht mehr zu halten. Falk wusste, dass sie nordfriesische Sagen und Legenden liebte, genau wie er. Wie oft hatten sie sich gegenseitig in der Räuberhöhle den Schimmelreiter von Theodor Storm oder die Memoiren des Föhrer Walfängers Jens Jacob Eschels vorgelesen.

»Nun steh hier nicht herum, sondern komm«, rief Florence energisch und stürmte los in Richtung des alten Friedhofs, der sich nahe der Villa befand und auf dem die mit sechzehn Jahren verstorbene Algea Ketelsen begraben lag. Sie war Ende des Jahres 1634 von einem brennenden Dachbalken erschlagen worden, als das geheime Liebesnest von Fokke und ihr in Flammen aufgegangen war. Falk war noch nie auf diesem Friedhof gewesen, denn er stammte aus Grotersum, und es geboten Anstand und Sitte, keinen Fuß auf die von den Lüttebyern geweihte Erde zu setzen. Sein Vorfahre Fokke war damals in den Fluten der Nordsee verschwunden, sein Leichnam wurde nie gefunden, doch es ging das Gerücht, dass er als sündiger Selbstmörder auf dem Friedhof der Heimatlosen in den Salzwiesen des Lüttebyer Vorlands verscharrt worden war.

Kurze Zeit später standen die Liebenden Hand in Hand vor der altehrwürdigen Kapitänsvilla, die im Volksmund nur noch Spukvilla genannt wurde. Ihr Glanz war längst verblasst, denn die Familie Ketelsen hatte sich nach jener Unglücksnacht entschlossen, künftig woanders zu leben als am Ort der unermesslichen Trauer. Florence legte ihre zarte, blasse Hand auf die schwere Klinke aus Eisen, und wie durch ein Wunder sprang die Tür auf. »Sieh nur, das Haus heißt uns willkommen«, rief sie erfreut aus und trat durch die Tür aus dunklem Eichenholz in die prächtige Eingangshalle.

Falk folgte ihr und war, genau wie Florence, binnen Sekunden vom Bann des alten Hauses gefangen.

»Schau mal, das Deckenfresko«, sagte er und deutete auf die imposante Darstellung eines Walfangschiffes über ihm. »Es muss viel Arbeit gewesen sein, es anzufertigen. Derjenige, der es gemalt hat, ist ein wahrer Künstler.«

»Es ist sicher großartig, auf so einem Schiff die Weltmeere zu durchkreuzen«, murmelte Florence. »Ich stelle es mir himmlisch vor, zu reisen, wohin man will, und kann es kaum erwarten, bis es mir endlich möglich ist.«

Das wäre der richtige Zeitpunkt, um seiner Geliebten zu sagen, dass er bald zum Studium nach Amerika gehen würde, dachte Falk, doch er wagte es nicht, diesen besonderen Moment zu zerstören. Stattdessen schlug er vor, die Villa weiter zu erkunden, auf der Suche nach einem Raum, in dem es einen Kamin oder einen Ofen gab, den man nutzen konnte, um zu heizen und sich dort gewärmt und beschützt der Liebe hinzugeben …

- 27 -

Die lang anhaltende Stille in Thorstens Wohnzimmer ist bezeichnend dafür, wie sehr uns drei gerade die Vergangenheit beschäftigt. Nach all den Jahren, in denen meine Mutter, Henrikje, Thorsten und viele andere geschwiegen haben, habe ich mein Leben in Lütteby gelebt, Fragen gestellt, mich in Geduld geübt und keine Antworten bekommen. *Stelle niemals eine Frage, mit deren Antwort du womöglich nicht zurechtkommst*, hat Henrikje stets gesagt, und da ist viel Wahres dran, wie ich feststellen muss.

»Ich gehe mal eben einen Moment an die frische Luft«, sage ich, als ich das Gefühl habe, dass mir gleich die Decke auf den Kopf fällt und ich nicht mehr frei atmen kann.

Henrikje nickt gedankenverloren, Thorsten steht auf und kommt mit einem Regenschirm wieder. Darauf steht: *Wir sind aus Lütteby, nicht aus Zucker*, und er ist der Verkaufsschlager im Merchandise-Shop der Touristeninformation. Ich nicke ihm dankend zu und gehe in den verwilderten Garten zu dem knorrigen Apfelbaum, der Thorsten vor einigen Monaten zum Verhängnis wurde, als er den Drachen des Nachbarsmädchens aus den Ästen befreite. Sein Sturz markiert für mich in der Nachbetrachtung den Beginn einer Kette von Ereignissen und Enthüllungen, die mein ganzes Leben auf den Kopf gestellt haben und mich sicher noch lange, lange beschäftigen werden.

Nachdenklich schaue ich zu, wie sich der Regen an den Rändern meines Schirms sammelt und als Band von schimmernden Tropfen zu Boden fällt.

Die Erde ist an einigen Stellen stark aufgeweicht, es haben sich Pfützen gebildet, das herabgefallene Herbstlaub wird bald verfaulen, sich zersetzen, Teil des Erdreichs werden und damit wieder den Boden düngen. Das ist der Kreislauf des Lebens und der Natur. Alles ist mit allem verbunden, eine Aktion zieht eine Reaktion nach sich, das eine existiert nicht ohne das andere.

Ich drehe den Griff des Schirms in meiner Hand und schaue zu, wie er über meinem Kopf rotiert und die Regentropfen nach allen Seiten spritzen. Es raschelt neben meinen Füßen, ein Igel streckt sein Köpfchen aus dem Laubhaufen, hält einen Moment inne und tippelt dann auf seinen kurzen Beinchen in Richtung Hecke, wo er sich wahrscheinlich sicherer fühlt.

Tiere und Menschen suchen sich ein Versteck, wenn sie nicht gesehen und geschützt sein wollen, das Nest meiner Eltern war die Räuberhöhle im Gespensterwald.

Ich denke an die Fehde, die seit der großen Sturmflut zwischen Lütteby und Grotersum herrscht, und kann nicht fassen, dass sie nach all den Jahrhunderten immer noch eine solche Macht hat, dass Menschen wie Florence und Falk, aber auch andere die Auswirkung zu spüren bekommen.

Begonnen hatte alles damit, dass Lütteby bei der *Groten-Mandränke*-Sturmflut wie durch ein Wunder verschont worden war, im Gegensatz zu Grotersum, das viele Tote, Elend und die Zerstörung seiner Kirche zu beklagen hatte. Doch statt einander in diesen schwierigen Zeiten beizustehen und sich gegenseitig zu unterstützen, zerstritten sich die Bewohner. Aus ehemaligen Freunden wurden erst Fremde, dann Feinde.

Das muss unbedingt ein Ende haben!, denke ich und rufe mir die Prophezeiung in den Sinn, welche die Wahrsagerin Sinje auf dem Jahrmarkt gemacht hat, als wir beide elf waren: Sie wird nur dann glücklich werden, wenn sie Sorge dafür trägt, dass die

Seelen der Lebenden und der Toten Lüttebys und Grotersums dauerhaft Ruhe und Frieden finden.

Als Kinder wussten wir wenig mit dieser Wahrsagung anzufangen, doch im Laufe des Älterwerdens haben wir immer wieder darüber gesprochen, was sie zu bedeuten hat und ob wir diese Worte wirklich ernst nehmen sollten. Sinje studierte Theologie und entschloss sich, Pastorin zu werden, vor einigen Jahren verliebte sie sich dann in den Gedanken, in die Spukvilla einzuziehen, im Wald einen Ruheforst anzulegen und damit den vermeintlichen Fluch zu brechen, der über dem jahrhundertealten Anwesen der Lüttebyer Kapitänsfamilie Ketelsen lag.

Einzig und allein die alte Eevke Ketelsen war mutig oder verrückt genug gewesen, wieder in die alte Villa zu ziehen, nachdem diese jahrelang leer gestanden hatte. Sie galt im Ort als Hexe, und fast alle Kinder aus Lütteby mussten ihr als Mutprobe einen Besuch abstatten oder eine ganze Nacht auf dem benachbarten Friedhof verbringen. Auch ich hatte zitternd vor ihrer Tür gestanden und um Süßigkeiten als Beweis dafür gebeten, dass ich mich auch wirklich zu ihr getraut hatte.

Dies war die Vollmondnacht gewesen, in der ich die verstorbene Algea am Fenster des Dachgeschosses gesehen hatte – oder geglaubt hatte, sie zu sehen.

»Na, mien Seuten«, sagt Henrikje, die auf einmal neben mir steht und meinen Arm streichelt. »Möchtest du noch hierbleiben oder mit mir nach Hause kommen? Deine Mutter hat angerufen und gesagt, dass sie gern mit uns beiden über deinen Vater sprechen möchte. Ist dir das recht?«

»Aber natürlich ist es das«, murmle ich, während meine Gedanken nach wie vor um die Prophezeiung kreisen und um meinen tiefen Wunsch, Frieden zwischen den beiden Ortschaften zu stiften. »Ich werde ein klein wenig später bei euch sein, denn mir ist gerade ein Gedanke gekommen, den ich unbedingt verfolgen möchte.«

»Sagen wir zum Abendessen gegen sieben Uhr«, schlägt Henrikje vor. Dann verabschieden wir uns von Thorsten und gehen beide unserer Wege.

Henrikje in Richtung Marktplatz.

Und ich in Richtung des Vorlands, wo die namenlosen Toten begraben liegen, die von der Nordsee an Land gespült wurden. Die Salzwiesen von Lütteby sind ein friedlicher, rauer, einsam gelegener und wunderschöner Ort, den man nur über einen schmalen Bohlenweg erreichen und passieren kann. Im Frühjahr brüten hier Austernfischer, Löffler und Rotschenkel. Wer einmal versehentlich in die Nähe eines Austernfischer-Vaters gekommen ist, weiß, wie streng er seine Familie beschützt und wie es sich anfühlt, wenn er drohend auf einen zufliegt.

Im Frühsommer webt der lilafarben blühende Strandflieder einen Teppich aus zarten Blüten, einige von ihnen sind auch weiß und wirken im gleißenden Sonnenlicht wie eine Spiegelung der Wolken am Himmel. Nicht Meer und auch nicht Land – die Salzwiesen sind zugleich nichts und alles. Sie sind ein unter Naturschutz stehendes Biotop, das durch Anlandung von Schlick entsteht und jährlich mehrfach überflutet wird.

Ein Paradies für Vögel und Pflanzen wie Queller, Schlickgras, Portulak, Strandastern, rosafarbenes Milchkraut und die weiße, wunderschöne Schuppenmiere. Auch das große Seegras wächst und verankert sich hier mit seinen Wurzeln im Sandgrund, seine einstigen Vorfahren waren Algen.

Beinahe ehrfürchtig gehe ich den Bohlenweg entlang, diesmal bin ich gegen den peitschenden Regen und den böigen Wind durch Irmels Friesennerz geschützt, den Thorsten mir netterweise geliehen hat. Heute ähnelt dieses Gebiet eher dem *Schimmelreiter-Land*, die Sommerblumen sind längst verblüht, die

Gräser braun und windzerzaust. Vertrocknete Stranddisteln erheben ihre Köpfe über den Wiesen, an einigen hängen Fetzen von Schafwolle, die sich in den Stacheln verfangen hat. Der Nordseewind hat sie hierhergeweht, und nun flattern die Wollfetzen wie kleine Fähnchen umher.

Nach einem etwa zehnminütigen Marsch gabelt sich der Bohlenweg, links geht es zum Friedhof der Heimatlosen, der nahe dem Ufersaum beginnt. Einfache Holzkreuze bezeugen die Existenz der Toten, in einige von ihnen sind Daten geritzt, andere wiederum sind ohne Inschrift, und es gibt zahllose Gräber, die erst gar nicht mit Kreuzen markiert wurden.

Ich erinnere mich noch genau an den Tag, als ich zum ersten Mal mit Henrikje hier war und sie mir erklärt hat, weshalb einige Tote so begraben und andere wiederum prunkvoll im Friedhof am Wald bestattet wurden.

Die sprechenden Grabsteine Nordfrieslands erzählen viel über die Geschichte derer, die tief unter der Erde liegen, um dort ihre letzte Ruhe zu finden. Wohlhabende Familien beauftragten von jeher Steinmetze, um diese Geschichten in erhabener Schrift auf die Grabmäler zu setzen und damit für die nachfolgenden Generationen zu bewahren.

»Irgendwo hier liegt der Sage nach Fokke van Hove«, hatte Henrikje mir damals erzählt, und ich hatte mit großen Augen das Friedhofsareal nach einem Zeichen abgesucht, das bewies, dass hier die große Liebe von Algea Ketelsen begraben worden war. Es wollte mir schon damals nicht in den Sinn, dass auch bei der Bestattung nach Stand, finanziellem Hintergrund, der Lebensweise oder gar *Moral* des Toten unterschieden wurde.

Sind wir im Tod nicht alle gleich?, hatte ich mich gefragt und diese Frage später häufiger mit Sinje erörtert. Stand es Menschen wirklich zu, zu urteilen und zu kategorisieren, zu bestimmen, dass einer, der Suizid begangen hatte, es nicht wert war, anständig begraben und verabschiedet zu werden?

Während der starke Wind mir Tränen in die Augen treibt, sehe ich plötzlich einen Schmetterling, der vor mir hin und her tanzt und stolz sein farbenfrohes Flügelkleid präsentiert. Schmetterlinge im Herbst sind ein eher seltener, kostbarer Anblick, und so bewundere ich das bildschöne Tagpfauenauge und versuche, den tänzelnden Flugbahnen des Edelfalters zu folgen.

Irgendwann lässt er sich auf einem kleinen Hügel nieder, den man nur erkennt, wenn man sehr genau hinschaut. Und ich schaue sehr genau hin, weil ich weiß, dass Schmetterlinge Symbole für Verwandlung und die Unsterblichkeit der Seele sind.

Weist dieser farbenprächtige Falter mir etwa gerade den Weg zu meinem Vorfahren Fokke van Hove?

Ich bleibe wie angewurzelt stehen, obgleich mir kalt ist und ich am ganzen Körper zittere. Doch ich kann nicht anders, ich muss so lange hier sein, wie auch das Tagpfauenauge sich entschließt, auf diesem Hügel zu verweilen.

Später weiß ich nicht, ob es Minuten waren oder Stunden, die ich an diesem mystischen Ort verbracht habe, doch irgendwann erhebt sich der Schmetterling und ist dann so schnell verschwunden, wie er gekommen ist. Ich versuche, ihm hinterherzuschauen, doch es gelingt mir nicht, und so lasse ich ihn ziehen, dankbar für dieses kleine Wunder, das ich gerade erleben durfte.

Und plötzlich weiß ich, worum ich Falk bitten werde, wenn wir einander zum ersten Mal als Vater und Tochter gegenüberstehen, und fange an zu rennen, weil es Zeit für das Abendessen mit Henrikje und meiner Mutter ist.

- 28 -

»Hallo, ihr beiden«, sagt meine Mutter, als sie kurz nach mir bei Henrikje eintrifft, und umarmt uns. »Nanu, du bist ja so rot im Gesicht. Hast du gerade Sport gemacht, Lina?«

»Das nicht, aber einen kleinen Sprint von den Salzwiesen hierher eingelegt«, erwidere ich.

»Setzt euch doch«, sagt Henrikje, nachdem sie meine Mutter umarmt hat, und geht zurück an den Herd. »Heute gibt's Schnüüs.«

»Mein Leibgericht aus Kindertagen«, freut Florence sich und schaut ihrer Mutter über die Schulter. »Das habe ich ja seit Ewigkeiten nicht mehr gegessen. Was kommt da noch mal rein?«

»Saisonales Marktgemüse«, erwidert Henrikje und rührt im Topf herum. »In diesem Fall Kartoffeln, Bohnen, Erbsen, Karotten und Kohlrabi. Ich habe alles nach alter Tradition in Milch gegart, kann aber gern auf Wunsch noch einen Schuss Sahne hinzufügen, wenn jemand von euch mag.«

»Ich verstehe deine Frage nicht«, sagt Florence schmunzelnd, und auch ich freue mich über einen Klacks Schlagsahne.

»So, dann haben wir das auch, jetzt kommen nur noch Salz und Pfeffer dazu, zuletzt dann die frisch gehackte Petersilie«, sagt Henrikje und greift nach der Pfeffermühle. Florence fügt zum Abschluss die Kräuter hinzu. Ich schenke derweil Wasser aus der Karaffe in die drei Gläser auf dem hübsch gedeckten Esstisch, den eine prall gefüllte Vase mit Herbstastern, Lampionblumen, Zinnien und Löwenmäulchen aus Violettas Blumenladen ziert.

»Na, dann lasst es euch schmecken«, sagt Henrikje. »Schön, dass wir uns endlich mal wieder zu dritt sehen.«

Auch wenn es mir auf den Nägeln brennt, Florence zu fragen, wie das Gespräch mit Falk van Hove verlaufen ist, halte ich mich zurück. Meine Großmutter hat mir von klein auf eingebläut, dass man beim Essen keine wichtigen oder kontroversen Themen besprechen, sondern sich stattdessen darauf konzentrieren und das würdigen sollte, was man gerade isst.

Alles andere kann warten …

Und so betreiben wir eine Weile Small Talk, plaudern über das Wetter und den neuesten Klatsch vom Marktplatz.

Henrikje und Anka planen für das kommende Wochenende eine kleine Feier anlässlich der Wiedereröffnung des Lädchens, auf die ich mich sehr freue und zu der sie auch Jonas eingeladen hat. »Er hat zwar noch nicht geantwortet«, sagt Henrikje, »aber ich weiß ja, dass er zurzeit sehr beschäftigt ist und in ganz Skandinavien umherreist.«

»Das wird er sicher noch«, erwidere ich, betrübt darüber, dass ich Jonas noch gar nichts von all den aufregenden Neuigkeiten erzählen konnte. Wie er wohl darauf reagiert, dass ausgerechnet Falk van Hove mein Vater ist?! Der Mann, mit dem seine Firma gerade Geschäfte machen will und der ihn überhaupt erst nach Lütteby gelockt und uns damit zusammengebracht hat.

»Seid ihr jetzt bereit für die Neuigkeit?«, fragt Florence irgendwann und legt den Löffel auf die weiße Stoffserviette.

Henrikje und ich nicken. Meine Mutter räuspert sich und trinkt noch einen Schluck Wasser, man sieht ihr die Anspannung an, denn ihre Hände zittern leicht. »Wie ihr wisst, habe ich Lina versprochen, mich endlich mit ihrem Vater in Verbindung zu setzen.«

Ich halte den Atem an, dies ist der Moment, ab dem ich Gewissheit haben werde. Ein kleiner Teil von mir hofft immer noch, dass Florence gleich »Malte« sagt, doch die Wahrscheinlichkeit ist nicht sehr hoch.

»Um es kurz zu machen: Ihr kennt ihn beide, und ich fürchte, ihr mögt ihn nicht, was die Sache nicht unbedingt leichter macht. Lina, dein Vater ist Falk van Hove, und ich hoffe, du bekommst jetzt keinen Schreikrampf oder so etwas.«

So, nun ist es raus!

Nun hat meine Mutter hochoffiziell bestätigt, dass ich, Lina Hansen, die leibliche Tochter des Mannes bin, der in Lütteby verhasst ist und vielen hier das Leben schwer macht, wenn auch vielleicht nicht aus böser Absicht.

Florence sieht mich fragend an, und ich weiß gar nicht, wie ich reagieren soll, obgleich mir klar war, dass wir heute Abend genau dieses Gespräch führen würden. Wie gut, dass ich es zuvor schon selbst geahnt habe und vorhin von Thorsten darauf vorbereitet wurde. Ich murmle: »Dann ist das halt so«, und erzähle Florence, was sich heute alles ereignet hat und dass ich bereits geahnt habe, was sie mir sagen würde.

»Thorsten hat Falk die Schuld für mein Verschwinden gegeben, uns damals im Wald beobachtet und das all die Jahre über für sich behalten?«, fragt sie, anscheinend zutiefst schockiert. »Kein Wunder, dass die beiden einander spinnefeind sind. Es … es tut mir unendlich leid, dass ich nicht nur euch beiden so viel Kummer zugefügt, sondern unbeabsichtigt auch noch zu der Feindschaft zwischen Thorsten und Falk beigetragen habe. Als gäbe es nicht ohnehin schon viel zu viel Hass und Streit auf dieser Welt.«

»Was mich jetzt aber viel mehr als die Geschichten aus der Vergangenheit interessiert, ist, wie Falk reagiert hat. Freut er sich denn, dass er eine Tochter hat, die zudem sogar für ihn arbeitet?«, mischt sich nun Henrikje in das Gespräch.

Wenn Henrikje wüsste, dass ich Falk gesagt habe, dass ich eigentlich am liebsten kündigen würde.

»Er war überrascht, aber letztlich nicht so sehr, wie ich geglaubt habe. Ich könnte mir vorstellen, dass er sich später noch bei dir meldet, auch wenn ihr beide, wie ich vorhin erfahren habe, ohnehin für morgen zu einer Besprechung verabredet seid. Puh! Was für ein Wirrwarr und was für ein verrückter Tag.«

»Habt ihr euch persönlich gesehen oder nur telefoniert?«, frage ich und überlege, wie ich Falk ab morgen nennen werde.

Vater erscheint mir völlig unpassend.

Aber gehe ich morgen überhaupt ins Büro?

Sollte ich mir nicht lieber erst mal Zeit nehmen, um auch diese Nachricht zu verdauen? Doch dann fällt mir ein, dass es eine Sache gibt, die keinerlei Aufschub duldet, also kann ich ihm gar nicht aus dem Weg gehen, denn dabei steht sehr viel mehr auf dem Spiel als meine persönlichen Befindlichkeiten.

»Wir haben nur telefoniert«, erwidert Florence. »Vielleicht treffen wir uns irgendwann, aber das stand jetzt noch nicht zur Debatte. Falk muss das alles zunächst einmal sacken lassen und ich ehrlich gesagt auch. Immerhin haben wir zuletzt vor fünfunddreißig Jahren miteinander gesprochen, als er sich auf den Weg nach Amerika gemacht hat. Es war ohnehin schwer genug, mich bei ihm zu melden, und ich habe befürchtet, dass er gar nicht mit mir sprechen würde.«

»Danke, dass du dich zu diesem Schritt überwunden hast«, sagt Henrikje leise. »Ich kann mir vorstellen, wie viel Kraft dich das gekostet hat. Doch es ist gut, dass die vielen Geheimnisse jetzt endlich auf den Tisch kommen, auch wenn ich dir, Linchen, gern erspart hätte, dass das alles auf einmal auf dich einprasselt. Aber so ist das eben, wenn erst mal ein Stein ins Rollen gekommen ist, dann sind die Dinge nicht mehr aufzuhalten.

Daher ist es wahrscheinlich am besten, wenn jetzt jeder dem anderen die Zeit gibt, sich zu sortieren und alles einzuordnen, denn es gibt schließlich keinen Grund, überstürzt zu handeln oder zu urteilen, damit ist niemandem gedient.« *Man muss de Tied Tied lassen,* lautet einer der Sprüche aus der Glücksrezepte-Sammlung meiner Mutter.

Doch Falk van Hove ist ein ungeduldiger Mann, der gern das Zepter in die Hand nimmt, daher wundert es mich nicht, dass er in diesem Moment auf meinem Handy anruft. »Wenn man vom Teufel spricht«, denke ich, als ich seinen Namen im Display blinken sehe. Laut sage ich: »Der Anruf kommt von Falk«, und nehme das Telefon mit nach oben in meine Wohnung.

»Schön, dass ich Sie gleich erreiche«, sagt der Mann, der seit wenigen Minuten hochoffiziell mein Vater ist. »Haben Sie einen Moment Zeit?«

Ich erwidere: »Ja«, und setze mich auf die Couch meines kuscheligen Wohnzimmers, gespannt darauf, was der Bürgermeister zu sagen hat, und natürlich auch ziemlich nervös.

»Ich nehme an, Ihre Mutter hat schon mit Ihnen gesprochen«, sagt er ohne den sonst üblichen forschen Tonfall, und ich bejahe erneut. »Hätten Sie Lust, mich morgen zum Abendessen zu treffen, damit wir in Ruhe reden können? Es wäre mir eine Freude, Sie bei mir zu Hause willkommen zu heißen. Sie können sich den Tag über gern freinehmen, wenn Sie wollen, denn es gibt ja jetzt einiges, worüber wir beide nachzudenken haben, bis wir uns sehen.«

Wir verabreden uns für sechs Uhr abends, und dann ist das Gespräch auch schon beendet. Ich sitze in der Dunkelheit, da ich in der Aufregung vergessen habe, das Licht einzuschalten. Doch das ist auch gut, denn so kann ich ungestört in mich hineinhorchen und mich voll darauf konzentrieren, dem nachzuspüren, was ich empfinde.

Müdigkeit überfällt mich, meine Gliedmaßen sind bleischwer, mein Herz schlägt wilde Kapriolen, ich fühle mich zugleich lebendig und schläfrig.

Das ist der Schock, sage ich mir.

Das ist alles zu viel für dich.

Du hattest kaum Zeit, das Wiederauftauchen deiner Mutter zu verkraften, und dann erfährst du, dass du von einem Tag auf den anderen zu einer steinreichen, mächtigen Familie gehörst, die in Lütteby alles andere als beliebt ist.

Du hast jetzt einen Vater namens Falk, eine Großmutter mit dem Namen Lavea und einen Großvater, der … keine Ahnung. Wie heißt er noch gleich? Ralf, Rolf? Ich weiß so gut wie nichts über ihn, außer dass die Ehe von Falks Eltern nicht glücklich ist.

Mein Traum von Geschwistern hat sich leider nicht erfüllt, aber ich werde auch so schon genug damit zu tun haben, diese neue Familie kennenzulernen, vorausgesetzt, sie akzeptieren mich überhaupt. Schließlich bin ich das Ergebnis einer verbotenen Liebe und womöglich aus Sicht der van Hoves noch nicht einmal standesgemäß. Ich bin so tief in Gedanken versunken, dass ich beinahe das Klopfen an der Tür überhört hatte. »Ich bin's. Florence. Darf ich reinkommen?«, fragt meine Mutter, und ich sage: »Ja«, ohne jedoch aufzustehen. Ich bin mein Leben lang aufgestanden, egal, was passiert ist, und egal, wie es mir ging. Doch in diesem Moment möchte ich nichts weiter, als einfach hier sitzen zu bleiben, in der Dunkelheit. Ich rieche das Parfüm meiner Mutter, bevor ich sie sehe und bevor sie sich neben mich setzt und den Arm schützend um mich legt.

Das Licht der Laternen auf dem Marktplatz erhellt das Wohnzimmer ein klein wenig, doch es ist gut, dass die Konturen gerade alle verschwimmen, das macht es weniger real.

»Ich habe dich unendlich lieb«, flüstert meine Mutter.
Ich erwidere leise: »Ich dich auch.«
Mehr gibt es in diesem Moment nicht zu sagen.
Denn Liebe ist alles.

- 29 -

Der Dienstagmorgen schickt warme, goldene Sonnenstrahlen in meine Wohnung unter dem Dach, und ich stelle fest, dass meine Mutter und ich gemeinsam auf der breiten Couch eingeschlafen sind. Wann und wie genau das passiert ist, weiß ich nicht mehr, denn wir haben stundenlang geredet, bis sich Nacht und Tag miteinander verwoben haben.

Florence hat mir alles über die Liebe zwischen ihr und meinem Vater erzählt, und ich habe das Gefühl, dass sie genauso schön, intensiv und leidenschaftlich war wie meine Liebe zu Jonas. Falk hat versucht, ihre seelische Krankheit zu heilen, er war immer für sie da, wenn sie ihn brauchte, erzählte sie. Und auch dass sie schon als Kind häufig heimlich ausgebüxt war und sich zu den seltsamsten Uhrzeiten mit ihrem *Bruder* in der Höhle getroffen hatte. Im Alter von sieben Jahren hatte sie in ihm Birk Borkasohn, den besten Freund von Ronja Räubertochter, gesehen, eine unschuldige, reine Form der Anziehung, die sich später in Verliebtheit wandelte und schließlich zur Liebe erblühte. Florence schilderte die gemeinsamen Jahre, in denen sie und Falk von Seelenverwandten zu einem Liebespaar geworden waren, so anrührend, dass ich das Gefühl habe, ein Teil dieser Geschichte zu sein, die wirkt, als sei sie aus Zeit und Raum gefallen, und damit märchenhaft. Dass Märchen zuweilen grausam enden, ist bekannt, und es schmerzt mich zu wissen, dass es den beiden nicht vergönnt war, miteinander glücklich zu sein.

»Dein Vater hat mir in vielerlei Hinsicht mehrmals das Leben gerettet«, waren ihre letzten Worte gewesen, bevor ihr Kopf auf meine Schulter sank und sie erschöpft eingeschlafen war.

Zunächst saß ich reglos da, um sie nicht zu stören, und ließ ihre Erzählungen Revue passieren.

Als sie mir sagte, dass Falk und sie sich später statt in der Räuberhöhle in der Kapitänsvilla am Waldrand getroffen hatten, beschlich mich mit einem Mal der Verdacht, dass meine Vermutung richtig war und Falk vor allem deshalb so interessiert an dem alten Haus war, weil es für ihn die Liebe zu Florence symbolisierte, genau wie der Wald.

Aber weshalb war er erst in diesem Jahr bereit, die Spukvilla zu kaufen, und nicht schon nach dem Tod der alten Eevke Ketelsen?

Hatte er womöglich ebenfalls Angst vor den Gespenstern der Vergangenheit gehabt, und das in mehrerlei Hinsicht?

Doch ich fand keine Antwort auf diese Fragen, sondern war stattdessen auch eingenickt.

Das Klingeln meines Handys durchbricht die Stille und weckt meine Mutter, die sich verschlafen die Augen reibt.

»Was …? Wie …?«, fragt sie und schaut sich verwundert um. Ich würde ihr gern einen Kaffee kochen, aber der Anruf ist von Jonas, und ich kann es kaum erwarten, ihn endlich zu sprechen.

Ich deute auf das Telefon, meine Lippen formen den Namen *Jonas,* damit Florence Bescheid weiß, wer anruft, dann nehme ich das Handy mit ins Schlafzimmer, damit ich ungestört telefonieren kann. Doch meine Mutter ist feinfühlig wie immer und verlässt die Wohnung.

Als Jonas fragt: »Wie geht's dir?«, erzähle ich ihm, ohne Luft zu holen, was in den letzten Stunden passiert ist.

Es tut unendlich gut, seine Stimme zu hören und zu wissen, dass er großen Anteil daran nimmt, was ich gerade erfahren habe.

»Falk ist dein Vater?« Jonas klingt verblüfft. »Und er hat dich für heute Abend zu sich zum Essen eingeladen? Na, das ist ja der Knaller des Tages«, sagt er und schweigt dann einen Moment. Doch trotz dieses Schweigens fühle ich, wie nah wir einander sind, egal, wie viele Kilometer uns trennen. Dieses unsichtbare Band zwischen uns ist da und wird hoffentlich niemals reißen. »Ich ... ich kann das gar nicht glauben und muss diese Neuigkeit erst mal verdauen«, stammelt Jonas. »Wenn du magst, versuche ich, mir schon ein bisschen früher freizunehmen und am Donnerstag nach Lütteby zu kommen, dann kannst du mir alles in Ruhe erzählen. Momentan ist es nämlich nicht ganz einfach, dir zu folgen, doch das würde ich gern, damit ich alles richtig verstehe. Du glaubst gar nicht, wie sehr ich mich gerade darüber ärgere, dass ich nicht bei dir bin, du musst ja völlig erschöpft sein. Doch ich wünschte mir, dass du dich auf etwas Schönes konzentrieren und vielleicht sogar ein bisschen mit den Hochzeitsplanungen befassen könntest. Wenn es nach mir ginge, würden wir eher heute als morgen heiraten.«

Nachdem dieses Thema für mich angesichts der neuerlichen Enthüllungen über die Geheimnisse meiner Familie weit in die Ferne gerückt war, steht es nun umso deutlicher vor mir. Diese Verbindung wäre ein Zeichen für die Liebe, ein Signal dafür, dass große Gefühle Schranken überwinden und Menschen zusammenbringen können, egal, wie hoch die Hürden und Hindernisse sein mögen. Und natürlich äußerst romantisch.

»Ja, das wäre schön«, flüstere ich, obgleich ich von einer sonnigen Hochzeit am Strand geträumt habe.

Doch ist es nicht völlig egal, wie das Wetter ist und wo man feiert, wenn man den Bund fürs Leben mit demjenigen schließt, den man über alles liebt? Man sieht am Beispiel von Henrikje und Thorsten, aber auch von Florence und Falk, dass die Liebe ein kostbares, äußerst zerbrechliches Gut ist, und dass man die gemeinsame Zeit nutzen sollte.

»Dann lass uns so bald wie möglich heiraten«, erwidert Jonas. »Aber auch das besprechen wir, wenn ich da bin. Ich liebe dich, Lina, weißt du das? Und ich kann es kaum erwarten, endlich wieder bei dir zu sein und dich so nahe zu spüren wie nur irgend möglich.«

Ich sage: »Ich liebe dich auch«, und weiß in diesem Moment, dass alles gut ist. Zwar liegt noch eine Wegstrecke vor mir, aber die werde ich auch bewältigen. Immerhin geht gerade ein Traum in Erfüllung: Meine Mutter ist wieder da, wir haben uns ausgesöhnt, und ich weiß jetzt auch, wer mein Vater ist.

Und ich werde den Mann heiraten, den ich über alles liebe.

Hätte mir jemand zu Beginn dieses aufregenden und hochemotionalen Jahres prophezeit, was alles passieren würde, ich hätte ihm nicht geglaubt.

Nachdem wir schweren Herzens das Telefonat beendet haben, gehe ich in Richtung Küche, um mir einen Tee zu kochen. Dabei fällt mein Blick auf die Kiste mit Erinnerungsstücken, die auf der Kommode im Flur steht. Ich hatte sie herausgekramt, weil ich dort die Austernschalenkerze aufbewahre, die ich als Prototyp für die Exemplare nehmen wollte, die Henrikje und Anka demnächst im Lädchen verkaufen werden. Als ich die schöne, grau-weiße Schale herausnehme, kommt mir erneut Henrikjes Beschreibung der Verschlossenheit meiner Mutter in den Sinn, und ich rechne es ihr mehr als hoch an, dass sie tatsächlich mit Falk van Hove gesprochen und mir heute Nacht alles über die geheime Liebe der beiden erzählt hat. Meine Finger fahren über die raue, wellige Auster, dann ertaste ich in der Kiste den Holzrahmen des dritten Fotos, das Florence und mich vor dem Leuchtturm von Lütteby zeigt.

Bislang habe ich es nicht übers Herz gebracht, es aus der Kiste zu nehmen, doch jetzt ist endlich der Moment gekommen, unser Bild aufzustellen. »Du bekommst den Ehrenplatz auf dem Beistelltisch neben meinem Lesesessel«, murmle ich und säubere mit dem Ärmel meines Pullovers die Glasscheibe, die die Fotografie schützt. »Lesen und meine Mutter, das passt wunderbar zusammen.« Auf dem Tischchen liegt ein Roman der italienischen Autorin Elena Ferrante mit dem Titel *Frau im Dunkeln.* Florence hatte ihn mir geschenkt, weil es in diesem Buch um das zuweilen komplizierte Verhältnis zwischen Müttern und Töchtern geht und die Zerrissenheit von Frauen zwischen der Mutterrolle und den eigenen Bedürfnissen. Man kann allerdings nicht nur in Bezug auf Familie und eigene Wünsche im Zwiespalt sein, sondern auch in Fragen der Liebe und partnerschaftlichen Beziehungen.

Es ist jetzt noch nicht an der Zeit, doch irgendwann werde ich Henrikje fragen, wieso sie nach Paris gegangen ist, wenn sie Thorsten wirklich so sehr geliebt hat, wohl wissend, dass er sicher nicht ewig auf sie warten würde. Und ich würde gern erfahren, ob sie ihn immer noch liebt und wie es nach Irmels Tod um die beiden bestellt ist.

Dasselbe gilt natürlich auch für meine Mutter und Falk, allerdings haben die beiden fünfunddreißig Jahre lang nicht miteinander gesprochen, sich nicht gesehen und zudem beide merklich verändert.

Eine Stunde vor dem Abendessen bei *meinem Vater* radle ich zum Grotersumer Koog, denn Falk van Hoves Haus liegt unweit seiner Marina hinter dem Deich. Ich wusste bislang nicht, wo er wohnt, und bin natürlich mächtig gespannt auf sein Zuhause.

Bevor ich losgefahren bin, habe ich noch kurz bei Sinje

vorbeigeschaut, sie auf den neuesten Stand gebracht und mich mit ihr für den morgigen Abend verabredet. Wir wollen uns einen schönen Mädelsabend bei *Chez Amelie* machen und neue Weine testen, die Sommelier Pascal auf die Karte setzen möchte. Amelie wird auch dazukommen, sobald sie mit dem Backen und der Kassenabrechnung fertig ist, wir haben uns schon viel zu lange nicht mehr zu dritt getroffen.

Obwohl es mir schwerfiel, meinen Plan nicht auszuplaudern, habe ich mich beherrscht und hoffe, dass ich morgen gute Neuigkeiten für Sinje habe …

Gespannt auf das Treffen mit Falk, fahre ich die geteerte Strecke parallel zum Deich entlang, froh darüber, dass es für einen Herbstabend angenehm mild und trocken ist. Es dämmert, Kaninchen queren den Weg und verschwinden flink zwischen den Grashalmen. Bald kommt auf der Deichkrone eine Bank in Sichtweite, links von mir erstrecken sich Felder, in deren Pfützen Wildgänse trinken und später nach Futter picken. Es riecht nach Nordsee, Algen, Schlick und Herbst. Ich genieße die wohltuende Ruhe und kann gut verstehen, dass Falk van Hove sich diesen versteckten Landstrich ausgesucht hat. So schön die Giebelhäuser am Marktplatz von Lütteby auch sind, so trubelig ist es dort oft, besonders in der Hochsaison, wenn sich die Touristen durch die Gassen schieben und alles fotografieren, was ihnen vor die Linse kommt, deshalb vermisse ich manchmal Ruhe und Stille. Hierher verirren sich vermutlich nur wenige, denn es führt keine reguläre Straße zum Deich, lediglich ein Wirtschaftsweg, an dessen Anfang ein Schild mit der Aufschrift »Privat« steht. Ich war sehr überrascht, als Isabella Schmidt mir die Wegbeschreibung durchgegeben hat, denn ich hatte vermutet, dass Falk entweder in einem der neuen Häuser mit Penthouse und Dachterrasse an der Lillebek wohnt oder in einem der prunkvollen alten

Giebelhäuser unweit des Rathauses des Ortes Grotersum, den wir als Kinder Gotham City genannt haben, weshalb Falk nach seinem Amtsantritt als Bürgermeister den Beinamen The Joker erhielt.

Mal sehen, welche Seite seines Wesens mir Falk van Hove gleich präsentiert, denke ich mit gemischten Gefühlen.

Nur wenige Minuten später erreiche ich eine Reetdachkate, die kaum einfacher und bescheidener sein könnte. Ich halte an und checke verwundert den Standort, den Bella mir online aufs Handy geschickt hat. Doch er stimmt mit dem alten Friesenhaus überein, also bin ich hier wohl richtig. Den Rest des Weges bis zum einfachen Gatter im Friesenwall schiebe ich das Fahrrad. Dann lehne ich es an die alte Steinmauer, die mit Efeu und weißer Heide bewachsen ist, durchsetzt mit den bräunlichen Hagebuttenfrüchten der friesischen Heckenrosen. Vereinzelt finden sich im Gestrüpp sogar noch vertrocknete Blüten in Weiß und Rosa, im Sommer blüht und duftet es hier bestimmt wundervoll.

Aufgeregt und ziemlich neugierig drücke ich die Klingel, an der kein Name steht, und rechne beinahe damit, dass mir eine Haushälterin oder ein livrierter Diener öffnet und sagt, dass der eigentliche Wohnsitz des Herrn Bürgermeisters hinter dem Reetdachhaus liegt und hier nur das Personal wohnt. Doch es ist Falk selbst, der aus der typisch friesischen, zweigeteilten Klönschnacktür tritt, die Pforte des Gatters öffnet und »Hallo« sagt. Ich erwidere seinen Gruß und folge ihm ins Innere seines Zuhauses. Falk nimmt mir formvollendet die wattierte Daunenjacke ab und hängt sie an die schlichte Garderobe im Eingangsbereich der Kate.

»Schön, dass Sie da sind. Das Essen ist so gut wie fertig, ich hoffe, Sie haben Hunger. Wenn Sie mögen, gehen Sie gern schon mal in die Stuv, ich komme gleich nach.«

Wie in Trance betrete ich das Herzstück des alten Friesenhauses, Wohn- und Esszimmer zugleich. Mein Blick fällt sofort auf den Kachelofen mit den blau-weiß gemusterten Fliesen, die an die berühmten Vorbilder aus Delft erinnern. Die Motive sind allesamt maritim: Segelschiffe, Wellhornschnecken, Muscheln, Anker, ein Leuchtturm und vieles mehr, das sich gut auf Postkarten machen würde. Diese Fliesen sind alt, einige von ihnen haben Risse, die Farben sind etwas verblasst. Der Ofen verströmt wohltuende Wärme, aus der Küche höre ich Klappern und ein Geräusch, das klingt, als würde jemand eine Weinflasche entkorken. Ich schaue mich weiter in dem urgemütlichen Raum um, der mir allerdings wie eine Kulisse erscheint. Ich warte fast schon auf den Moment, in dem Falk van Hove, korrekt mit Anzug und Krawatte bekleidet, in die Stuv kommt und sagt: »War alles ein Scherz, ich wollte nur sehen, wie Sie reagieren.«

Doch er trägt eine Jeans und einen dunkelblauen Troyer aus Wolle, was ihn zehn Jahre jünger macht, wie ich feststelle, als er aus der Küche kommt und mir zwei Weinflaschen zeigt. »Ich hätte weißen Sölviin im Angebot, also Wein von Sylt, oder Waalem Kul von Föhr. Rotwein gibt's nicht aus nordfriesischem Anbau, aber ich hätte einen hervorragenden aus Apulien, einer Region, die wir ja beide gleichermaßen lieben. Oder wäre Ihnen etwas Alkoholfreies lieber, ich will Sie schließlich zu nichts verführen, was Sie nicht wollen.«

»Sosehr ich sonst Weißwein mag, heute ist mir mehr nach einem guten Roten«, erwidere ich, erstaunt darüber, dass er offenbar Wert auf regionale Produkte legt.

Falk lächelt und holt zwei Rotweingläser aus einem alten Schrank mit ziselierten Glastüren. »Ist ja auch ein bisschen kühl heute, Weißwein passt eindeutig besser zu einer lauen Sommernacht am Meer. Ist es eigentlich in Ordnung für Sie, wenn ich Sie erst mal weiter sieze?«

»Sie meinen, bis ein Vaterschaftstest beweist, ob wir wirklich miteinander verwandt sind oder nicht?«, rutscht es mir heraus, obwohl ich das gar nicht sagen wollte und vor dieser spontanen Bemerkung nicht einen einzigen Gedanken an eine derartige Möglichkeit verschwendet hatte.

Herbst
Vor fünfunddreißig Jahren

Nach einem romantischen Treffen mit Florence in der Spukvilla schlich sich Falk van Hove heimlich in sein Elternhaus, eines der schönsten und größten Gebäude Grotersums. Er war noch lange nicht volljährig, sein achtzehnter Geburtstag war in wenigen Tagen, ausgerechnet am 11. Oktober und damit am Jahrestag der verheerenden Sturmflut, die 1634 unendlich viel Leid über die Bewohner der Nordseeküste gebracht hatte außer über die Lüttebyer. Bis er einundzwanzig Jahre alt wurde, hatte Falk seinem Vater Ralf zu gehorchen, der streng, engstirnig und zuweilen cholerisch war und darauf bestand, dass alles nach seinem Plan lief. Aus diesem Grund überwachte er Falks Zensuren mit Argusaugen und war erst zufrieden, als dieser sein Abitur mit Bestnote abgeschlossen und den Studienplatz an einer Eliteuniversität in den USA erhalten hatte. Falk würde kurz nach seinem Geburtstag nach Amerika fliegen, um dort zu studieren und nebenbei Praktika zu machen. Dies alles diente dem alleinigen Zweck, den Reichtum und die Macht der Familie van Hove zu bewahren, und, wenn möglich, zu vermehren. Falk freute sich einerseits auf das große Abenteuer, konnte sich aber andererseits ein Leben ohne Florence nicht vorstellen. Auch jetzt spürte er immer noch die unglaubliche Wärme, die von ihrer samtenen Haut ausging, und den köstlichen Geschmack ihrer zärtlichen Küsse.
In dieser Nacht hatte er ihr endlich gesagt, dass ihnen beiden nicht mehr viel Zeit blieb, bevor er ins Ausland gehen würde. Florence hatte gefasst reagiert, lediglich einmal geseufzt und ihn dann ermutigt, seinen Traum zu leben, weil sie seinem Glück nicht im Weg stehen wollte. »Ich möchte auch reisen und werde dich besuchen, sobald ich das Geld für ein

Flugticket zusammenhabe«, hatte sie gesagt und nichts davon wissen wollen, dass er es ihr schenken würde. Sie wusste, dass Ralf van Hove seinen Sohn knapp hielt, er sollte sich dessen bewusst sein, wie schwer es war, Geld zu verdienen, und nicht so verwöhnt aufwachsen wie einige Kinder anderer wohlhabender Familien. Falk ging die Treppe zu seinem Zimmer im ersten Stock hinauf, sorgsam darauf bedacht, nicht auf die Stufe zu treten, die stets verräterisch knarzte. Als er das Licht anknipste, sah er, dass sein Vater da gewesen war, denn auf dem Bett lag nun ein Zeitungsartikel, der nicht dort gelegen hatte, als er zu seiner Verabredung mit Florence aufgebrochen war. Auf dem Artikel hatte Ralf mit einer Büroklammer eine Notiz befestigt, auf der stand: »Ich kann dich nur warnen: Setz das Vermögen und das Ansehen deiner Familie nicht für eine Unwürdige aus Lütteby aufs Spiel!«

Falk rutschte augenblicklich das Herz in die Hose, wenngleich er sonst nicht ängstlich war und auch nicht vor seinem Vater kuschte. Doch woher wusste dieser von Florence?

Falks Herz pochte wild, während er überlegte, ob sein Vater nur bluffte oder tatsächlich Bescheid wusste. Schließlich kam er zu dem Ergebnis, dass Ralf ihn hatte beobachten lassen, denn der Patriarch hatte seine Augen und Ohren überall. »Du musst immer über alles informiert sein, damit du der Erste bist«, hatte er seinem Sohn stets eingebläut. »Besser einen Schritt voraus, als hinterherzuhinken, sonst hast du verloren.« Wahrscheinlich ist es gut, wenn ich Grotersum bald verlasse, dachte Falk und überlegte, ob sein Vater auch Florence und womöglich deren Mutter Henrikje drohen würde. Zuzutrauen wäre es ihm, denn Ralf hielt nicht viel von Frauen und fürchtete sogar zuweilen deren Stärke, was seine Ehefrau Lavea schon kurz nach der Geburt von Falk in den Trübsinn getrieben hatte. Falk entfernte den Zettel von dem Artikel, der in der überregionalen Tageszeitung Nordfrieslands anlässlich des gestrigen Geburtstags von Ralf van Hove erschienen war. Er war eine einzige Hymne auf die Geschäftstüchtigkeit der Familie aus Grotersum und ein Abriss über ihre vielfältigen Tätigkeiten:

Das Imperium der van Hoves – eine beispiellose Erfolgsgeschichte

1892 eröffnete die Kaufmannsfamilie van Hove das erste Geschäftshaus mit städtischer Fassade in Grotersum: ein Warenhaus, spezialisiert auf Damen- und Herrenmode, Maßwerkstatt, Hutmacherei und Verkauf von Stoffen. Aufgrund des Erfolgs und der hohen Umsätze erwarben die van Hoves von da an nach und nach weitere Immobilien, erzielten Einnahmen durch Vermietung, aber auch durch Eröffnungen von Geschäften wie einer Papierwarenhandlung, einem Schuhhaus, einem Fachgeschäft für den Bereich Wohnen, Geschenkartikel und Einrichtung. Zuletzt erfolgte die Übernahme einer traditionellen Konditorei, die dem Imperium hinzugefügt und in ein ganztägig geöffnetes Café-Restaurant verwandelt wurde, damit die Kunden sich nach dem Einkauf stärken und zum Abschluss ein Glas Wein oder Bier trinken konnten – ein absolutes Novum in damaligen Zeiten.

Falk war nicht in der Lage, weiterzulesen, so sehr widerte ihn die kritiklose Berichterstattung an. Da stand nämlich nichts darüber, was aus all diesen Veränderungen resultierte: Den ortsansässigen Einzelhändlern gingen Einnahmen verloren, viele von ihnen mussten ihr Geschäft aufgeben. Um Parkraum für Autos zu schaffen, griff Ralf van Hove in die Struktur des historischen Ortes ein, ließ Häuser abreißen, die nicht unter Denkmalschutz standen, und Bäume fällen. Natürlich entstanden durch die veränderten Gegebenheiten neue Arbeitsplätze, und die Steuereinnahmen stiegen, doch Grotersum verlor nach und nach sein ursprüngliches Gesicht und seinen eigentlichen Charakter, im Gegensatz zu Lütteby, das zwar wirtschaftlich schlechtergestellt war, aber so charmant blieb wie eh und je.

Ich hole Florence nach, sobald ich kann, nahm er sich fest vor, um sie vor dem etwaigen Zugriff seines Vaters zu bewahren. Sie ist neugierig auf die Welt, und ich möchte sie in meiner Nähe haben. Ihre Stimmungsschwankungen bereiteten Falk zunehmend Sorgen, und ihm war nicht wohl dabei, sie nicht regelmäßig sehen zu können. Natürlich wusste er, dass Henrikje Hansen sich rührend um sie kümmerte und nahezu alles unternahm, um ihrer über alles geliebten Tochter die Schwermut und die Traurigkeit zu nehmen. Doch leider war nicht gegen alles ein Kraut gewachsen, und so nahm nicht nur Florence das Leben schwer, sondern auch seine geliebte Mutter, die darunter litt, dass ihr Mann sie mit jungen, naiven Geliebten betrog, die Ralf anhimmelten und sich von ihm unterjochen ließen. Ich wünsche mir eine Liebe auf Augenhöhe und hoffe, dass Florence der Tapetenwechsel guttut, dachte Falk voller Sehnsucht nach einer glücklichen Zukunft. In Amerika wurde Psychotherapie schon sehr früh zur Bekämpfung seelischer Leiden angewandt, so begann zum Beispiel Carl Rogers bereits 1938 mit Gesprächstherapien. Vielleicht gibt es einen Seelenarzt, der Florence heilen oder ihr zumindest helfen kann, war sein letzter Gedanke, bevor er ins Bett ging und von seiner wunderschönen und klugen Geliebten träumte, die er jetzt so gern im Arm gehalten hätte.

- 30 -

»Ich brauche keinen Vaterschaftstest, denn ich vertraue Florence«, erwidert Falk van Hove zu meiner Überraschung. »Aber ich kann es Ihnen nicht verübeln, wenn Sie mir unterstellen, dass ich misstrauisch sein könnte. Natürlich kennen Sie mich nicht besonders gut und auch nur eine bestimmte Seite von mir. Doch in einem können Sie sich sicher sein. Ihre Mutter war und ist alles für mich und wird es immer bleiben, egal, was geschieht.«

»Das … das ist gut zu wissen«, stammle ich, verblüfft über seine unerwartete Offenheit.

Falk van Hove schenkt uns beiden Rotwein ein und hebt das Glas. »Auf uns, auf das Leben und die Liebe. Ich hoffe, Sie haben den ersten großen Schock überwunden und sind bereit, mir eine Chance zu geben.«

»Sofern Sie wirklich ehrlich sind und mir nichts vorspielen, möchte ich, dass wir uns beide eine Chance geben, das ist schließlich keine Einbahnstraße.«

»Wie kommen Sie darauf, ich würde eine Show abziehen?«, fragt Falk verwundert. »Was hätte ich denn davon?«

»Ich habe bislang die Erfahrung gemacht, dass alles, was Sie tun oder planen, einen Grund hat, denn Sie machen nichts ohne Hintergedanken. Ich bin übrigens erstaunt, dass Sie hier vergleichsweise bescheiden wohnen, das gefällt mir. Das Haus ist einfach, aber wunderschön und äußerst gemütlich.« *Hier würde es auch Florence gefallen.*

Über Falks Gesicht huscht ein leises Lächeln. »Um ehrlich zu sein, ist das hier lediglich mein Rückzugsort. Mein Hauptwohnsitz ist ein altes Giebelhaus in Grotersum, das ich Ihnen gern zeige, wenn es Sie interessiert. Doch ich wollte Sie für den Anfang lieber hier in diesem deutlich intimeren Rahmen treffen, denn ich hatte mir schon gedacht, dass die alte Friesenkate nach Ihrem Geschmack ist. Werden Sie eigentlich umziehen, wenn Sie etwas Passendes gefunden haben, oder fühlen Sie sich so wohl bei Ihrer Großmutter, dass Sie weiterhin bei ihr bleiben wollen?«

Ich antworte vage: »Mal schauen«, und spüre, wie mir der Wein zu Kopf steigt. Ich habe noch nichts gegessen und bin emotional aufgewühlt. Schließlich hat man nicht alle Tage eine Verabredung mit seinem Vorgesetzten, der sich über Nacht als der eigene Vater entpuppt. »Aber da wir gerade beim Thema Häuser sind, möchte ich etwas ansprechen, das ich ganz schnell loswerden will, bevor wir uns mit unseren familiären Angelegenheiten befassen.«

»Was halten Sie davon, wenn ich mal eben etwas zum Essen vorweg hole und den Rest warm stelle? Ich habe das Gefühl, dass wir jetzt eine kleine Vorspeise sowie ein Glas Wasser brauchen könnten und der Hauptgang besser warten sollte.«

Ich nicke zustimmend und nutze die Gelegenheit seiner Abwesenheit, um mir die Bücher in dem Regal anzuschauen, das die gesamte rechte Wand einnimmt. Wie Thorsten schon über Falks Begeisterung für Bücher sagte, finden sich hier Titel über die Geschichte Nordfrieslands, Chroniken, Sachbücher über Wirtschaft, aber auch Sagen und Märchen aus unserer Region. Dann entdecke ich das Kinderbuch, das in der Liebesgeschichte zwischen Florence und Falk eine entscheidende Rolle spielte: Beinahe ehrfürchtig nehme ich *Ronja Räubertochter* von Astrid Lindgren zur Hand, eine kluge und warmherzige Parabel auf alles zerstörende Konflikte, mit hoffnungsvollem Ausgang. Ich blättere die abgegriffene, aber dennoch gut erhaltene Ausgabe durch und entdecke eine Widmung meiner Mutter. *Für Birk Borkasohn auf ewig und in Liebe. Deine Ronja Räubertochter*, steht da in runder Kinderschrift, und ich bekomme sofort Gänsehaut. Hätte mir jemand früher gesagt, dass meine Mutter und der verhasste Bürgermeister ein Liebespaar waren und dass Falk van Hove eine gänzlich andere Seite hat, hätte ich ihm nicht geglaubt.

Und nach wie vor kommt mir das alles unwirklich vor.

Während ich weiter durch die Seiten blättere, platziert Falk Schälchen mit Oliven, getrockneten Tomaten, eingelegten Zucchini und einen Teller Bruschetta auf den runden Esstisch. Ich stelle das Buch zurück ins Regal, wo es als einziges frontal präsentiert war.

Falk bemerkt dies, sagt aber nichts dazu. »Also, was gibt's? Was hat Vorrang vor unseren familiären Angelegenheiten?«, fragt er, nachdem er, genau wie ich, köstliche Bruschetta gegessen hat, die es mit der im *Dal Trullo* aufnehmen kann.

»Es geht um die alte Kapitänsvilla, den Wald und den Friedhof der Heimatlosen in den Lüttebyer Salzwiesen«, erwidere ich, während mir das Herz vor Aufregung bis zum Hals schlägt. Ich wünsche mir so sehr, zu ihm durchzudringen und das zu erreichen, was ich mir fest vorgenommen habe. »Ich möchte Sie inständig bitten, von Ihrem Plan, ein Golfhotel daraus zu machen, abzusehen, und das Haus an die Gemeinde von Lütteby zu vermieten.«

Falks Augen verengen sich. »Und wieso sollte ich das tun? Nur weil Sie so gut mit Pastorin Meyer befreundet sind?«

»Sie könnten damit etwas weitaus Bedeutsameres bewirken als die Erschaffung eines unnützen Golfer-Paradieses. Sinje möchte die Villa als Pastorat nutzen und Menschen aus unserer

Gemeinde, die einen Rückzugsort oder eine Zuflucht benötigen, für einen gewissen Zeitraum kostenlos Zimmer zur Verfügung stellen.« Ich will gerade sagen: »Und zwar die schönsten, die man sich vorstellen kann«, besinne mich aber zum Glück eines Besseren. »Zudem plant sie schon seit Längerem, einen Teil des Waldes in einen Ruheforst umzuwandeln, denn der jetzige Friedhof wird allmählich zu klein, außerdem sollten auch die Lüttebyer die Möglichkeit haben, ihren Lieben die Art von letzter Ruhe zu gewähren, die ihnen am meisten zusagt.« Falk hört aufmerksam zu und nickt, was mich ermutigt, weiterzusprechen. »Kommen wir als Letztes zu den Toten auf dem Friedhof der Heimatlosen. Ich plädiere dafür, sie umzubetten und ihnen einen Platz im Friedwald zu geben, unabhängig davon, ob sie beim Unglück auf See zu Tode gekommen sind oder durch eigene Hand.«

»Was sagt denn Ihre Freundin dazu, dass Sie planen, Selbstmörder Seite an Seite mit frommen, ehrbaren Bürgern zu begraben?«, fragt Falk, und ich bin mir nicht sicher, ob er die Frage ernst meint oder ironisch.

»Ich habe sie nicht gefragt, aber ich kenne sie gut genug, um sagen zu können, dass sie das sicher genauso sieht wie ich.«

»Frau Meyer weiß also gar nichts davon?« Falk wirkt ehrlich überrascht. »Aber Sie zwei hängen doch sonst immer zusammen wie die Kletten, brechen gemeinsam in die Villa ein, und das schon zweimal.«

»Wo… woher weißt du das?« Heiße Röte schießt mir flammend ins Gesicht, und ich fühle mich wie ein kleines Kind, das gerade dabei erwischt wurde, wie es heimlich vor Heiligabend die Weihnachtsgeschenke auspackt, die sorgsam versteckt waren.

»Meinst du, es bleibt mir verborgen, wenn eine teure, wunderschöne Vase einfach mir nichts, dir nichts aus der Honeymoon-Suite verschwindet? Wahrscheinlich besitzt Frau Meyer eine Kopie des Schlüssels, den ihr neuer Freund Sven Kroogmann für die Dauer der Sanierungsarbeiten hatte.«

»Ich … äh …« Mehr fällt mir gerade nicht ein, denn es ist mir unglaublich peinlich, dass Falk Kenntnis davon hat, dass wir heimlich in sein Haus eingedrungen sind und zudem noch etwas kaputt gemacht haben. Zwar nicht absichtlich und auch nur eher indirekt, indem wir anscheinend den Geist der verstorbenen Algea Ketelsen heraufbeschworen haben.

Oder war das Fenster doch undicht?

»Alles gut, eine kaputte Vase ist kein Drama. Aber was wolltet ihr zwei denn schon wieder da? Brauchtet ihr einen Platz zum Schlafen? Wie ich hörte, habt ihr es euch auf dem Himmelbett gemütlich gemacht.« Ach du Schande, wir haben offenbar völlig vergessen, das Bett aufzuschütteln und die Tagesdecke zurechtzuziehen. Da kann man mal sehen, wie aufgewühlt wir waren, als die Vase zu Boden gefallen ist.

»Wir wollten wissen, wie es in der Villa aussieht, nachdem sie neu eingerichtet wurde, und gleichzeitig überlegen, wie wir verhindern können, dass du wirklich ein Golfhotel aus diesem Ort machst, der, wie ich nun weiß, einst das Liebesnest meiner Mutter und dir war.«

Nun ist es Falk, der nervös wird. Er schenkt sich ein zweites Glas Wein ein und wippt unruhig mit dem Fuß auf und ab.

»Was hat Florence dir noch alles erzählt?«, fragt er beinahe tonlos.

»Sehr viel«, erwidere ich. »Vor allem sehr viel Schönes. Wenn sie das nicht getan hätte, wäre ich vermutlich heute gar nicht hier, denn ich habe natürlich ein anderes Bild von dir. Du hast mit deinem übersteigerten Geschäftssinn viel zu viel Schaden angerichtet.«

»Das sind harte Worte«, sagt Falk, der sich sichtlich unwohl fühlt. »Und sie entspringen einer etwas einseitigen Perspektive.

Immerhin haben mich viele, viele Bürger zum dritten Mal in Folge gewählt, damit ich ihre Interessen vertrete, dafür sorge, dass es ihnen finanziell gut geht und sie ein angenehmes, abgesichertes Leben führen können. Dass ich zur Erreichung dieses Ziels und der Einhaltung meiner Wahlversprechen mitunter unpopuläre Maßnahmen ergreifen muss, liegt in der Natur der Dinge. Aber bitte entschuldige, ich habe dich gerade unterbrochen.«

»Deine sogenannten unpopulären Maßnahmen sind genau das richtige Stichwort: Wieso lässt du ein altes Haus, in dem du romantische Stunden mit meiner Mutter verbracht hast«, *und in dem ich wahrscheinlich gezeugt wurde,* »ausgerechnet in ein Hotel für versnobte Golfer umwandeln und zudem noch einen Teil des Waldes roden? Man könnte meinen, du hasst die Villa, obwohl du sie so wunderschön hast sanieren und einrichten lassen.«

»Dürfte ich im Gegenzug erfahren, weshalb Sinje Meyer so viel daran gelegen ist? Natürlich ist da die Nähe zum Friedhof, und das alte Pastorat ist ein maroder Kasten, aber das allein kann es ja nicht sein.«

Ich ringe mit mir und frage mich, ob ich Falk von der Prophezeiung aus Kindertagen erzählen soll. Einerseits gehört die geheimnisvolle Wahrsagung nur Sinje und mir, andererseits kämpfe ich gerade darum, dass ihr sehnlichster Wunsch in Erfüllung geht, denn er ist gemeinnützig und einfach großartig. Doch das kann nur gelingen, wenn ich Falk auf meine Seite ziehe, denn so originell Sinjes Plan mit dem inszenierten Spuk auch ist, ich glaube nicht so recht daran, dass er gelingt. Außerdem ist mir nicht wohl dabei, die traurige Legende auf diese Weise zu missbrauchen, das hieße nämlich, die Tragik der Geschichte zwischen Algea und Fokke zu schmälern.

Also berichte ich von jenem Abend auf dem Jahrmarkt vor den Toren Lüttebys, als wir beide als Elfjährige bei einer Wahrsagerin waren und Sinje sich die Zukunft voraussagen ließ. Ich erzähle zudem von der großen Liebe mit dem Initial »L«, mit der Sinje ihr Glück in der Villa finden wird, und von der Aufgabe, die sie laut der Kartenlegerin in Bezug auf Ruhe und Frieden der Lebenden und der Toten von Lütteby hat. Ich schließe mit den Worten: »Die Legende besagt, dass die jahrtausendealte Feindschaft zwischen Lütteby und Grotersum erst endet, wenn die Seelen der beiden Liebenden Algea und Fokke ewige Ruhe gefunden haben. Dann wird endlich Friede sein, und die Liebespaare der beiden Ortschaften können wieder glücklich zusammenfinden.«

Falks Schweigen währt so lange, dass ich befürchte, er würde gleich explodieren, laut loslachen, mich für verrückt erklären oder sagen, dass ich sofort gehen soll.

Ich frage mich, ob es klug war, so offen und ehrlich zu sein. Falk van Hove ist ein Taktiker vor dem Herrn, und ich kann jetzt nur hoffen und beten, dass ich es nicht vermasselt habe.

»Nun verstehe ich deinen Vorschlag, die Toten des Friedhofs der Heimatlosen umbetten zu lassen«, sagt er schließlich leise. »Doch wie willst du das bewerkstelligen? Die Salzwiesen umgraben? Wie tief in die Erde sollte man da gehen? Und woher willst du wissen, dass es wirklich stimmt, dass Fokke dort bestattet ist? Meine Familie hat damals nach ihm gesucht, doch es gibt keinerlei Beweis dafür, dass er wirklich gefunden wurde.«

»Aber hatte sie wirklich ernsthaftes Interesse daran, den missratenen Selbstmördersohn zu finden und ihm die letzte Ehre zu erweisen?«, frage ich. »Doch wie auch immer das alles damals lief, Fakt ist, dass diese Tragödie einen weiteren tiefen Keil zwischen die beiden Orte getrieben und alles nur noch schlimmer gemacht hat.« Falk nickt und seufzt, was mich dazu ermutigt, noch deutlicher zu werden. »Du hältst mich jetzt bestimmt für verrückt, wenn ich dir sage, dass ich den Geist von Algea anlässlich einer Mutprobe am Fenster gesehen habe. Sie hat nach

Hilfe gerufen und mit ihrem Kerzenleuchter auf sich aufmerksam gemacht. Der Sage nach sucht sie immer noch nach ihrem toten Geliebten und wird erst Ruhe finden, wenn sie im Tode für immer mit ihm vereint ist. Als ich gestern bei den Salzwiesen war, tauchte plötzlich ein Schmetterling auf, ließ sich auf einem kleinen Hügel nieder und blieb sehr lange auf Fokkes Grab. Natürlich ist das nur ein Gefühl, genau wie die Erscheinung von Algea. Nichts, was man rational erklären oder gar beweisen kann.«

»Schmetterlinge sind Symbole für Transformation und Auferstehung«, sagt Falk, und ich suche in seiner Miene nach einem Hinweis darauf, ob er mich für verrückt hält oder ob ich womöglich einen Nerv bei ihm treffe, doch ich kann seinen Blick nicht recht deuten. »Und du hast wahrscheinlich die Feinfühligkeit und die hellsichtigen Fähigkeiten deiner Mutter geerbt. Sie hatte schon von klein auf ein Gespür für Dinge, die außer ihr keiner vorausgeahnt hat. Damals sagten alle, sie sei depressiv und würde übersteigert reagieren, nach heutigen Maßstäben würde man sie aber wahrscheinlich viel eher als hochsensibel einstufen.«

Obwohl seine Worte Gänsehaut bei mir verursachen, versuche ich, weiter meine Gedanken mit Falk zu teilen, ohne auf seine Einschätzung bezüglich Florence einzugehen. »Nordfriesland ist seit jeher das Land der Sagen und Mythen, der Spökenkiekerei. Nur ist der Villaspuk kein Seemannsgarn, sondern der tragische Beweis dafür, dass viel Leid entsteht, wenn Menschen einander hassen. Ich wünsche mir nichts sehnlicher, als dass diese Fehde endlich ein Ende hat und wir nicht mehr gegen-, sondern miteinander arbeiten. Wir müssen einander nicht lieben, aber respektieren und tolerieren, das sollte doch wohl möglich sein. Zumal ich bald heiraten möchte und nicht ständig mit der Angst leben will, dass es den Hansen-Frauen nicht vergönnt ist, die große Liebe zu leben und glücklich zu werden.«

»Jonas und du heiratet?«, fragt Falk, und plötzlich schimmern Tränen in seinen Augen. »Das … das ist eine tolle Neuigkeit, und ich freue mich wirklich sehr für euch beide. Ihr passt perfekt zusammen, es war schön, bei unserem Meeting die Energie zwischen euch beiden zu spüren. So war es auch zwischen deiner Mutter und mir. Du bist ihr sehr ähnlich, weißt du das?«

Und plötzlich ist der Bann gebrochen, und wir reden und reden, als hätten wir unser ganzes Leben darauf gewartet, genau dies zu tun. Dabei wird es immer später, und wir vergessen das Essen, das Falk vorbereitet hatte.

Irgendwann bin ich allerdings todmüde und kann ein Gähnen nicht mehr unterdrücken, doch es gibt noch ein Thema, das ich heute Abend unbedingt klären muss. »Ich möchte übrigens tatsächlich kündigen. Gerade jetzt erscheint es mir nämlich mehr als merkwürdig, für den Mann zu arbeiten, von dem ich weiß, dass er mein Vater ist. Die Leitung der Touristeninformation ist vakant geworden, wie du sicher weißt, und ich werde mich morgen früh bei Moiken Haase für diese Stelle bewerben, von der ich schon so lange träume.«

»Soll ich bei ihr ein gutes Wort für dich einlegen?«, fragt Falk, doch ich schüttle den Kopf. Das ist allein meine Angelegenheit. Und wenn es nicht klappen sollte, dann findet sich eben etwas anderes. »Ich weiß, dass du keine Fürsprache nötig hast, aber ich wollte es dir natürlich dennoch anbieten. Moiken wäre verrückt, wenn sie dir den Job nicht geben würde. Und ich hoffe, dass wir beide einen Weg finden, unsere beruflichen Planungen künftig besser zu koordinieren. Ich brauche deinen liebevollen Blick auf unsere Heimat, dein Gespür für die Themen, die wichtig für diese Region sind, deinen Verstand und vor allem dein Herz.«

Wir reden weiter über die Projekte, die demnächst anstehen, und ich bin erstaunt, dass Falk weit zugänglicher für Gegenargumente ist, als ich dachte. Doch auch er benennt Aspekte, die es zu bedenken gilt und die ich wiederum nicht im Blick hatte. Große Veränderungen sind eben komplex, und man tut gut daran, sie sachte und bedacht anzugehen, aber dennoch konsequent und beherzt.

Weit nach Mitternacht bietet Falk an, mich mit dem Auto nach Lütteby zu bringen, aber ich lehne ab, weil ich frische Luft und Bewegung brauche. Nachdem wir einander eine gute Nacht gewünscht haben und unter dem glänzenden Sternenhimmel stehen, flüstert er: »Es ist schön, dass die Karten nun endlich offen auf dem Tisch liegen und ich jetzt auch weiß, weshalb Florence mir nichts von der Schwangerschaft gesagt hat. Nun können die alten Wunden endlich beginnen zu heilen.«

- 31 -

Am Tag nach dem Treffen mit Falk van Hove erwache ich sehr früh, aber dennoch ausgeruht.

Kann ein Mensch sich eigentlich nachhaltig ändern?, frage ich mich, während ich im Bett meinen Morgentee trinke und über den vergangenen Abend sinniere. Nach und nach setzt sich ein Puzzle zusammen, das ein etwas anderes Licht auf den Mann wirft, den ich nicht ausstehen konnte. Ich war äußerst überrascht, als er mehrfach betont hat, dass er sich wünscht, ich würde ihm dabei helfen, einen differenzierteren Zugang zu den Fragen und Themen zu bekommen, die sich im Zusammenhang mit der Politik rund um Lütteby und Grotersum auftun.

Wahrscheinlich gehen Männer doch anders mit einigen Themen um, denke ich und rufe mir Diskussionen mit Thorsten, aber auch Jonas in Erinnerung. Natürlich wäre es unsinnig zu behaupten, dass Frauen ausschließlich emotional handeln und Männer immer nur rational. Doch vielleicht können wir voneinander lernen oder zumindest ausprobieren, wie es ist, wenn man einen anderen Blickwinkel einnimmt und einen neuen Weg beschreitet. Wie auch immer sich mein Verhältnis zu Falk van Hove künftig gestalten wird, bin ich doch froh, dass ich ab sofort freigestellt bin und mich um die Bewerbung für die Leitung der Touristeninformation kümmern kann, denn das hat für den Moment oberste Priorität, damit mir niemand meinen Traumjob vor der Nase wegschnappt.

Ich schicke Jonas eine Sprachnachricht, in der ich die Ereignisse des Abends zusammenfasse, und berichte auch, dass Falk sich über unsere geplante Hochzeit freut. Nach dem Absenden der Nachricht schreibe ich zusätzlich: »Sehne mich wie verrückt nach dir, schön, dass du schon früher nach Lütteby kommen kannst. Schicke dir einen sonnigen Kuss mit ganz, ganz viel Liebe.«

Jonas antwortet prompt: »Und ich dir einen liebevollen mit ganz, ganz viel Sonne« Seine Nachricht zaubert mir sofort ein Lächeln ins Gesicht. Nur noch einmal schlafen, dann sind wir endlich wieder vereint …

Ich halte noch einen Moment inne und betrachte versonnen den alten Schminktisch von Florence, in dessen Geheimfach ich einst ihre Glücksrezepte gefunden habe. Momentan liegt die Textsammlung bei meiner Mutter, weil sie lesen möchte, was ich hinzugefügt habe, und zudem überlegt, was sie künftig damit anfängt. Eine Idee von vielen sind schön illustrierte Postkarten, die Henrikje im Lädchen allen Einkäufen beilegt, doch dieser Plan ist noch nicht ausgegoren, und daher warte ich einfach ab, was Florence sich einfallen lässt. Sobald ich mit Moiken Haase wegen meiner Bewerbung gesprochen habe, rufe ich Florence an, weil sie natürlich gespannt ist zu erfahren, wie das Treffen mit meinem Vater war.

Mein Vater …

Es fühlt sich nach wie vor nicht stimmig an, Falk van Hove so zu nennen, doch es ist gut, dass wir uns zumindest nicht mehr siezen, nachdem mir das *Du* aus Versehen herausgerutscht ist, und dass wir so lange, ausführlich und vor allem ehrlich miteinander gesprochen haben. Ich werde auch diese Annäherung genauso behutsam und langsam angehen lassen wie die an Florence und mich, wie geplant, von Henrikje zum Traualtar führen lassen.

Nach einer erfrischenden Dusche gehe ich nach unten zu Henrikje, die um diese Uhrzeit für gewöhnlich schon lange wach ist, doch sie ist nicht daheim.

Also versuche ich es im Lädchen, das am Samstag wiedereröffnet wird, vielleicht werkelt sie schon dort herum.

Und siehe da. Ich hatte recht mit meiner Vermutung. »Moin, Linchen, na, du bist aber heute früh aus den Federn gekrochen«, sagt sie erfreut lächelnd und legt das hübsche Kissen mit der Aufschrift *Zu Hause ist, wo die Liebe wohnt* beiseite. »Das ist schön, denn dann brauche ich nicht mehr ewig darauf zu warten, was du über deinen gestrigen Abend zu erzählen hast. Magst du noch einen Tee, oder ist dir eher nach Kaffee?«

»Ich hätte lieber Kaffee, weil ich gleich Moiken anrufen und mich für die Leitungsposition in der Touristeninformation bewerben möchte«, erwidere ich und schaue mich in Henrikjes frisch renoviertem Reich um. Dabei fällt mein Blick auf eine steinerne Figur im Eingang, die einem Puk – so nennen wir Nordfriesen unsere Trolle – ähnelt. »Nanu, wen haben wir denn da? Ist das ein neues Ladenmaskottchen?«

»Das«, erwidert Henrikje schmunzelnd, »ist der Puk, der künftig auf uns und alle, die hier einkaufen, aufpasst. Florence hat ihn beim Aufräumen in einer Abseite gefunden, gesäubert und ein bisschen aufpoliert. Ich hoffe, dass er uns Glück bringt und nicht böse ist, dass er sein Dasein so lange in der Rumpelkammer fristen musste. Ihr zwei könnt euch ja unterhalten, während ich dir einen starken Kaffee koche, der deine Nerven beruhigt. Bin gleich wieder da.«

Mit den nordfriesischen Puken ist das so eine Sache: Sie können äußerst unterstützend und nett sein, aber man muss wissen, wie man mit ihnen umgeht. Heißer Brei mit Butter und viel Zucker scheint ihr sagenumwobenes Gemüt zu beruhigen, weshalb einige der älteren Bewohner Lüttebys abends kleine Schüsseln voll vor ihre Haustüren stellen, die am nächsten Morgen meist leer sind. Doch ob es wirklich ein Puk war, der sich daran gütlich getan hat, oder ein Tier, bleibt der Fantasie eines jeden Einzelnen überlassen. Verärgern darf man diese Sagenwesen übrigens nicht, sonst kommt ihre heimtückische Seite zum Vorschein, und die sollte man besser nicht provozieren.

»Schön ist es hier geworden«, lobe ich die Neugestaltung des Lädchens, die zum Glück nicht auf Kosten der Ursprünglichkeit gegangen ist, als Henrikje mit dem frisch gebrühten Kaffee zurückkommt. Nach wie vor ist es hier drinnen angenehm rummelig, nur ein wenig heller und frischer. Malte hat den alten Holzfußboden fachmännisch aufgearbeitet und geölt. »Der Aufwand hat sich gelohnt, und ich freue mich, dass durch den Flohmarktverkauf so viel Geld für die Reparatur des Glockenspiels zusammengekommen ist.«

»Danke dir für das Lob, Liebes, aber nun erzähl, bevor ich vor Aufregung platze«, sagt Henrikje ungewohnt fordernd. Doch ich kann sie verstehen, denn sie mochte Falk noch nie besonders und war mindestens so schockiert wie ich, als sie erfuhr, dass sie ab sofort familiär mit ihm verbunden ist. Also erzähle ich ihr vom gestrigen Abend und lasse kein Detail aus, auch nicht, dass ich das von Florence mit einer Widmung versehene Buch *Ronja Räubertochter* gefunden habe. Ich verschweige lediglich, worum ich Falk gebeten habe, weil ich erst abwarten möchte, wie er sich entscheidet.

»Das freut mich so sehr, Liebes«, sagt Henrikje, die aufmerksam zugehört und nur ab und zu bedächtig genickt hat. »Lass den Dingen Zeit und Raum und achte darauf, was dein Herz dir rät, das ist das Allerwichtigste. Ich finde es übrigens großartig, dass du dich für die Leitung der Touristeninformation bewirbst, denn Lütteby braucht dich.«

Mir brennt eine Frage auf den Nägeln, und nun ist der Zeitpunkt gekommen, sie zu stellen, weil es schon ein wenig merkwürdig ist, dass Thorsten seinen Job nach all den vielen Jahren aufgegeben hat, obwohl er seinen Beruf mit Leib und Seele liebt. »Hat Thorstens Kündigung vielleicht etwas damit zu tun, dass er künftig mehr Zeit haben möchte, um …?« Oje, wie formuliere ich das nur, ohne Henrikje zu nahe zu treten? Doch die lächelt nur verschmitzt und macht es mir leicht, meine Neugier zu stillen. »… um mehr Zeit mit mir verbringen zu können. Ja, das stimmt, heißt aber nicht, dass wir zwei alten Zausel jetzt wieder ein Liebespaar werden, sondern lediglich, dass wir beide Mitte siebzig sind und das Leben genießen wollen.« Ein Lächeln stiehlt sich auf mein Gesicht, denn Henrikjes Antwort beglückt mich zutiefst. Vielleicht kommt nun endlich alles an seinen Platz, denke ich und werfe einen Blick auf den Puk im Ladeneingang. Kann es sein, dass er mir gerade verschwörerisch zugezwinkert hat?

»Hey, das klingt doch alles super schön«, sagt Stunden später auch Sinje, mit der ich mich nach Dienstschluss im Pastorat bei *Chez Amelie* treffe, das sich um diese Uhrzeit täglich bis auf den Ruhetag wie durch Zauberhand in ein Weinbistro verwandelt. »Auch wenn ich das alles immer noch nicht so ganz glauben kann, weil es kaum eine absurdere Kombination gibt als deine Mutter und der werte Herr Bürgermeister und natürlich dich und Falk. Doch nach allem, was ich jetzt über van Hove weiß, scheint er auch eine gute Seite zu haben, auch wenn er sie bislang sehr sorgsam versteckt hat. Wie gut, dass er uns keinen Stress macht, weil wir widerrechtlich in die Villa eingedrungen sind. Hätte ich mir eigentlich denken können, dass er das spitzkriegt, schließlich weiß er auch sonst alles und jedes. Seine Spione sind offenbar überall.«

»Voilà, die Damen, hier kommt der Crémant«, sagt Pascal Durand, der hier abends das Sagen und eigenmächtig beschlossen hat, was wir als Aperitif trinken. Wahrscheinlich traut er den Nordfriesen nicht genug Geschmack zu, um die richtige Wahl zu treffen, frei nach dem Motto: Wer Friesennerze, wattierte Mäntel und Funktionsjacken trägt, der trinkt nur ultrasüßen Billigsekt, von dem man Kopfschmerzen und schlechte Laune bekommt. »Gibt es etwas zu feiern?«

»O ja, eine ganze Menge«, erwidere ich schmunzelnd, denn der Auftritt des exaltierten Pariser Sommeliers ist jedes Mal wie ein Besuch im Theater oder Varieté. »Trinken Sie ein Glas mit uns?«

»Nicht, bevor ich nicht weiß, worauf«, entgegnet Pascal schnippisch.

»Zum Beispiel auf Linas neuen Job als Leiterin der Lüttebyer Touristeninformation«, sagt Sinje, da ich kurz vor unserem Treffen die Zusage von Moiken Haase bekommen habe. Ab Montag trete ich die Stelle hochoffiziell an und freue mich wie verrückt darauf, bald wieder mit Rantje und Lars zusammenzuarbeiten und die sympathische Brigitte besser kennenzulernen, die sich ausschließlich um die Organisation der Festivitäten in unserem Städtchen kümmert. Ich werde als Allererstes mit ihr besprechen, wie der Stand der Dinge bezüglich des Dankesfestes für die Verschonung von der großen Sturmflut ist, damit am 11. Oktober auch alles läuft wie gewünscht.

»Aber war sie das nicht schon immer?« Pascal wirkt verwirrt und überprüft den Sitz seiner Fliege.

»Ja, das könnte man meinen«, sagt Amelie fröhlich und nimmt ihre Backschürze ab. »Habe ich das eben richtig gehört? Du bist nicht mehr im Rathaus, oder wie oder was?«

Die aparte Cafébesitzerin setzt sich zu uns an den Tisch, und ich bringe sie auf den neuesten Stand. Sinje schaut währenddessen versonnen auf den Marktplatz. Dann stößt sie aus heiterem Himmel einen kleinen Schrei aus und knufft mich in die Seite.

Ich rufe: »Aua!«, was Pascal wieder zu uns lockt, und ich frage mich, was Sinje derart aus der Fassung gebracht hat. Doch dann sehe ich den Grund: Ihr Ex-Verlobter Gunnar und die bildschöne Mareike aus der Trachtentanzgruppe sitzen auf einer der Bänke nahe dem Brunnen und teilen sich, äußerst vertraut wirkend, einen Coffee to go.

»Seit wann geht denn da was mit den beiden?«, fragt Sinje. Amelie zuckt mit den Schultern, und ich kann sowieso nichts dazu sagen. Ich bin schließlich so beschäftigt mit meinen eigenen Irrungen und Wirrungen, dass mir keine Zeit mehr für anderes bleibt.

»Seit ungefähr einer Woche«, erklärt Pascal zu meinem großen Erstaunen. »Die zwei treffen sich fast jeden Abend um diese Uhrzeit hier. Beide tun so, als wäre es purer Zufall, aber vertrauen Sie mir und meiner Intuition, dass die Turteltäubchen sich noch heute Abend für ein erstes richtiges Rendezvous verabreden. L'amour, l'amour, sie findet immer ihren Weg.«

»Ich wusste gar nicht, dass Sie so romantisch veranlagt sind«, sagt Amelie sichtlich amüsiert.

»Mais non, das bin ich nicht«, empört Pascal sich. »Aber ich bin auch nicht blind und sage nur, was sich seit Tagen vor meinen Augen anbahnt.«

Ich versuche, Sinjes Gesichtsausdruck zu deuten, für ihre Verhältnisse ist sie bemerkenswert still, hoffentlich ist sie nicht eifersüchtig. Pascal wendet sich nun den Gästen zu, die gerade hereingekommen sind. Das Weinbistro ist ein echter Publikumsmagnet, und ich kann nicht umhin zuzugeben, dass Falk recht hatte, als er darauf beharrte, ein Ladenlokal in dieser Toplage auch abends zu nutzen. Allerdings bin ich immer noch wütend, weil er Amelie so unter Druck gesetzt hat. Man darf aber auch nicht vergessen, dass sie ihm Mieteinnahmen von drei Monaten schuldete. Wie auch immer man es dreht und wendet: Die beiden hätten das Problem partnerschaftlich besprechen und gemeinsam eine Lösung finden können.

»Meint ihr, die zwei passen zusammen?«, fragt Sinje, die immer noch wie gebannt auf Gunnar und Mareike starrt. »Ist sie nicht viel zu jung für ihn?«

»Naturellement ist sie das«, erwidert Amelie. »Aber seit wann ist das für Männer ein Hindernis? Ich würde sagen, sei froh, dass Gunnar frisch verliebt ist, dann kannst du deine Liebe zu Sven endlich ohne schlechtes Gewissen genießen.«

»Wenn das mal so einfach wäre«, murmelt Sinje seufzend und wendet ihre Aufmerksamkeit wieder Amelie und mir zu. »Dieses kleine Biest von Tochter setzt alles, aber auch wirklich alles daran, uns auseinanderzubringen, egal, wie freundlich ich zu ihr bin. Momentan ist es gerade wieder extrem zum Haareraufen, und ich bin mir nicht sicher, ob diese Geschichte ein gutes Ende nimmt.«

Ich lege beruhigend die Hand auf Sinjes Arm. So aufgebracht habe ich sie schon lange nicht mehr erlebt. »Gib Carla Zeit, sich daran zu gewöhnen, dass ihre Eltern kein Paar mehr sind und dass nun du anstelle ihrer Mutter eine große Rolle in Svens Leben spielst. Das wird sich alles einrenken, wenn du ein bisschen Geduld hast. Sechzehn ist nun mal ein schwieriges Alter, das weißt du doch.«

»Aber kann Carla nicht einfach ebenso entzückend sein wie Mathilda oder Kais Tochter? Ich komme doch für gewöhnlich wunderbar mit Kindern aus.«

»Matti entwickelt sich auch bald zu einem nervigen, egoistischen Pubertier, da kannst du dir ganz sicher sein. In ihrem Alter sind Mädchen meistens noch süß und lieb, doch dann ist irgendwann Schluss mit lustig, und man möchte sie am liebsten bitten, auszuwandern und erst wiederzukommen, wenn sie erwachsen sind. Wir waren doch ganz genauso.«

»Niemals«, empört Sinje sich gespielt, und wir fangen alle drei lauthals an zu lachen, was die Aufmerksamkeit der Gäste nebenan auf sich zieht und uns einen tadelnden Blick von Pascal einbringt, der gerade einen besonders kostspieligen Rotwein öffnet und am Korken schnuppert.

»Erinnert euch Pascal nicht auch ein wenig am Michel Gerard, den nervigen Concierge aus der Serie *Gilmore Girls?*«, frage ich leicht angeheitert. Der Crémant wirkt ausgesprochen belebend, genau wie die Aussicht darauf, Jonas morgen endlich wiederzusehen. »Natürlich ist Pascal deutlich älter und sieht ihm auch nicht ähnlich, aber diese überhebliche, zickige Art kommt mir irgendwie bekannt vor. Oder liegt das daran, dass er Franzose ist?«

»Entschuldige mal bitte, ich komme auch aus Frankreich«, empört sich Amelie gespielt. »Allerdings von einer Insel im Atlantik und nicht aus der Hauptstadt, wo die meisten ein wenig versnobt sind. Ich kenne diese Fernsehserie zwar nicht, aber ich weiß, was du meinst. Doch die Gäste lieben Pascal, also ist alles bestens, und wir können weiterfeiern. Ich freue mich schon sehr auf die Neueröffnung des Lädchens und bin gespannt, was Henrikje und Anka ausbaldonnert haben.«

»Wer hat was ausbaldowert?«, fragt Michaela aus dem *Modestübchen,* die gerade gemeinsam mit Florence hereingekommen ist und uns neugierig anschaut. »Du meinst doch ausbaldowert, nicht wahr?«

»Kommt her, und setzt euch«, sage ich. »Wir haben Crémant. Und jede Menge zu feiern. Und mit euch beiden zusammen ist das noch très, très schöner.«

- 32 -

»Bleib bitte noch hier, es war gerade so gemütlich«, murmelt Jonas und versucht, mich wieder zurück ins Bett zu ziehen.

»Ich wollte uns nur Tee und Kaffee holen und nicht davonlaufen«, erwidere ich schmunzelnd, obwohl es mir schwerfällt, das Bett zu verlassen, das seit der gestrigen Rückkehr von Jonas unser Lieblingsort ist, von einem Spaziergang am Meer abgesehen. Ich habe mich mittlerweile daran gewöhnt, dass er in meiner Wohnung übernachtet, überlege aber dennoch die ganze Zeit, wo wir künftig wohnen werden, doch mir fällt einfach keine gute Lösung ein. Doch eigentlich ist es egal, wo ich in den Armen von Jonas liege, denn das Wichtigste ist die Nähe zu ihm und die kostbaren Stunden, die wir zusammen verbringen können. Ich schließe einen Moment die Augen und wünschte, ich könnte die Zeit anhalten, und damit diesen innigen Augenblick voller Zärtlichkeit, leidenschaftlicher Küsse, Gespräche, die nicht unterbrochen werden, seinem unvergleichlichen Duft und seiner nackten Haut ganz dicht an meiner.

Nachdem ich mir endlich einen Ruck gegeben, die Heißgetränke zubereitet und ins Schlafzimmer gebracht habe, schmiege ich mich wieder an Jonas. »Ich kann kaum glauben, dass wir schon in einer Woche heiraten werden«, sage ich zum millionsten Mal, seit wir beschlossen haben, dass der Sonntag nach dem 11. Oktober das perfekte Datum für unsere Herbsthochzeit im kleinen Kreis ist. Die Trauung soll ein Symbol dafür sein, dass für Lütteby und Grotersum hoffentlich bald neue Zeiten anbrechen. Sinje wird uns im Apostelkirchlein trauen, danach gibt's eine Feier bei den Lorussos im *Dal Trullo*. Unsere Flitterwochen müssen noch bis zum Frühsommer nächsten Jahres warten, weil wir nach Apulien wollen. Doch das macht nichts, denn jedes noch so kurze Treffen mit dem Mann, den ich über alles liebe, fühlt sich an wie eine einzige große Hochzeitsreise.

»Von mir aus könnten wir auch heute schon vor den Traualtar treten«, sagt Jonas und streichelt meine Hand, die auf der Bettdecke liegt. »Ich brauche kein großes Tamtam und keine Party, ich wünsche mir einfach nur, dass wir zwei miteinander verbunden sind. Du könntest anstatt eines Brautkleids auch gern deinen Schlafanzug mit dem *Eiskönigin*-Motiv auf dem Oberteil tragen, und ich komme in meinem *Spider-Man*-Outfit.« Angesichts der Erinnerung an jene denkwürdige Nacht, in der Jonas und ich uns zufällig am Leuchtturm getroffen haben, muss ich lachen, denn da war ich tatsächlich mit meinem Schlafanzug losmarschiert, nichts ahnend, dass ich um diese Uhrzeit jemanden treffen würde.

»Ich überlege eher, wie wir unser künftiges Leben gestalten«, murmle ich nachdenklich. »Langfristig möchte ich umziehen, aber das hat natürlich erst Sinn, wenn wir wissen, wie es beruflich bei dir weitergeht. Oder belassen wir einfach alles, wie es ist, weil du ohnehin weiter in der Weltgeschichte herumjettest und ich sehr gern mit Henrikje zusammenlebe?«

»Und was wird dann aus deinem Traum von einer großen Villa Kunterbunt, in der du all deine Lieben um dich herum versammeln und Gäste bewirten kannst?«, fragt Jonas, und der Gedanke an diesen Traum versetzt mir einen kurzen Stich, weil er mir immer noch unerreichbar erscheint. »Wie denkst du über folgenden Vorschlag? Wir geben uns noch ein halbes Jahr Zeit und sehen uns inzwischen immer mal wieder in Ruhe nach einem geeigneten Haus um. Vielleicht möchte Fiete Ingwersen irgendwann doch den Haubarg verkaufen, oder ein anderes Haus wird frei. Womöglich zieht Thorsten zu Henrikje oder sie zu ihm, wer weiß das schon? Vielleicht möchte Anka sich künftig mit deiner Großmutter zusammentun, weil ihr Haus für eine Person viel zu groß ist. Das Leben verändert sich sekündlich, und ich vertraue einfach darauf, dass sich schon etwas Passendes finden wird, wenn der Moment gekommen ist. Was hältst du eigentlich davon, wenn wir heute mal wieder zur Höhle gehen, ein Lagerfeuer machen und vorher im Wald Pilze sammeln? Nach dem Großstadttrubel und der schlechten Luft in London bräuchte ich ein wohltuendes Waldbad.«

»Das ist eine großartige Idee«, erwidere ich begeistert. »Da war ich schon lange nicht mehr. Wir könnten auch dort übernachten, falls es nicht zu kalt ist.«

»Und wieder gemeinsam in den Sternenhimmel schauen«, sagt Jonas, »wie in unserer ersten gemeinsamen Nacht am Meer. Keine Sorge, du wirst ganz bestimmt nicht frieren, denn ich werde dich wärmen. In dieser Nacht und in allen Nächten für den Rest unseres Lebens.«

Am späten Nachmittag ziehen wir, bepackt mit Picknickutensilien, los und halten am Waldrand nach Pilzen Ausschau. Malte hat uns zwei Schlafsäcke geliehen, die auch bei Minusgraden wärmen, und ich bin schon gespannt auf das Abenteuer Herbstnacht im Wald, wenn die modrige Nebelkälte aus dem Boden kriecht und Fledermäuse über unsere Köpfe hinwegfliegen. »Bucheckern passen doch auch gut zu dem Kürbis und den Süßkartoffeln, die wir dabeihaben, findest du nicht auch?«, sage ich, als ich unter einer mächtigen Rotbuche etliche der Samen entdecke, die Sinje und ich schon als Kind gern verspeist haben, obwohl sie ein kleines bisschen giftig sind. Aber sie schmeckten so schön nussig, dass wir das Risiko stets eingegangen sind. »Wenn man sie kocht, kann doch eigentlich nichts passieren.«

Jonas nickt leicht abwesend, denn er beobachtet gerade fasziniert eine Straße von Waldameisen, die Borkenkäfer vertreiben und ihrerseits wiederum das Futter von Vogelarten wie dem Grünspecht sind – der Kreislauf der Natur, der hier im Wald ganz besonders deutlich zutage tritt. Ich blättere in Henrikjes Pilzbestimmungsbuch, das sie uns sicherheitshalber mitgegeben hat, und vergleiche meinen Fund mit den Beschreibungen im Ratgeber. Ein Grüppchen von Steinpilzen verlockt zum Pflücken, doch ich möchte zuerst auf Nummer sicher gehen. Man kann sie nämlich leicht mit Gallenröhrlingen verwechseln, die zwar nicht tödlich, aber absolut ungenießbar sind und unser Abendessen im Nullkommanichts verderben würden. Verzückt bestaune ich den von vermoderndem Herbstlaub und Tannennadeln bedeckten Boden mit seiner schier unendlichen Vielfalt, ich liebe den Wald ebenso sehr wie die Nordsee.

Bemooste Baumstümpfe zwischen den Stämmen sehen aus wie kleine Hügel. Äste, die der Herbstwind durch die Luft gewirbelt hat, liegen überall verstreut und bilden ein wunderschönes Muster. Die tief stehende Sonne taucht alles in ein gelbliches, warmes Licht, die Zweige der Laubbäume spielen mit den Strahlen Fangen, Licht und Schatten sind hier besonders starke Gegenspieler. Buchen, Linden und Tannen lieben es eher dunkel, wo Licht ist, da ist auch Leben, daher brauchen Waldkräuter, junge Bäume, Insekten und Pilze Lücken im Kronendach der Wälder. Das Leben braucht Gegensätze, das ist einfach so.

»Wusstest du, dass Pilze sich den Platz unter der Erde mit den Baumwurzeln teilen und unterirdisch durch bestimmte Signale Kontakt mit ihnen aufnehmen?«, frage ich, weil es mich immer schon fasziniert hat, dass die Pflanzen des Waldes einander für den Menschen unsichtbar Botschaften schicken, die Forscher weltweit versuchen zu entschlüsseln. Auch die Blätter eines Baums sind mit den Wurzeln verbunden, eine verletzte Baumrinde heilt sich selbst, indem sie Harz ausbildet. Das Wunder der Natur ist das größte von allen, neben der Liebe.

»Ja, das wusste ich«, erwidert Jonas und legt plötzlich den Zeigefinger auf seinen Mund. Ich bleibe wie angewurzelt stehen, denn unweit von uns zeigt sich ein Grüppchen Rehe in der Abenddämmerung. Ich halte gebannt den Atem an. So nah war ich schon lange nicht mehr an diesen bildschönen, scheuen Tieren, die auf der Suche nach Hexenkraut, Heide und Efeu sind, die sie besonders gern äsen. Doch dann entdeckt eine Ricke uns, und schon setzt sich der kleine Trupp in Bewegung. »Ich kann verstehen, dass deine Mutter und Falk sich so gern im Wald getroffen haben«, sagt Jonas, als die Rehe im Unterholz verschwunden sind. »Von Wäldern geht eine unvergleichliche Magie aus. Deshalb hoffe ich sehr, dass Falk deinem Vorschlag, die Villa an die Gemeinde zu vermieten, zustimmt und Sinje endlich den geplanten Ruheforst einrichten kann. Die Vorstellung, dass hier im nächsten Frühjahr Golfer ihre Bälle schlagen, ist genauso absurd wie unerträglich.«

»Das hoffe ich auch«, erwidere ich seufzend. Ich habe Sinje immer noch nichts von meinem Plan erzählt, weil ich ihr keine unnötige Hoffnung machen will. Doch allmählich läuft die Zeit davon, Falk plant den Teststart für das Wochenende, an dem Jonas und ich heiraten werden. »Wir haben noch gar nicht darüber gesprochen, aber ich frage mich, ob wir Falk zur Hochzeit einladen sollten. Das fühlt sich zwar alles ein wenig absurd an, doch es käme mir auch merkwürdig vor, ihn gänzlich außen vor zu lassen.«

»Das wäre eine schöne und äußerst wichtige Geste«, erwidert Jonas. »Und ich verstehe deinen Zwiespalt, denn gestern Nacht habe ich eine ganze Weile wach gelegen und mich gefragt, ob ich meinen Vater auf die Gästeliste setzen sollte, weil dieses Fest eine gute Gelegenheit wäre, sich wieder ein bisschen anzunähern. Allerdings wollte ich zuvor deine Meinung dazu hören und würde natürlich zuallererst meine Mutter fragen, ob ihr das recht ist, schließlich hat er sie durch die Trennung weit mehr verletzt als mich.«

»So eine Hochzeit wirft viele existenzielle Fragen auf«, murmle ich. »Aber sie bietet auch Chancen.« In meine Gedanken platzt ein Anruf von Falk, und ich beginne vor Aufregung zu zittern. Bekomme ich jetzt womöglich die erhoffte Antwort?

»Störe ich gerade?«, fragt er, und ich erzähle, dass Jonas und ich einen Ausflug zur Höhle unternommen haben. »Oh, die Räuberhöhle«, erwidert Falk, seine Stimme klingt mit einem Mal ein wenig brüchig. »Das ist ja schön, da war ich ewig nicht mehr.«

»Hast du Lust vorbeizukommen?«, höre ich mich zu meiner Überraschung fragen, Jonas beobachtet mich gespannt. »Wir werden gleich einen Eintopf mit selbst gesammelten Pilzen kochen, der reicht bestimmt auch für dich.«

Und ehe ich michs versehe, sitzen wir auf einmal zu dritt am knisternden Lagerfeuer, über uns glitzern die Sterne, genau wie die kleinen Funken, die das Feuer schlägt.

Falk hat knuspriges Ciabatta und Salento-Rotwein vom *Dal Trullo* mitgebracht und mich und Jonas sehr herzlich begrüßt. Es ist schön, dass die beiden sich so gut verstehen, das macht es leichter. Wir plaudern eine ganze Weile über unverfängliche Themen, Falk schält und schnippelt die Süßkartoffeln, ich den Hokkaidokürbis und frische Kräuter. Nachdem wir alle Zutaten samt Gewürzen in den gusseisernen Topf gegeben und zum Kochen in die Halterung über der Feuerstelle gehängt haben, lade ich meinen Vater zu unserer Trauung am kommenden Sonntag im Apostelkirchlein ein.

»Das freut mich sehr, und ich komme ausgesprochen gern«, erwidert Falk sichtlich gerührt, und auch Jonas lächelt erfreut. »Ich habe dich übrigens angerufen, weil ich mit dir über die Villa und deine Pläne sprechen wollte, die mir seit unserem Treffen nicht mehr aus dem Sinn gegangen sind. Auch aus meiner Sicht ist es Zeit, die Wunden der Vergangenheit zu heilen, und daher habe ich beschlossen, dir und Jonas das Haus und das dazugehörige Waldstück zur Hochzeit zu schenken.«

Es dauert eine ganze Weile, bis seine Worte zu mir durchdringen. Ich umklammere die Hand von Jonas, der neben mir sitzt, und frage mehrmals: »Ist das dein Ernst? Bist du dir sicher?«

Falk schmunzelt und erwidert: »Pass auf, wenn du noch länger nachfragst und zweifelst, überlege ich es mir anders. Also freu dich einfach und sag mir, ob du dort irgendetwas verändert haben möchtest, dann erfülle ich dir deine Wünsche gern. Übrigens habe ich auch über die Prophezeiung von Sinjes Liebesglück und den mysteriösen Buchstaben L nachgedacht, von denen du mir erzählt hast. Ist dir eigentlich jemals der Gedanke gekommen, dass du damit gemeint sein könntest?«

Ich?!

»L wie Lina«, murmelt Jonas. »Ja, das ergibt Sinn. So eng, wie ihr beide miteinander befreundet seid, bist du natürlich im übertragenen Sinn ihre große Liebe.«

Ich rufe mir ebenfalls die Wahrsagung in Erinnerung, die Sinje prophezeit hat, gemeinsam mit ihrer großen Liebe das Glück in der Villa zu finden. Wie oft haben wir schon gesagt, dass wir die perfekte Freundinnen-WG bilden würden, wenn wir Singles wären. Seit vielen Jahren gehen wir miteinander durch dick und dünn, durch alle Höhen und Tiefen, die das Leben für uns bereithält. Meine Gefühle für Sinje sind tatsächlich eine Form von Liebe, und ich weiß, dass es ihr umgekehrt genauso geht.

»Freut mich, dass du meiner Theorie zustimmst, Jonas«, erwidert Falk schmunzelnd, während ich schon im Geiste die Zimmer in der Villa einteile und mit Jonas dort einziehe. Keine Frage, dass die Honeymoon-Suite mit dem Erker *unser Zimmer* wird. Jonas wird auf absehbare Zeit weiter in der Welt umherreisen, und Sinje wird ebenfalls nicht sofort mit Sven zusammenziehen, dazu ist deren Beziehung noch zu frisch, und die Spannungen mit seiner Tochter Carla sind zu groß. Die Villa bietet riesig viel Platz, und zwar für alles, was wir uns bislang erträumt haben. Im Grunde ist das alte Haus genau die Villa Kunterbunt, von der ich mein Leben lang geträumt habe – und könnte, abgesehen von uns, auch für andere Menschen ein Zuhause werden, wenn sie es brauchen. Überwältigt von diesem unerwarteten und großzügigen Geschenk falle ich meinem Vater um den Hals, als wir aufstehen, um auf die Zukunft anzustoßen. Ich flüstere: »Danke«, und kann es kaum erwarten, Sinje von dieser Wahnsinnsneuigkeit zu erzählen. Sie wird überglücklich sein und wahrscheinlich sofort die Zelte im Pastorat abbrechen.

»Ich könnte mir keine schönere Nutzung wünschen als das, was ihr beide mit der Villa vorhabt. Keine Ahnung, was in mich gefahren war, als ich aus diesem Schmuckstück, das mir persönlich so viel bedeutet, ein Boutique-Hotel für Golfer machen wollte. Dabei spiele ich gar nicht gern Golf, und wenn, dann nur, um Geschäftskontakte zu knüpfen.«

»Der Grund dafür war sicher dein legendärer Geschäftssinn«, erwidert Jonas. »Der Gedanke an sich ist gut und vielversprechend, aber deine Entscheidung, den beiden die Villa zu überlassen, ist tausendmal besser.«

»Was heißt hier, den beiden?«, fragt Falk sichtlich amüsiert. »Hast du nicht gehört, dass die Villa euer Hochzeitsgeschenk ist?«

»Doch, das habe ich«, sagt Jonas und legt den Arm um mich. »Aber ich teile diesen wunderschönen Ort sehr gern mit der Frau Pastorin und all den Gespenstern der Vergangenheit, die hoffentlich bald ihre Ruhe finden.«

»Das freut mich«, sagt Falk und trinkt das Glas leer. »So, und jetzt würde ich gern in die Höhle gehen, wenn ihr nichts dagegen habt, und ein wenig über die alten Zeiten sinnieren.«

Nachdem Falk im Eingang der Räuberhöhle verschwunden ist, frage ich mich, was in ihm vorgeht, seit er weiß, dass Florence wieder aufgetaucht ist, und er nun endlich den wahren Grund für ihr überstürztes Verschwinden kennt. Doch ich werde ihn nicht fragen, denn das ist allein seine Angelegenheit.

Auch das wird sich alles zeigen und fügen, wenn die Zeit dafür gekommen ist, und momentan ist es noch nicht so weit.

Nachdem Falk sich eine Weile später von uns verabschiedet hat, liegen Jonas und ich schon bald Seite an Seite in unseren Schlafsäcken und schauen in den Sternenhimmel, der heute Nacht noch schöner funkelt als sonst.

»In einer Woche sind wir offiziell verheiratet und können, sobald wir wollen, in die Villa einziehen«, flüstere ich, als der wehmütig klagende Ruf eines Käuzchens ertönt. »Ich kann das alles gar nicht glauben, zwickst du mich bitte mal?«

Doch anstatt mich zu zwicken, gibt Jonas mir einen langen, zärtlichen Kuss, der mich mit tiefer Wärme, Zuversicht und Freude erfüllt. »Das Wunder küsst uns bei Nacht«, murmle ich voller Vorfreude auf die Hochzeit und unser künftiges gemeinsames Leben.

Dann versinke ich in einen tiefen, erholsamen Schlaf und träume von einer glücklichen Zukunft.

- 33 -

Als ich am Samstagmorgen erwache, brauche ich einen kleinen Moment, um mich zu orientieren.

In den Baumwipfeln über mir raschelt es, Wind kommt auf und treibt die Wattewolken am Himmel vor sich her. Jonas ist offensichtlich schon länger auf den Beinen, denn das Lagerfeuer knistert heimelig, und es duftet nach Kaffee. »Guten Morgen, meine Liebste«, sagt er. »Bist du schon bereit für deinen Tee?« Ich nicke und reibe mir verschlafen die Augen. »Seit wann bist du denn schon auf?«, frage ich, immer noch leicht benommen.

»Seit Falk mir eine Nachricht geschickt und mich gefragt hat, ob wir heute ein bisschen kitesurfen wollen«, entgegnet er und setzt sich zu mir auf den Schlafsack.

»Falk kann kiten?«, frage ich verwundert, weil dieser Sport sehr große Fitness erfordert und mein Vater siebenundfünfzig Jahre alt ist.

»Davon gehe ich mal aus, sonst würde er das sicher nicht vorschlagen«, sagt Jonas grinsend. »Ich würde wirklich gern mit ihm aufs Wasser, heute ist nämlich perfektes Wetter dafür. Die Feier im Lädchen beginnt doch erst um 16 Uhr, oder?«

Ich erwidere: »Ja, das tut sie, aber es ist auch kein Problem, wenn du später dazustößt. Hab Spaß mit Falk und tob dich ein bisschen aus. Wir besprechen dann nachher noch die Menüdetails mit Federico und Chiara, die natürlich auch zur Neueröffnung kommen.«

»Ich liebe dich dafür, dass du so entspannt bist. Nicht jede Frau würde es tolerieren, wenn der künftige Ehemann sich in der Nordsee austobt, anstatt mit ihr alle Details der Hochzeitsplanung durchzugehen.«

»Keine Sorge, damit nerve ich dich allerspätestens morgen, bevor du nach London zurückmusst. Wärmst du mich bitte noch ein bisschen, bevor du dich in die kalten Fluten stürzt?«

»Mit dem größten Vergnügen«, erwidert Jonas und krabbelt zu mir in den Schlafsack.

Gegen 14 Uhr sind Henrikje, Florence, Sinje, Anka und ich im Lädchen verabredet, um letzte Handgriffe für die Wiedereröffnungsfeier vorzunehmen. Diese Gelegenheit möchte ich nutzen, allen von der grandiosen Nachricht zu berichten, dass die Villa nun doch kein Golfhotel wird. Ich entkorke eine Flasche Rosé-Sekt, die ich zuvor besorgt habe, und bin so überdreht, dass ich gar nicht weiß, wie ich anfangen soll. Der herabgefallene Korken kullert auf dem Holzfußboden umher, Sinje hebt ihn auf. »Alles okay mit dir?«, fragt sie amüsiert. »Willst du uns sagen, dass du nun doch zu Jonas nach London ziehst, oder …?«

»Nein, ganz im Gegenteil«, erwidere ich, mein Körper vibriert förmlich vor Freude und Aufregung. »Ich möchte dich fragen, ob du gemeinsam mit mir in die Villa ziehen möchtest, die Falk Jonas und mir zur Hochzeit schenkt, genau wie das Waldstück, das du endlich deinem Wunsch gemäß zum Ruheforst umgestalten lassen kannst.«

Sinje reißt die Augen auf, Florence greift nach meiner Hand, und Henrikje sagt: »Na hoppla.«

»Außerdem möchte ich gern die Toten vom Friedhof der Heimatlosen in den Friedwald umbetten lassen, damit Algea und Fokke endlich im Tode vereint sind und ihre Seelen den verdienten Frieden finden. Ich habe das alles schon mit Falk besprochen, der uns dabei unterstützt, weil auch er sich wünscht, dass die Dinge in unserem zauberhaften Lütteby nach all der langen Zeit endlich wieder in Ordnung kommen.«

»Das hat er wirklich gesagt?«, flüstert Florence mit Tränen in den Augen.

»Veräppelst du uns?«, fragt Sinje ungläubig, und auch Anka sieht aus, als hätte ich gerade etwas völlig Unglaubwürdiges erzählt. Als ich den Kopf schüttle und nochmals deutlich mache, dass Falk seine Pläne geändert und mir die Villa geschenkt hat, gibt es kein Halten mehr. »Das ist so unfassbar wahnsinnig toll, dass ich keine Worte dafür finde«, sagt Sinje und fängt vor Freude an zu weinen. »Und du bist dir wirklich sicher, dass du das Haus nicht für Jonas und dich allein willst?« Das ist die perfekte Gelegenheit, Sinje von Falks Theorie zu erzählen, die besagt, dass die Wahrsagerin damals uns beide gemeint hat, als sie von Sinjes großer Liebe und dem Glück, das sie in der Villa finden würde, sprach. Henrikje steht schmunzelnd daneben, und Anka sagt: »Wo der Mann recht hat, hat er recht. Aber ich sage euch gleich, dass ich ihm seinen neuen Schmusekurs erst abkaufe, wenn er künftig nachhaltig unter Beweis stellt, dass er erst mal nachdenkt, bevor er hier in Lütteby die Dinge auf den Kopf stellt. Versprich mir, Lina, dass du trotzdem immer Tacheles mit ihm redest und ihm nichts durchgehen lässt, was unserer Gemeinschaft schaden könnte.«

Ich verspreche es hoch und heilig, und mit einem Mal reden alle durcheinander.

Keine von uns achtet mehr darauf, ob die Waren auch wirklich perfekt präsentiert sind, ob frisches Wasser in der Blumenvase ist oder ob noch eine kleine Schliere am Schaufenster entfernt werden müsste. Sinje kreischt vor Freude, nachdem sie ihre Tränen getrocknet hat, richtet im Geiste schon ihr Zimmer ein und ist kurz davor, den Förster anzurufen und mit ihm ein

Meeting für die Planung des Ruheforstes zu vereinbaren. »Was herrscht denn hier für ein Tumult?«, fragt Michaela, die irgendwann mit einem Tablett selbst gebackener Zimtschnecken durch die Tür kommt, gefolgt von Amelie, Kai, seiner Frau Petra und Tochter Laura. Binnen Sekunden füllt sich das Lädchen mit den Marktplätzlern, Thorsten und Rantje, und sogar Fiete Ingwersen ist Henrikjes Einladung gefolgt. Er hält deutlichen Abstand zu Thorsten, aber ich weiß ja jetzt, wieso. Ich hoffe sehr, dass die Animositäten zwischen den beiden wegen der verstorbenen Irmel sich irgendwann beilegen lassen. Doch das wird – oder es wird nicht. »Die Zukunft macht, was sie will, besser, man stemmt sich nicht gegen sie«, lautet Henrikjes Wahlspruch, und sie hat recht damit, wie ich in all den Jahren erfahren und gelernt habe. Die Zeit verfliegt im Nu, draußen dämmert es bereits, und irgendwann schaue ich auf die Uhr. Es ist kurz vor sieben, und von Jonas fehlt weit und breit jede Spur, was mich ein wenig wundert. Mittlerweile hat der Wind deutlich an Stärke gewonnen, dicke Regentropfen klatschen auf das Kopfsteinpflaster des Marktplatzes, und ich verziehe mich in Henrikjes Hinterzimmer, um zu checken, ob Jonas mir eine Nachricht geschickt hat, doch da ist keine.

Seltsam!

Natürlich habe ich ihm gesagt, dass er sich nicht zu beeilen braucht, aber ich kann mir beim besten Willen nicht vorstellen, dass er um diese Zeit und vor allem bei dem schlechten Wetter noch kitet. Mit einem Mal erfasst mich eine Angst, die ich mir kaum erklären kann, weil es tausend mögliche Gründe für sein Fernbleiben gibt. Die plötzliche Sorge um Jonas schnürt mir die Brust zu, und ich öffne das Fenster zum Garten, um frei atmen zu können. Ich versuche mit aller Macht, den Gedanken, dass es den Hansen-Frauen nicht vergönnt ist, eine glückliche Liebe zu leben, zu verdrängen. Doch dann kommt mir der traurige

Gesang des Käuzchens von gestern Nacht in den Sinn, diese Vögel sind Vorboten des Todes … Voller Angst wähle ich die Handynummer von Jonas, aber ich erreiche nur die Mailbox und spreche eine Nachricht darauf.

Dann lehne ich mich aus dem Fenster, ungeachtet dessen, dass ich nass werde, und spüre, wie mich Panik erfasst, ähnlich wie an dem Abend, als ich mit der *Florence* in den Seenebel geraten bin. Das Nächste, was ich wahrnehme, ist Abraxas, der wie aus dem Nichts herangeflogen kommt und sich auf die Fensterbank setzt. Der Seelenvogel kommt zu allen Lüttebyern, die Trost und Zuwendung brauchen, denke ich beklommen und weiß in dem Moment, dass Jonas etwas zugestoßen ist. Als plötzlich Henrikje und Florence ins Zimmer kommen und Henrikje mich in den Arm nimmt, habe ich traurige Gewissheit. »Jonas hatte einen schweren Kite-Unfall«, sagt Florence leise. »Die Safety Leash hat sich nicht gelöst, als sich die Leinen seines Segels verheddert haben. Es tut mir so unendlich leid, Liebes …«

Epilog

Sommer des darauffolgenden Jahres

Der Blick vom Kirchturm auf den kleinen, magischen Ort Lütteby ist so ziemlich der schönste, den ich kenne. Dieser Turm ist nicht offiziell für Besucher zugänglich. Auf seine Plattform dürfen nur freche Möwen, Sinje und ich.

Schaut man von der umlaufenden Galerie auf unser Städtchen hinab, wird einem warm vor Glück. Der Marktplatz ist kugelrund wie die Sonne und das Herzstück von Lütteby und wird umsäumt von hübschen, teils windschiefen Giebelhäuschen, einige von ihnen hellgelb getüncht, andere blassrosa, weiß oder hellblau. Verliebte treffen sich zu einem Rendezvous auf einer der hölzernen Bänke am Brunnen, so, wie Jonas und ich es einst getan haben …

Tränen rollen über meine Wangen und verschleiern den Blick auf die Schönheit dieses sonnigen Tages Anfang Juni, fast exakt auf den Tag genau ein Jahr nachdem ich meine große Liebe Jonas kennengelernt habe.

Sinje legt den Arm um mich und flüstert: »Süße, es ist Zeit. Lass uns nach unten gehen, sonst kommen wir zu spät. Doch bevor du zu den anderen gehst, müssen wir dich noch ein bisschen restaurieren, es muss ja nicht jeder sofort sehen, wie herzzerreißend du geweint hast.«

Ich folge Sinje wie in Trance nach unten und lasse es geschehen, dass sie mein Make-up erneuert und mir ein Taschentuch in die Hand drückt. »Bist du so weit?«, fragt sie leise und nimmt mich noch mal liebevoll in den Arm. Ich nicke und straffe meine Schultern.

Dann trete ich aus dem Apostelkirchlein hinaus, bereit für alles, was nun folgt.

»Lust auf eine Fahrt im Bollerwagen?«, fragt Thorsten augenzwinkernd, neben ihm steht Henrikje und deutet auf das mit roten Rosen geschmückte Fahrzeug. »Oder haste Schiss, dass dein Kleid knittert?«

Anstelle einer Antwort raffe ich den ausladenden Rock aus cremefarbenem Seidentaft und den Petticoat unter dem Tüllrock zusammen, der dafür sorgt, dass das Brautkleid gut sitzt. Ich habe in den vergangenen Tagen immer wieder geübt, mich elegant darin zu bewegen, also werde ich es doch wohl hoffentlich hinbekommen, unfallfrei in einen Bollerwagen zu klettern. Zumal ich Flipflops trage und keine High Heels.

»Juhu, sie hat's geschafft!«, ruft Michaela, die neben meiner Mutter steht und zahllose Fotos schießt. »Und nun alle Mann ab zum Leuchtturm, sonst denkt Jonas am Ende noch, dass Lina ihn versetzt. Wir sind schon ein bisschen spät dran.«

Der Hochzeitstross setzt sich in Bewegung, ganz Lütteby ist auf den Beinen, um unsere Eheschließung zu feiern. Sinje geht neben mir her, genau wie mein Vater, Amelie, Violetta und Anka. »Halt, ihr habt mich vergessen«, ruft Matti empört, nimmt Anlauf und landet schwungvoll neben mir. Dabei fällt ein Teil der Blütenblätter aus ihrem Körbchen und verstreut sich flugs in alle Winde.

Matti sagt: »Oops«, und schaut so peinlich berührt drein, dass ich ihr einen Kuss auf die Wange gebe. »Mach dir nichts draus, es sind noch genug Blumen drin, und selbst wenn es nicht so wäre, dann wäre es auch egal. Die Hauptsache ist, dass wir heute alle zusammen feiern und jede Menge Spaß haben.«

Mathilda lächelt und blinzelt in die Sonne. Über unseren Köpfen ertönt ein vertrautes *Kraraaa*, Abraxas begleitet unseren Weg zum Leuchtturm. »Du siehst schön aus«, sagt Matti, nachdem sie mein Kleid ausgiebig betrachtet und mehrmals mit dem Smartphone für die Ewigkeit festgehalten hat. »Wie eine richtige Braut.«

Ich bin ja auch eine richtige Braut, denke ich dankbar und genieße sowohl die Fahrt als auch die wärmenden Sonnenstrahlen.

Die hinter mir liegenden Wochen und Monate waren alles andere als ein Spaziergang und geprägt von Angst und Bangen um Jonas. Der Tag, an dem sein Arzt ihm die vollständige Genesung nach einer langwierigen Reha bescheinigte, gehört zu den ergreifendsten, an die wir uns erinnern werden, wenn wir alt und grau sind. Der Kampf um sein Leben, seine Gesundheit und um unser Glück war mindestens so nervenaufreibend wie eine letzte Auseinandersetzung mit der Stalkerin, die allerdings mittlerweile glücklich liiert ist und Jonas nicht mehr belästigt. Er arbeitet mittlerweile meist im Homeoffice von Lütteby aus und wird nicht mehr so häufig für seine Firma unterwegs sein. Wenn er weg ist, genießen Sinje und ich unsere Mädels-WG, und das Wiedersehen mit Jonas ist umso schöner. Auch alles rund um die Entstehung von Sinjes Friedwald und die Umbettung der Toten vom Friedhof der Heimatlosen war aufregend, zeitaufwendig und verlief nicht immer ohne Probleme. Mein Leben ist also nach wie vor alles andere als eintönig, sondern herausfordernd, genau wie die Leitung der Touristeninformation.

Doch wie immer hat die Gemeinschaft von Lütteby zupackend mitgeholfen, und so haben wir vorgestern gefeiert, dass Sinjes Lebenstraum mithilfe meines Vaters endlich wahr geworden ist.

Von jetzt an können wir von einigen Fenstern der Villa aus auf die letzte Ruhestätte schauen, was aber gar nicht gruselig, sondern eher tröstlich ist. »Darf ich dich mal in der Villa besuchen und auch da übernachten?«, fragt Matti, und ich nicke, denn ich genieße es unendlich, Platz für liebe Gäste zu haben, auch wenn ich manchmal die Wohnung unterm Dach in Henrikjes Giebelhäuschen vermisse. Doch in der wohnt jetzt Anka, die ihr Haus künftig an Feriengäste vermieten wird, weil die Friesenkate am Ortsrand wie geschaffen für Familien ist, die gern nahe der Nordsee Urlaub machen, den schönen Garten mit der von Helmut gebauten Schaukel nutzen und ausgiebige Radtouren in die Umgebung unternehmen möchten. »Gibt es denn da wirklich Gespenster?«, fragt Matti, die mich ständig nach der Sage von Algea und Fokke fragt, weil sie die so romantisch findet.

»Nur wenn du an sie glaubst«, erwidere ich und wechsle einen bedeutungsvollen Blick mit Sinje, die immer noch neben dem Bollerwagen herspaziert, den Thorsten zieht, mittlerweile tatkräftig unterstützt von Fiete Ingwersen. »Aber egal, ob du an sie glaubst oder nicht, du brauchst keine Angst vor ihnen zu haben, denn sie wollen dir nichts Böses, sondern geistern einfach nur umher, weil sie keine Ruhe finden, solange sie nicht erlöst werden.« Meine Antwort ist zugegebenermaßen ein klein wenig geflunkert, denn in Vollmondnächten gab es schon das eine oder andere Phänomen, das Sinje und mich irritiert hat, insbesondere als wir allein in der Villa übernachtet haben, während Jonas zur Reha auf der Insel Föhr war. Doch je weiter die Umbettung des Friedhofs der Heimatlosen fortschritt, desto seltener wurden die Klopfgeräusche und die Lichtphänomene, die wahrscheinlich viel eher von alten Rohren und den Lichtsignalen des Leuchtturms herrührten als von einer verstörten Seele namens Algea.

»Wir sind da«, ruft meine Mutter, die neben Falk geht, allerdings mit gebührendem Abstand, die beiden umkreisen einander immer noch und kriegen nicht so recht den Dreh hin, sich wieder anzunähern. »Soll ich dir aus dem Bollerwagen helfen, damit du elegant aussiehst, wenn du Jonas gegenübertrittst?«, fragt Florence.

»Nein danke«, erwidere ich grinsend. »Jonas kennt mich in allen Lebenslagen, egal, ob ich bei Michaelas Modenschau von der Bühne purzle, ob mit Spinne im Haar, unausgeschlafen oder von Regen durchnässt.«

Und dann kommt der Moment, auf den ich so lange gewartet habe, nachdem die geplante Herbsthochzeit wegen Jonas' Unfall geplatzt war und ich um sein Leben bangen musste.

Ich gehe ihm entgegen und laufe die letzten Meter bis zum Leuchtturm, wo Sinje uns gleich trauen wird. Es war ihre Idee, die Zeremonie dorthin zu verlegen, und auch wenn ich den Bund fürs Leben mit Jonas ebenso gern im Apostelkirchlein eingegangen wäre, passt dieser Ort natürlich besser. Hier bin ich Jonas nachts begegnet, als ich an *Golden Slumbers,* den Song der Beatles, gedacht habe, den Florence mir als Baby zum Einschlafen vorgesungen hat, und dabei so unendlich traurig geworden bin.

Hier haben wir uns zum ersten Mal geliebt …

»Da bist du ja endlich, ich habe dich vermisst«, sagt Jonas, obwohl wir heute Morgen gemeinsam aufgestanden sind und auf der Sonnenterrasse der Villa mit Blick auf die Nordsee gefrühstückt haben. Dann nimmt er meine Hand, und wir gehen, begleitet von unseren Familien, Seite an Seite in das Innere des Leuchtturms, der demnächst tatsächlich zum Romantikhotel umgebaut wird. Drinnen ist alles mit Blumen und Girlanden geschmückt, ich erkenne sofort die Handschrift von Violetta und Michaela und bekomme Gänsehaut, weil alles so aufregend und wunderschön ist, dass ich glaube zu träumen. Doch dann schauen Jonas und ich einander tief in die Augen, und ich weiß, dass das zwischen uns eine Liebe fürs Leben ist.

Und dann ist es so weit: Sinje stellt sich auf ein kleines Podest, das Malte gezimmert hat, wir beide stehen ihr gegenüber. Obgleich sie versucht, fröhlich auszusehen, erkenne ich deutliche Spuren der Trauer. Vor drei Wochen ist ihre Liebe zu Sven zerbrochen, was mir immer noch in der Seele wehtut, denn ich hätte ihn an meinem Glückstag gern neben ihr gesehen. Seitdem versuche ich, sie so gut es geht zu trösten und bin froh, dass sie durch den Umzug des Pastorats in die Villa und alle anderen großen Veränderungen so viel um die Ohren hat, dass der Liebeskummer sie nicht gänzlich auffrisst.

Sichtlich bewegt hält sie eine nicht minder bewegende Traurede, und Jonas steckt mir den Ehering an den Finger. Mein Verlobungsring bleibt als Vorstecker, denn ich würde mich um nichts in der Welt von dem Schmuckstück mit dem weißen Raben trennen. Dieser Moment, in dem sich unsere Hände nähern und kurz ineinander verschränken, geht mir durch und durch, und ich vergesse beinahe zu atmen.

Als Jonas mich umarmt und küsst, raschelt der Stoff von Uroma Beekes Hochzeitskleid, und mir wird noch einmal bewusst, dass ich nach ihr die erste *Hansen* bin, die heiratet. »Ich liebe dich bis in alle Ewigkeit«, flüstert Jonas mir ins Ohr, während unsere Lippen sich finden und die Gäste Beifall klatschen. Ich erwidere: »Ich dich auch.« Eine tiefe Welle des Glücks durchflutet mich, und ich kämpfe mit Tränen der Rührung. Aus dem Augenwinkel sehe ich all die Menschen, die mir so viel bedeuten und die meinen Weg schon so lange begleiten. Malte lächelt freundlich, Ahmet zwinkert mir zu, Lars Baumann steht neben Rantje und Brigitte aus der Touristeninformation. Apotheker Kai hat genauso feuchte Augen wie seine Frau Petra. Die

Lorussos haben sich heute wieder ganz besonders chic gemacht, und Sohn Nino kann es ganz offensichtlich kaum erwarten, raus an den Strand zu gehen – genau wie ich.

Nun ist mein Traum von einer Sommerhochzeit am Meer doch noch wahr geworden, denke ich, als wir einen Aperitif in der Sonne nehmen und ein Fischbrötchen essen, damit wir nicht gleich beschwipst sind.

»Mhm, dieser Cocktail ist lecker«, sagt Jonas, als er den ersten Schluck gekostet hat, sein Freund Oliver stimmt ihm zu. »Was ist das?«

»Ich habe keine Ahnung, frag Pascal oder Amelie, die sind heute für die Drinks und das Dessert zuständig«, erwidere ich und sehe, dass mein Vater mit dem Löffel gegen das Glas schlägt. Will er jetzt etwa eine Rede halten? Falk wird misstrauisch beäugt von Leander, dem Vater von Jonas, der ein ebenso erfolgreicher Geschäftsmann ist wie Falk, was er gestern Abend, als wir als Familie gemeinsam im *Dal Trullo* essen waren, mehr als deutlich zum Ausdruck gebracht hat.

Doch wie immer war Verlass auf Henrikje und Florence, die Jonas' Mutter Iris in die Mitte nahmen und dafür sorgten, dass die Begegnung mit ihrem untreuen Ex-Mann halbwegs glimpflich verlief, und sich fast ausschließlich mit ihr, Tobias und seiner Frau Heike vom Hattstedter Koog unterhielten.

»Keine Sorge, liebe Gäste, ich will weder lange Reden schwingen noch irgendjemanden davon abhalten, sich zu amüsieren und zu feiern. Doch ich möchte eine kleine Premiere ankündigen und bitte daher um Aufmerksamkeit. Rantje, Florence und Henrikje, seid ihr bereit?«

»Was passiert denn jetzt?«, fragt Michaela, die neben mir steht. Sinje grinst sich eins und erwidert: »Nun wart's doch ab.«

Meine Großmutter, meine Mutter und Rantje gehen auf die Bühne, die bereits für das abendliche Fest am Strand aufgebaut ist, und stellen sich vor drei Standmikrofone, danach folgen ihnen Mathilda, Laura und Nino auf das hölzerne Podest.

»Moin, alle zusammen«, sagt Henrikje und lächelt strahlend in die Runde. »Einige von euch, aber ganz besonders du, meine liebste Lina, kennen meinen Leitspruch *Die Liebe tanzt barfuß am Strand, denn sie ist frei, wild und wunderbar*. Rantje mag ihn auch und hatte die Idee, einen Song zu eurer Hochzeit zu komponieren, den wir euch nun vorsingen wollen, tatkräftig unterstützt von den musikalischen Lütten aus Lütteby. Seid ihr bereit?« Alle nicken, und Henrikje sagt: »Los geht's.«

Die erste Zeile lautet: »Wenn du nicht mit deinem Liebsten barfuß laufen, am Strand entlangtanzen und Hand in Hand durchs Leben gehen kannst, ist es keine wahre Liebe. Und der Refrain: Also such so lange zwischen all den Sandkörnern, bis du das eine gefunden hast, das zu dir passt, denn die Liebe tanz barfuß am Strand.«

Der Song ist so berührend, lustig und klug, dass wir alle nach Wiederholung rufen, ich bin erstaunt, wie gut die sechs auf der Bühne singen können. Nun ergreift meine Mutter das Wort und sagt: »Wir singen das Lied nur dann ein zweites Mal, wenn ihr jetzt alle eure Schuhe auszieht und gemeinsam mit uns barfuß am Strand tanzt, von mir aus gern bis spät in die Nacht.«

Und so kommt es, dass die Feier eine unerwartete Wendung nimmt, denn nach und nach packt alle das Tanzfieber. Offenbar hatten wir in der letzten Zeit viel zu wenig Gelegenheit, das Tanzbein zu schwingen und uns so richtig nach Herzenslust zu amüsieren. Ich freue mich, dass meine Eltern eine kleine Runde wagen, genau wie Henrikje und Thorsten. Ob daraus später eine große Runde werden wird, wer weiß das schon? Die Zukunft macht schließlich noch immer, was sie will.

»Komm, lass uns uns ein bisschen abkühlen«, sagt Jonas irgendwann, als auch mir so warm ist, dass ich am liebsten das

Brautkleid gegen einen Badeanzug tauschen würde. Dann tanzen wir Hand in Hand in die kühlen Wellen, die unsere Knöchel umspülen und fröhlich vor sich hin gluckern, und lassen uns freudig kreischend ins Meer fallen …

Am Morgen nach dieser Traumhochzeit erwache ich früh und immer noch beseelt von dem fröhlichen Hochzeitsfest am Strand. Jonas schläft, und ich gehe auf Zehenspitzen zum Erkerfenster, um auf meine geliebte Nordsee zu schauen. Ich atme die frische Luft ein, lasse meinen Blick in die Ferne schweifen und sehe auf einmal ein Tagpfauenauge vor meinen Augen umhertänzeln. Dann setzt der Schmetterling sich aufs Fenstersims. Ich bewundere das schöne Tier, das mich an jenen Nachmittag in den Salzwiesen von Lütteby erinnert, als ich beschlossen habe, die Toten des Friedhofs der Heimatlosen umbetten zu lassen. Mit einem Mal erblicke ich einen zweiten Falter, der sich dicht neben den ersten setzt.

Ich erschauere, denn ich denke in diesem Moment ganz fest an Algea und Fokke und hoffe, dass sie einander wiedergefunden haben und nun in der Ewigkeit miteinander verbunden sind. Als Jonas erwacht und »Guten Morgen, meine Liebste« sagt, erheben sich die beiden und fliegen gemeinsam davon. Dann drehen sie kleine Pirouetten über der Nordsee, und ich könnte schwören, dass sie ein Herz in die Luft gemalt haben.

Ein Herz für eine Liebe, die niemals endet …

Nachwort

Nun ist sie zu Ende, die märchenhafte Trilogie um das zauberhafte Lütteby und seine Bewohner, allen voran Lina, ihre Freundin Sinje und Großmutter Henrikje. Der Ausflug in die Historie Nordfrieslands und in die Welt der Sagen und Mythen hat mir unglaublichen Spaß gemacht, ich hoffe, Ihnen auch. Über zweieinhalb Jahre habe ich an dieser Herzensgeschichte geschrieben, recherchiert und mich an Bücher erinnert, die in meiner Kindheit eine prägende Rolle gespielt haben. »Ohne Bücher und Geschichten sind wir verloren«, sagt Henrikje, und das geht mir genauso, nicht zuletzt habe ich deshalb den Beruf der Buchhändlerin gelernt und ihn viele Jahre mit Freude und Hingabe ausgeübt. Aus dramaturgischen Gründen nenne und zitiere ich im Text Kinderbücher, die es – wie *Ronja Räubertochter* – zu dieser Zeit noch nicht gegeben hat. Doch der Fantasie von uns schreibenden Menschen darf nicht immer der Riegel der Realität vorgeschoben werden, wir lassen schließlich Träumen Flügel wachsen. Also bitte verzeihen Sie mir kleine dichterische Freiheiten an der ein oder anderen Stelle, die nur eines zum Ziel haben: Sie zu verzaubern.

Ich hoffe, Sie hatten eine wundervolle, spannende und romantische Zeit in Lütteby und kommen vielleicht sogar einmal wieder. Denn wer weiß, ob es nicht noch viel mehr über diesen märchenhaften Seelenort zu erzählen gibt …

Danke, dass Sie mich auf dieser schönen Reise begleitet haben.

Gabriella Engelmann

Verlieben Sie sich auch in die anderen bezaubernden Roman-Highlights von Gabriella Engelmann:

Zu wahr, um schön zu sein

»Wenn etwas kaputt ist, muss man es reparieren!«
45 Jahre lang hat Caro nach diesem Motto gelebt – bis sie ausgerechnet am Tag ihrer Silberhochzeit vor den Scherben ihrer Ehe steht. Als wäre das nicht genug, verliert Caro nach dem Mann auch noch ihren Job, ihr Sohn Felix baut ordentlich Mist, und Caros esoterisch angehauchte Hippie-Mutter Flora kommentiert all das mit nervigen Kalendersprüchen.
Zum Glück sind Caros beste Freundin Sylvia und die Lotsenwitwe Hedwig zur Stelle, um mit Humor und guten Ratschlägen Caros Kampfgeist zu wecken. Denn wenn etwas unwiderruflich kaputt ist, muss frau es schließlich irgendwann ersetzen, oder nicht?

Ich dachte schon, du fragst mich nie

Kann das Chaos noch ein bisschen größer werden?, fragt Sophie Hartmann sich. Tochter Pauli leidet am ersten Liebeskummer, Schwester Geli an notorischem Hang zu falschen Männern, und dann bricht sich Tochter Liv ausgerechnet kurz vor Eröffnung des gemeinsamen Restaurants die Hand. Dummerweise ist Sophie in der Küche ein Totalausfall, selbst mit ihrem Wahlspruch »Familie ist das Allerwichtigste« stößt sie hier an ihre Grenzen.
Zum Glück beweist das Schicksal Sinn für Humor und schickt Hilfe von unerwarteter Stelle. Doch während sich in Sophies Umfeld alles zum Besten wendet, muss sie selbst erkennen, dass sie ihre eigenen Wünsche und Träume viel zu lange begraben hat ...

Die Büchernest-Serie von Gabriella Engelmann:

Auf der Nordsee-Insel Sylt treffen Sie auf die Buchhändlerin Larissa, ihre Freundin Nele, Tante Bea und viele weitere sympathische Figuren. Sie leiden mit ihnen, wenn ihnen das Leben Steine in den Weg legt – und genießen jede Seite, wenn sie gemeinsam die Tücken des Alltags bewältigen, versprochen!

Inselzauber

Bei ihrer ersten Begegnung sind sich Larissa und Nele herzlich unsympathisch, dabei haben sie mehr gemeinsam, als sie ahnen. Schon bald stellen die beiden fest, dass man zusammen stärker ist als allein.

Inselsommer

Die Hamburger Galeristin Paula fragt sich: Soll sie einen Neuanfang wagen oder festhalten, was sie hat? Ein Inselurlaub bei Buchhändlerin Bea und deren Nichte Larissa soll Klarheit in Paulas Gefühle bringen.

Wintersonnenglanz

Larissa liebt die Herbst- und Wintermonate auf Sylt. Doch in diesem Jahr kann sich die besondere Magie einfach nicht entfalten. Wie gut, dass wenigstens Larissas beste Freundin wieder zurück in Keitum ist …

Strandkorbträume

Larissa sucht händeringend nach Personal für ihr Buchcafé Büchernest. Kurzerhand beschließt Sophie, in ihre alte Heimat zurückzukehren um auszuhelfen. Ein Sommer auf Sylt soll den Neuanfang bringen. Denn nach einem enttäuschenden Liebes-Aus braucht Sophie vor allem neue Träume und gute Freundinnen.

»Macht den Kopf frei und das Herz leicht«
tina

KNAUR

Die Im-Alten-Land-Serie von
Gabriella Engelmann:

Eine Villa zum Verlieben

Stella, Leonie und Nina haben kaum Gemeinsamkeiten – bis auf ihre Begeisterung für eine alte Stadtvilla im Herzen Hamburgs. Hier führt der Zufall sie zusammen, und die drei Frauen ziehen kurzerhand ein – jede mit einem ganz eigenen Traum: Stella will als Architektin hoch hinaus, Leonie wünscht sich nichts sehnlicher als eine Familie, und Nina möchte nach einer großen Enttäuschung endlich wieder glücklich sein. Doch das Leben geht andere Wege als erwartet. Da heißt es zusammenhalten! Denn nichts hilft in schwierigen Zeiten so wie echte Freundinnen …

Apfelblütenzeit

Ein Meer von rosa-weißen Blüten, malerische Fachwerkhäuser und romantische Flusslandschaften – nach sechs Jahren in Hamburg hat Leonie fast vergessen, wie schön das Alte Land ist. Da ihre Mitbewohnerinnen eigene Wege gehen und sie ihren Job verloren hat, muss sie sich neu orientieren und hofft, in der alten Heimat zur Ruhe zu kommen. Doch das klappt einfach nicht, da ihre Eltern Hilfe brauchen und, ganz unerwartet, ein Mann ihr Herz höherschlagen lässt. Ein Glück, dass sie sich auf ihre beiden Freundinnen Nina und Stella verlassen kann!

Zauberblütenzeit

Das Mädels-Wochenende in der Hamburger »Villa zum Verlieben« ist für die Freundinnen Leonie, Nina und Stella die Gelegenheit, einander ihr Herz auszuschütten: Nina muss verkraften, dass ihr Freund Alexander sich in eine andere verliebt hat. Leonie ist überglücklich mit Markus, doch ihre Pension »Apfelparadies« im Alten Land läuft nach dem teuren Umbau längst nicht so gut wie erhofft. Und für Stella wird es immer schwieriger, ihren Job als Innenarchitektin und die Patchwork-Familie mit drei Kindern unter einen Hut zu bekommen. Da ist es ein wahrer Segen, dass die drei Freundinnen einander haben, dass im Alten Land Herzen heilen können und sich ganz unerwartet neue Chancen auftun.

KNAUR

Die Föhr-Serie von Gabriella Engelmann:

Föhr ist ein Ort der großen und kleinen Wunder

Sommerwind

»Geliebter Zugvogel«, so beginnen jene geheimnisvollen Liebesbriefe, unterzeichnet mit dem Initial A., die die Hamburgerin Felicitas auf dem Dachboden findet. Alle Briefe wurden auf Föhr geschrieben, wohin Felicitas nur wenig später beruflich reisen muss. Die Sehnsucht, die in jeder Zeile der Briefe steckt, berührt sie tief, obwohl sie nach einer großen Enttäuschung in Sachen Liebe ein gebranntes Kind ist. Als sie auf der Nordseeinsel die Brüder Niklas und Frederick kennenlernt, bekommt die Frage, ob sie selbst je wieder lieben kann, eine neue Dringlichkeit.

Schäfchenwolkenhimmel

Am Himmel spielen die Wolken mit der Sonne Fangen, Möwen kreischen im Wind, die Luft schmeckt nach Salz und Nordsee. Als Minnie die Gangway des Wyker Fähranlegers hinuntergeht, ist es, als würde sie eine verflossene Liebe wiedertreffen. So viele Erinnerungen an ihre alte Heimat auf Föhr, bittersüß und auch ein wenig schmerzhaft. Denn die Ruhe auf Föhr ist bedroht, und Minnie hat den Auftrag, für eine Fernsehsendung über die Veränderungen auf der Insel zu recherchieren. Doch dann kreuzt ein hilfloses Lämmchen Minnies Weg, und ihr Aufenthalt auf der Insel nimmt eine gänzlich andere Wendung …

»Gabriella Engelmann: Expertin für kluge Romanzen.«
Für Sie

KNAUR